Ariana Nero

Hundshochzeit

Ariana Nero

Hundshochzeit

Roman

HAWEWE

Bibliografische Information der Deutschen Nationalbibliothek
Die Deutsche Nationalbibliothek verzeichnet diese Publikation in der Deutschen Nationalbibliografie; detaillierte bibliografische Daten sind im Internet über http://dnb.dnb.de abrufbar.

1. Auflage

Grünthal 109, 83064 Raubling
Lektorat: HAWEWE media, Raubling
Umschlagfoto: PantherMedia / selitbul
Umschlaggestaltung: HAWEWE media, Raubling
Satz: HAWEWE media, Raubling
E-Book-Erstellung: CPI books GmbH, Leck

Printed in Germany
ISBN 978-3-947815-55-5
www.hawewe.media

Dieses Buch ist auch als
E-Book (ISBN 978-3-947815-57-9) erhältlich.

In einem kleinen Ort im Badischen bezeichnet man mit dem Begriff »Hundshochzeit« eine turbulente und von allerlei Fehltritten und Auseinandersetzungen geprägte Verbindung zweier oder auch mehrerer Menschen.

Prolog

Klara stolperte durch den Weinberg wie betäubt. Sie hatte das Haus Hals über Kopf verlassen, mit nichts am Leib als ihrem Morgenmantel und dem sündteuren Negligé. »Raus, nur raus aus diesem Wahnsinn«, war ihr einziger Gedanke, den sie mantraartig bei jedem Schritt wiederholte. Es war finster, die langen von den Weinstöcken gebildeten Reihen wurden nur durch den schwachen Schein des Halbmondes beleuchtet. Immer wieder verfing sich ihr Nachthemd in einem Ast, die feine Seide war bereits an einigen Stellen zerrissen. Wo sie eigentlich hin wollte, darüber konnte sie in diesem Moment nicht nachdenken. Sie musste erst einmal Abstand gewinnen.

»Klara!«, rief eine Stimme durch die Nacht. Seine Stimme. Doch sie wollte nichts hören, hielt sich die Ohren zu. Lief weiter. Mit nackten Füßen über krustige Erde und matschige Weintrauben, auf denen sie ein paarmal fast ausrutschte. Es war kühl geworden, die Luft roch nach feuchter Erde und vergorenen Trauben. Sie nahm all das kaum wahr. Dass es soweit hatte kommen müssen, war allein ihre Schuld gewesen. Sie hatte zu lange gezögert und sich das alles letztendlich selbst zuzuschreiben. Weiter, nur weiter. Tränen lösten ihre Wimperntusche auf und rannen in schwarzen Rinnsalen über die heißen Wangen, sie schmeckte das Salz in ihren Mundwinkeln. Ihr Kopf kribbelte und fühlte sich an wie ein Bienenstock kurz vorm Explodieren, der Rest ihres Körpers war eiskalt.

Für einen Moment lang befürchtete sie eine Ohnmacht. Mechanisch lief sie weiter, strauchelte über einen Erdhügel, fing sich wieder. Ihre Haare hatten sich gelöst und klebten in ihrem nassen Gesicht, die Haarspange hatte sich irgendwo in einem Zweig verfangen. Egal. Es interessierte ohnehin niemanden, wie sie aussah – da konnte sie sich noch so viel Mühe geben. Der Weg machte eine Kurve, sie lief weiter bergab. Immer weiter, nur weg von diesem Unglücksort. Alle spielten hier ihr eigenes Spiel und sie war mal wieder die Verliererin. Dabei hatte sie doch nur auch einmal ein bisschen Glück haben wollen. Doch was hatte sie nun erreicht? Ihr Leben war einfach nicht fürs Glücklichsein gemacht. Ihre Rolle war eine andere, das war schon immer so gewesen. Dieses Gesetz hatte sie missachtet und nun bekam sie die Quittung dafür. Wäre sie doch nur in Heidelberg geblieben und hätte ihr Schicksal nicht derart herausgefordert.

Am Ende der Weinreben führte ein holpriger Sandweg zu der von Zypressen gesäumten Landstraße. Klara blieb einen Moment stehen und hielt sich schwer atmend die Seite. Sie keuchte vor Anstrengung und vom Weinen und wusste nicht, was schlimmer war: Ihre Schuldgefühle oder ihre abgrundtiefe Scham. Mit vors Gesicht geschlagenen Händen hockte sie sich auf einen niedrigen Grenzstein und verfiel in einen lauten und hemmungslosen Weinkrampf.

Tag eins

Konrad lag nur mit einer Badehose bekleidet auf seinem Liegestuhl und lächelte versonnen. Der Herbst sorgte dafür, dass die Sonne noch angenehm warm, aber nicht mehr allzu heiß schien. Die Luft roch nach Pinien, Rosmarin und Thymian, zu hören war außer ein paar Vögeln und Zikaden nur das Plätschern des Wassers, in dem sein Bruder Ben und Klara sich amüsierten. Direkt hinter dem von üppig blühenden Oleanderbüschen gesäumten Poolbereich begann ein ausladender, sich in langen Reihen den Hügel hinab pflügender Weinberg, der den Blick freigab auf eine atemberaubende toskanische Landschaft: Weinreben, Olivenhaine und wie riesige Obelisken in den Himmel ragende Zypressen legten sich wie ein satter, braungrüner Teppich über das Land.

Den Weinberg samt dem auf ihm thronenden Gutshaus hatte die wohlhabende Familie von Bens Exfrau in den 1960er-Jahren in ziemlich heruntergekommenem Zustand gekauft. Die Rebstöcke waren von einem Winzer aus der Region aufgepäppelt und teilweise erneuert worden, mittlerweile wurde der Berg von dessen Sohn bewirtschaftet. Das Haus hatte die Familie liebevoll sanieren lassen und sehr geschmackvoll eingerichtet. Im Erdgeschoss war dabei ein außergewöhnlich großer Wohnküchenbereich mit offener Terrasse entstanden, während sich auf das Obergeschoss vier Schlafzimmer und zwei Bäder verteilten. Ein Anbau, der ehemals zur Lagerung von Weinfässern gedient hatte, war zu einer weiteren Einliegerwohnung inklusive Wellnessbereich für kältere Tage umgestaltet worden.

Konrad seufzte wohlig. Sein Leben hätte keine bessere Wendung nehmen können. Es fühlte sich an wie ein wahr gewordener Traum.

Noch vor einem knappen Jahr hatte er auf den dreckigen Straßen Berlins gelebt, mit nichts als ein paar wenigen Habseligkeiten in seinem Rucksack, und jetzt lag er am Pool eines wunderschönen toskanischen Ferienhauses und ließ sich die Sonne auf den gebräunten Pelz scheinen. Das Leben hatte es bisher nicht immer so gut mit ihm gemeint. Vom goldenen Käfig bis zur absolut mittellosen Freiheit hatte er so ziemlich alles erlebt. Und wenngleich er fand, dass er auch seine schweren Zeiten ganz passabel gemeistert hatte, so müsste er lügen, wenn er nicht zugeben würde, dass es ihm so deutlich besser gefiel.

Er schloss die Augen und lauschte der seltsam harmonischen Kakophonie aus dem unregelmäßigen Geplätscher des Wassers, dem vereinzelten Zwitschern der Vögel und dem immer aufs Neue anschwellenden Zirpen der Zikaden. Klara und Ben schienen sich glänzend miteinander zu unterhalten. Die beiden hatten den Pool mittlerweile verlassen und hockten mit ins Wasser baumelnden Beinen am Beckenrand nebeneinander wie zwei Teenager. In ihrem sonnengelben Bikini machte Klara keine schlechte Figur, was auch Ben nicht entgangen zu sein schien.

Es war viel passiert in den Wochen und Monaten zuvor: Konrad hatte nach fast fünfzig Jahren seinen Zwillingsbruder Ben in Italien gefunden. Die Tatsache seiner Existenz heraus- und ihn selbst zu finden hatte ihn mehr als ein halbes Leben gekostet. Seine lange und umwegige Suche hatte ihn von Österreich über Berlin schließlich ins süddeutsche Heidelberg geführt, wo er durch einen Zufall – vielleicht konnte man es auch Schicksal nennen – der dort lebenden Klara begegnet war. Klara und Ben wiederum waren vor vielen Jahren einmal ein Liebespaar gewesen, womit sich gewissermaßen ein Kreis schloss: Über Klara fand Konrad schließlich und endlich seinen Bruder Ben in Verona und für sich selbst ebenda einen neuen Lebensmittelpunkt. Ben hatte seinen zu jener Zeit obdach- und arbeitslosen Zwillingsbruder sofort herzlich und kompromisslos in seinem Haus aufgenommen, wofür Konrad ihm ewig dankbar sein würde. Abgesehen davon, dass Ben ihn einfach so annahm wie er war, hatte er auch dafür gesorgt, dass Konrad Italienisch lernte und ihm eine Arbeitsstelle in einer Schreinerei verschafft.

Es war Bens Idee gewesen, dass die Brüder und ihre gemeinsame Freundin Klara zwei Wochen in dem Haus seiner ehemaligen Schwiegereltern verbrachten. Das Haus stand Familie und Freunden nach Verfügbarkeit offen und er hatte gedacht, so ein gemeinsamer Urlaub könnte den dreien guttun. Nach allem, was gewesen war.

Konrad war anfangs nicht so begeistert gewesen, immerhin hatte Klara ihm übel mitgespielt. Doch wenn sein Bruder sich etwas in den Kopf gesetzt hatte, gab es wenig Möglichkeiten, ihn davon abzubringen.

Die drei verband eine ziemlich komplexe Vergangenheit. Beide Brüder hatten zu ganz unterschiedlichen Zeiten mit Klara zusammengelebt und beide hatten sie jeweils ohne eine Erklärung über ihren Verbleib – gleichwohl nicht ohne Grund – sitzen gelassen. Ben hatte damals keinen anderen Ausweg aus seinen Problemen gesehen, als seinen Suizid vorzutäuschen und das Land zu verlassen. Er hatte sich Klara erst viele Jahre später in einem Brief erklärt, den Klara nie beantwortet hatte. Konrad, der auf seiner Suche nach seinem Bruder in Heidelberg bei Klara gestrandet war, hatte per Zufall durch ebendiesen Brief herausgefunden, dass Ben in Verona lebte. Klara hatte ihm diese Tatsache bewusst verschwiegen. Anstatt sie zur Rede zu stellen, hatte er daraufhin ihre Wohnung mit ein paar auf einen Zettel geschriebenen Zeilen verlassen und war nach Italien aufgebrochen. Er hatte Klara nie wiedersehen wollen.

Im Nachhinein musste er sich eingestehen, dass er jetzt ganz froh darüber war, mit Ben vor einigen Monaten noch einmal nach Heidelberg gefahren zu sein, um die Dinge mit Klara zu klären. Sie hatte von Anfang an eine merkwürdige Faszination auf ihn ausgeübt. Mit ihrer zarten, mädchenhaften Ausstrahlung hatte sie etwas in ihm geweckt, was er aber nicht zulassen konnte, weil sie ihn durch ihr widersprüchliches Verhalten immer wieder von sich ferngehalten hatte. Mittlerweile hatte sie sich auffällig verändert, auch äußerlich. Konrads Verschwinden schien ihr einen heftigen, aber auch heilsamen Schlag versetzt zu haben. Sie wirkte wesentlich geerdeter, selbstsicherer, und schien auch nicht mehr so krampfhaft an ihrer Schutzmauer festzuhalten. Wahrscheinlich war das auch der Grund gewesen, warum Konrad sich auf diese doch etwas gewagte Urlaubskonstellation eingelassen hatte. Mochten die nächsten beiden Wochen zeigen, was sie bringen würden.

Wenn Konrad Klara und seinen Bruder allerdings so beobachtete, wie sie fast kindlich miteinander herumalberten, kam ihm die Szenerie irgendwie vor wie eine Rückblende in längst vergangene Jugendzeiten. Ferienlager für Erwachsene. Als versuchten die beiden, eine Zeit zurückzuholen, die definitiv vorbei war. Womöglich war das das Ergebnis, wenn man versuchte, Scherben aus einem lange verblichenen Leben wieder zusammenzufügen: Man wusste sich nicht mehr einzuordnen, das Alte und das Neue vermischten sich zu einer ungreifbaren Masse und keiner war wirklich imstande, sich auf einer neuen, erwachsenen Ebene zu begegnen. Für die beiden war das offensichtlich kein Problem, für Konrad hatte das Ganze allerdings einen Haken: Er war nie Teil der alten Geschichte zwischen dem jungen Ben und der ebenso jugendlichen Klara gewesen und konnte somit auch keine Gefühle aufrufen, die ihn zu einem Teil dieser vertrauten Einheit gemacht hätten.

Darüber hinaus hatte er, seit sich die drei in Heidelberg getroffen hatten, das unbestimmte, aber deutliche Gefühl, dass Ben und Klara ihm irgendetwas verheimlichten. Etwas, was ihnen zu schaffen machte und was sie offenbar nicht nach außen tragen wollten. Er hatte eigentlich gedacht, Ben und er hätten sich alles aus ihrem Leben erzählt, aber auf der Rückfahrt von Heidelberg nach Verona war sein Bruder irgendwie merkwürdig nachdenklich und verschlossen gewesen und auf Konrads Nachfrage hin hatte er abgelenkt. Zwischen Ben und Klara und deren ganz offensichtlich unvollendeter Geschichte fühlte Konrad sich von Zeit zu Zeit wie ein Zuschauer bei einem Schauspiel, dessen Pointe noch nicht gespielt worden war.

Konrad richtete sich auf, nahm einen Schluck aus seiner Bierflasche und zwang sich, diesen Gedanken keinen weiteren Raum zu geben. Sein Bruder war lange mit Lucia verheiratet gewesen, er hatte letztendlich Klara für sie verlassen und es war sehr viel passiert seitdem. Dass Klara ihm verzeihen konnte, was er ihr damals mit seinem plötzlichen Verschwinden angetan hatte, war verwunderlich genug. Aber Ben würde hoffentlich kein Interesse an einer Neuauflage seiner Jugendliebe haben. Er war nicht der Typ für komplizierte Geschichten und Klara *war* kompliziert. Der gemeinsame Urlaub sollte den Zweck erfüllen, einen Strich unter das Vergangene zu machen und zu schauen, was die Zukunft bringen würde.

Klara schloss die Augen, genoss die Wärme der Sonne und lauschte den Geräuschen um sie herum. Alles fühlte sich irgendwie unwirklich an. Konrad, Ben und sie in Italien im Urlaub ... Wann hatte sie eigentlich das letzte Mal Urlaub gemacht? Die letzten Jahre ihres Lebens hatte sie sich in Heidelberg verschanzt und für ihre Arbeit im Rathaus gelebt. Sie war sich noch immer nicht sicher, ob das eine gute Idee gewesen war, hierherzukommen. Immerhin hatte Ben sie so sehr verletzt, wie es noch kein Mensch zuvor und danach geschafft hatte. Es war ein Abenteuer. Aber sie wollte etwas in ihrem Leben ändern, Neues wagen, mehr erleben, anstatt sich immer nur in sich selbst zurückzuziehen. Als Konrad gegangen war, hatte sie nach dem ersten Schock allmählich bemerkt, wie falsch die Spur war, auf der sie ihr Leben seit Jahren steuerte. Und so hatte sie Bens Vorschlag zugestimmt. Mit wem sonst sollte sie auch Urlaub machen, sie hatte weder Familie noch Freunde. Konrad und Ben waren die einzigen, die gegebenenfalls welche werden könnten. Wenn nicht sogar mehr, doch das sollte nicht überstürzt werden. Sie konnte jedenfalls nur gewinnen, selbst wenn es eine negative Erfahrung mehr war. Sie war sich darüber klar geworden, dass auch Enttäuschungen zum Leben gehörten und dass sie nur glücklich werden konnte, wenn sie auch diese Seite akzeptierte. Glück – das war etwas, was sie sich sehr, sehr lange nicht mehr hatte zugestehen können und wovon sie jetzt endlich mal ein kleines Stück kosten wollte. Und Glück bedeutete auch Risiko.

Vor der Abreise hatte sie nochmal ein Gespräch mit ihrer Therapeutin gehabt, das hatte ihr Mut gemacht. Die Tabletten für Notfälle hatte sie dabei. Es sollte also alles gut gehen. Sie öffnete die Augen ein kleines Stück und schielte zu Ben, der gedankenverloren neben ihr saß und sie, als er ihren Blick bemerkte, anstupste.

»Wovon träumst du?«, fragte er sie.

»Von der Liebe«, wollte Klara antworten. Doch sie schwieg. Alles zu seiner Zeit.

Konrad musste an die Zeit in Heidelberg denken, als er Klara kennengelernt hatte. Sie hatte sich erst eine Weile geziert, ihn aber dann doch bei sich wohnen lassen. Ihre Wohnung glich einer Puppenstube, alles hatte seine Ordnung. Der verwahrloste Obdachlose, der er damals war, hatte sich darin ausgenommen wie ein Straßenhund in einer Luxusvilla. Kein Wunder, dass Klara ihn alsbald zum Friseur und in die Klamottenläden gezerrt hatte. Wahrscheinlich aus Sorge um ihren Ruf in der ehrenwerten Nachbarschaft. Das Schlimmste aber war ihre geradezu krankhafte Vorstellung gewesen, sie könne einen zweiten Ben aus ihm machen. Konrad schüttelte den Kopf. Er war ihr damals gefolgt wie ein Hündchen und hatte sich ausstaffieren lassen, ohne sich auch nur einen Gedanken darüber zu machen, wer er war oder sein wollte. Ein bisschen hatte er auch selbst schuld daran, dass Klara ihn zu dem machen konnte, den sie in ihm sehen wollte. Er war erst aufgewacht, als er ein Foto seines Bruders gefunden hatte, auf dem dieser aussah wie eine Kopie von ihm selbst. Wäre er nicht viele Jahre seines Lebens so phlegmatisch gewesen, wäre wohl so einiges anders gelaufen …

»Möchtest du auch etwas essen?«, hörte er Klara in seine Gedanken hineinrufen. Sie war aus dem Pool gestiegen und bewegte sich anmutig auf ihn zu. »Ben will Pizza für uns aus dem Dorf holen.«

Sie errötete ein wenig, als sie Konrads Blick bemerkte, der sie von unten nach oben mit einem versteckten Grinsen abtastete. Sie trug nichts weiter als ihren Bikini und sie erinnerte sich nicht daran, wann sie sich zum letzten Mal einem Mann so gezeigt hatte. Tatsächlich musste es schon Jahre her sein, seit sie das letzte Mal in einem öffentlichen Schwimmbad oder an einem Badesee gewesen war. Wenn überhaupt, dann hatte sie hin und wieder am Frauenbadetag im Thermalbad ein paar Bahnen in ihrem schwarzen Badeanzug gezogen, auf dem Kopf eine Badekappe und im Gesicht eine Taucherbrille. Diesen Bikini hatte sie sich eigens für diese Reise gekauft und jetzt, wo sie ihn trug, fühlte sie sich beinahe nackt darin. Sie beeilte sich ins Haus zu kommen, wo sie sich ein T-Shirt und einen Rock überzog.

Wenig später saßen Konrad, Ben und Klara auf der Terrasse beisammen, jeder eine große Pizza und ein Glas Chianti vor sich, dessen schwerer, süßlicher Duft zusammen mit der lauen Abendluft das gelöste Lebensgefühl des Südens verströmte. Ben hob mit einer schwungvollen Geste sein Glas.

»Dann lasst uns mal auf einen schönen Urlaub anstoßen«, tönte er heiter. »Ich hoffe, wir werden uns gut verstehen, die Vergangenheit ruhen lassen« – dabei schaute er Konrad bedeutungsvoll an – »und eine Menge Spaß miteinander haben! *Cin cin*!«

Keiner der drei konnte es zu diesem Zeitpunkt kommen sehen, dass die arkadisch anmutende Idylle dieses italienischen Spätsommertags nur die Ruhe vor einem alles verändernden Orkan war.

Tag zwei

Die drei hatten sich am Vorabend verabredet, diesen Tag in Lucca zu verbringen, einer der schönsten Städte der Toskana, unweit von Pisa. Ben hatte die Tour ganz in seiner Art recht akribisch geplant und gab den Touristenführer. Er selbst fuhr den Wagen, Klara saß auf dem Beifahrersitz. Konrad hatte sich in den Fond gequetscht und schaute aus dem Fenster, wo die sanfte toskanische Hügellandschaft an ihnen vorbeizog wie die liebliche Filmkulisse einer italienischen Schmonzette. Er sah weite, sattgrüne Wiesen, Weinberge und Olivenhaine, durch die sich die sandhellen Straßen schlängelten wie Vipern durch die Wüste. Der Horizont war spärlich gesprenkelt mit kleinen Dörfchen, Weingütern, alten Bauernhöfen. In diesem Teil der Erde lagen die Schönheiten nebeneinander wie Perlen auf einer Kette und man konnte sich an ihrer Fülle kaum sattsehen.

Wie hatte er das während seiner Jahre auf den Berliner Straßen vermisst: Das Licht des Südens, die Schönheit von Natur und Architektur, Genuss und *dolce vita*. Er hatte jahrelang wie in einem Vakuum gelebt, kannte das Leben nur noch von unten. Dreckige U-Bahn-Stationen, schmuddelige Unterkünfte, stinkende Saufkumpane. Um ein Haar wäre er dort gelandet, wo viele seiner Wegbegleiter geendet waren: Im Alkoholrausch und in der völligen Selbstverachtung. Wie schnell es doch ging, dass man das Licht vergaß, das nur den Reichen zu scheinen schien. Er hätte nur einmal nach draußen in den Grunewald fahren und die Nase in die gute Waldluft halten müssen. Doch er hatte es nicht getan. Als wäre er es sich selbst nicht mehr wert gewesen, dem Leben auch nur einen Zipfel Schönheit abzutrotzen. Es hatte lange gebraucht, bis er sich dazu hatte durchringen können, Berlin zu verlassen. Die Stadt, die ihm schon seit Jahren nichts mehr zu geben hatte. Erst in Heidelberg war er wieder zu sich gekommen.

Konrad lehnte sich seufzend zurück und schmunzelte im Stillen über die Überraschungen, die das Leben doch zu bieten hatte. Wenn er so recht darüber nachdachte, so gaben sie schon eine recht eigentümliche Reisegruppe ab: Ben und Klara als eine Paarung, die sich jahrzehntelang nicht mehr gesehen hatte und möglicherweise noch nicht ganz fertig miteinander war. Klara und er als eine weitere Paarung, die sich auf einer Parkbank kennengelernt und einige Monate ihres Lebens – wenn auch nicht ihr Bett – miteinander geteilt hatte. Und zwei Zwillingsbrüder, die sich erst vor wenigen Monaten zum ersten Mal begegnet waren.

Und jetzt verbrachten sie einträchtig einen Urlaub in Italien miteinander, tranken Wein, lachten und scherzten mit einer beinahe beängstigenden Leichtigkeit, als seien sie schon seit Ewigkeiten Freunde und als hätte es die durchaus dramatischen Geschehnisse der Vergangenheit nie gegeben. Doch die waren nach wie vor da, existierten im Dunkeln, lagen auf der Lauer wie unsichtbare Geister, die auf ihren Einsatz warteten, und es konnte wohl keinem der drei dauerhaft gelingen, sie einfach vor der Tür zu lassen und auszusperren.

Ein Hupen riss Konrad aus seinen Gedanken. Ben bremste so abrupt ab, dass Konrad auf seinem Sitz nach vorne rutschte und unsanft mit seinem Kopf auf der Nackenstütze des Vordersitzes aufschlug. Er hatte sich nicht angeschnallt. Während er sich die schmerzende Stirn rieb, sah er durch die Windschutzscheibe einen Traktor gemütlich aus einem Feldweg heraustuckern. Der dazugehörige Bauer schien sich nicht im Geringsten daran zu stören, dass sie seinetwegen beinahe einen Unfall gebaut hätten. Konrad verfluchte die Unachtsamkeit der italienischen Autofahrer. Sie fuhren nach dem Motto ›Wer bremst, verliert‹ und demzufolge wurden die Bremsen auch oft und gerne durch die Hupe ersetzt.

Ben lenkte das Auto an den Straßenrand und hielt an. Konrad

konnte sein Gesicht im Rückspiegel erkennen. Der Schreck stand seinem Bruder ins Gesicht geschrieben wie ein unsichtbares Ausrufezeichen. Er atmete hörbar.

»Alles in Ordnung?«, fragte er mit einem Seitenblick zu Klara. Seine Hände waren noch immer ums Lenkrad gekrampft, als müsse er das Auto daran hindern, alleine wieder loszufahren.

»Alles gut«, presste Klara nicht sehr glaubhaft hervor. Ihre Stimme war heiser, ihre Hand klammerte sich sichtlich schockiert in den Türgriff. Die beiden waren so bleich, als wären sie dem Leibhaftigen höchstpersönlich begegnet. Einige Augenblicke lang hörte man nur Bens tiefes und angestrengtes Schnaufen. Klara zitterte fast unmerklich. Beide schienen sich sehr beherrschen zu müssen, um nicht in Panik zu geraten.

Konrad wohnte dem Schauspiel schweigend und mit zunehmender Irritation bei. Was zum Teufel spielte sich hier gerade ab? Ben hatte scharf bremsen müssen, ein kurzer Schreck, nicht weniger, aber auch nicht mehr. Solche Situationen waren in Italien an der Tagesordnung und Ben sollte sich eigentlich mittlerweile daran gewöhnt haben. Konrad konnte sich nicht daran erinnern, dass sein Bruder in seinem Beisein jemals derart aus der Fassung geraten war. Noch dazu wegen einer vergleichsweisen Lappalie.

Er rieb sich die Stirn. Der einzige, der sich bei der Vollbremsung tatsächlich wehgetan hatte, war augenscheinlich er selbst, doch das schien Ben und Klara gar nicht zu interessieren.

Nach einer Weile fand Ben seine Sprache wieder: »Daran werde ich mich wohl nie gewöhnen«, meinte er mit einer unbestimmten Handbewegung in Richtung des Traktors. Er bemühte sich, seiner Stimme einen leichten Klang zu verleihen, doch er konnte seinen Bruder nicht täuschen – sie klang noch immer wie Schmirgelpapier.

»Geht's wieder?«, fragte Ben jetzt Klara. Klara nickte stumm und lächelte ihn schwach an. Ben nickte sichtlich erleichtert und startete den Motor, um die Fahrt fortzusetzen.

Konrad fühlte den Schmerz von seiner Stirn in den ganzen Kopf kriechen und lehnte sich vorsichtig auf seinem Sitz zurück.

Nach wie vor fragte keiner danach, wie es ihm ging. Klara und Ben beschäftigte etwas ganz anderes. Wieder hatte Konrad das unbestimmte Gefühl, dass es da etwas gab, was durch ihre Wiederbegegnung an die Oberfläche gekommen war und was beide mit aller Macht unter dem Deckel halten wollten. Die Schrecksituation mit dem Traktor hatte damit zu tun, da war er sich sicher.

»So, da wären wir.« Ben parkte das Auto auf einem großen Parkplatz außerhalb der Stadtmauer von Lucca, die das historische Stadtzentrum umgab. Von hier aus konnte man bequem fußläufig die Altstadt erkunden. »Ich schlage vor, wir suchen uns erstmal ein schönes Plätzchen und trinken etwas auf den Schreck.«

Es war der erste vollständige Satz, der seit dem Zwischenfall auf der Landstraße gesprochen wurde. Konrad und Klara nickten. Ein kühles Getränk und ein schöner Blick auf das morgendliche italienische Treiben wären ein schöner Auftakt für ihre Stadtbesichtigung.

Als Klara, flankiert von den Brüdern, auf die Stadtmauer von Lucca zuschlenderte, schwankte ihr Herz zwischen Schwermut und übermütiger Freude. Mit dem Verlassen des Autos hatte sie auch das Ereignis während der Fahrt hinter sich gelassen – sie wollte sich jetzt nicht mit Dingen belasten, die nicht mehr zu ändern waren.

Dass sie Ben nochmal wiedersehen würde in diesem Leben, hätte sie sich vor nicht allzu langer Zeit nicht einmal träumen lassen. Mit ihm war vieles wieder hochgekommen, was sie in einer ganz tiefen Schublade ihres Bewusstseins verschlossen hatte. Auch dass Konrad nochmal auftauchen würde, hätte sie eher nicht gedacht. Zu sehr hatte sie ihn getäuscht und für ihre persönlichen Zwecke missbraucht. Sie hatte geglaubt, sie würde nie wieder nach einem von beiden fragen, nie mehr erfahren können, wie es ihnen ging.

In den letzten Monaten hatte sie hart daran arbeiten müssen, beide aus ihrem Herzen zu verbannen und die Tür zur Erinnerung an die Zeit mit ihnen mit einem dicken Vorhang zu versehen, der nur manchmal einen wohldosierten Spalt breit geöffnet werden durfte. Und sie hatte gelernt, eine gewisse Dankbarkeit für das Gewesene zu entwickeln. Bei Konrad hatte sie sich zum ersten Mal seit vielen Jahren wieder fähig gefühlt, sich einem Menschen zu öffnen. Er hatte ihr das Gefühl gegeben, dass das Leben auch leicht sein konnte, dass man unerwartete Dinge zulassen durfte, dass es gut werden könnte. Bis er plötzlich von einem auf den anderen Tag weg war. Genau wie Ben. Sie dachte an die letzte gemeinsame Nacht mit ihm, bevor er damals aus ihrem Leben verschwunden war. Sie sah alles noch vor sich – die kleine Zweizimmerwohnung in der Heidelberger Altstadt, das mit mitternachtsblauer Satinwäsche bezogene Bett, die Kerzen, aus der Duftöllampe duftete es nach Patschuli. Sie war blind gewesen vor Liebe zu ihm. Er war der Mann gewesen, mit dem sie sich alles hätte vorstellen können. Bei ihm hatte sie sich geborgen gefühlt, aufgehoben, endlich angekommen. Noch Jahre später sah sie seine blauen Augen vor sich aufleuchten wie Blitze in der Dunkelheit, spürte seine Lippen auf den ihren, hörte das Schlagen seines Herzens, das schon lange nicht mehr für sie schlug.

»Wie wäre es hiermit?«, fragte Ben und deutete auf eines der zahlreichen Cafés, die einen großen Platz gleich hinter der Stadtmauer säumten. Die Tische waren zu dieser Uhrzeit noch relativ spärlich besetzt. Die Einheimischen waren bei der Arbeit und die Touristen noch satt vom Frühstück und auf Entdeckungstour. Sie setzten sich an einen kleinen Tisch im Schatten eines großen Oleanders und Ben winkte dem Kellner zu, der sich nach einem kurzen Wortwechsel mit seinem Kollegen hinterm Tresen träge in ihre Richtung bewegte.

»Was möschten Sie trinke?«, fragte er gelangweilt und Klara fragte sich, wie er so punktgenau erkennen konnte, dass sie Deutsche waren. Immerhin hatte er sie aus der Entfernung nicht reden hören können. Als Ben ihm in fließendem Italienisch antwortete, erhellte sich seine Miene und er wurde schlagartig umgänglicher.

»Ich hoffe, Cappuccino und eine Flasche Wasser sind in Ordnung?«, fragte Ben in die Runde.

Klara nickte dankbar und Konrad rief dem Kellner ein »*Per me un caffè amaro, per favore!*« hinterher. Und zu Ben gewandt: »Sorry, Bruder, aber nach *der* Autofahrt muss es für mich jetzt etwas Stärkeres sein.«

Klara blickte Konrad von der Seite an. Irgendetwas schien mit ihm nicht zu stimmen. Alkohol am frühen Morgen hatte er sich doch eigentlich abgewöhnt. Er war die ganze Zeit schon so merkwürdig. Auch im Auto hatte er fast nichts gesprochen. Und was meinte er mit ›nach *der* Autofahrt‹? Er wusste doch nicht, was Ben und sie hinter sich hatten. War ihm etwas aufgefallen? Bereits bei ihrer Ankunft hatte er abwesend gewirkt, beinahe distanziert, und gestern Abend war er früh zu Bett gegangen. Angeblich, weil er die Nacht zuvor zu wenig geschlafen hatte, doch ihr Gefühl sagte ihr, dass da noch etwas anderes war.

Sie betrachtete die beiden Männer, die sich gerade darüber unterhielten, wie sie den Rest des Tages gestalten wollten. Die Ähnlichkeit der Zwillinge war frappierend. Klara konnte gar nicht mehr nachvollziehen, dass sie Konrad bei ihrer ersten Begegnung nicht gleich als Bens Bruder erkannt hatte. Ob ihr Unterbewusstsein ihn einfach nicht erkennen *wollte*? Er hatte allerdings auch extrem abgerissen ausgesehen. Lange fettige Haare, ausgehöhlte Wangen, dazu der ungepflegte Bart und die speckigen Klamotten. Wenn sie ihn jetzt so betrachtete: aus ihm war ein völlig anderer Mann geworden. Er hatte zugenommen und durch sein regelmäßiges Radtraining war er muskulöser geworden. Die Haare trug er ziemlich kurz und er strahlte ein Selbstbewusstsein aus, das sie sich früher bei ihm nicht einmal hätte vorstellen können.

Fast ein halbes Jahr lang hatte er in ihrer Wohnung gewohnt und ihr im Gegenzug bei der Hausarbeit geholfen, eingekauft, gekocht. Sie waren ein gutes Team gewesen und doch hatte sie sich viel zu wenig Gedanken darüber gemacht, wie er sich dabei gefühlt haben musste: Wie ein geduldeter Gast oder vielmehr wie ein Lakai, der ihr für Kost und Logis zu Diensten war? Der Hausmeisterjob, den sie ihm im Nachbarhaus besorgt hatte, hatte ihn zwar finanziell ein bisschen unabhängiger gemacht, dennoch war ihr Verhältnis nie ausgewogen gewesen. Vielleicht hatte sich deshalb nie mehr zwischen ihnen entwickeln können. Attraktiv hatte sie ihn ja immer gefunden – trotz oder vielleicht sogar gerade wegen seiner leicht verwegenen Ausstrahlung. Er war so ganz anders gewesen als die Männer, mit denen sie im Alltag zu tun hatte, und das hatte eine unglaubliche Anziehungskraft auf sie ausgeübt. Allerdings wäre sie zu jener Zeit niemals so mutig gewesen, ihn das spüren zu lassen.

Sie schüttelte den Kopf über sich selbst. Stattdessen hatte sie versucht, einen zweiten Ben aus ihm zu machen und ihn damit endgültig aus ihrem Leben vergrault. Was wäre gewesen, wenn sie ihn einfach so genommen hätte wie er war, wenn sie ihm gezeigt hätte, wie anziehend sie ihn fand, wenn sie ihm den Aufenthaltsort seines Bruders verraten und dem Schicksal seinen Lauf gelassen hätte? Anstatt ihn zu belügen und sich an eine Illusion zu klammern wie eine Geisteskranke? Das Leben war schön und es bot so viel mehr als Arbeit und Einsamkeit.

Klara schloss die Augen. Eine unglaubliche Kraft stieg in ihr hoch und sie spürte, dass hier und jetzt ihr neues Leben begann. Alles war möglich. Und sie ahnte nicht, in welchem Ausmaß sich diese Vision bewahrheiten sollte.

Tag drei

Erst am späten Vormittag trafen sich Klara, Ben und Konrad zum Frühstück auf der Terrasse ihres Ferienhauses. Der Tag in Lucca war schön, aber auch recht anstrengend gewesen. Ben hatte den Stadtführer gegeben und sie von einer Kirche in die nächste, von einem Museum ins andere geschleppt. Er war in seinem Element gewesen, hatte die Tour ganz in seiner Art akribisch durchgetaktet und ihnen außer einem kurzen Mittagsimbiss kaum eine Pause gegönnt. Klara hatte sich daran erinnert, wie stressig das früher schon mit ihm gewesen war. In dieser Hinsicht waren Konrad und sie sich viel ähnlicher. Wie gerne wären sie einfach durch die Gässchen gebummelt, hätten hier und da etwas eingekauft oder ein Eis gegessen.

»Wollt ihr die Stadt kennenlernen oder nicht?«, hatte Ben gefragt und unerbittlich sein Programm durchgezogen. Wenn er sich etwas in den Kopf gesetzt hatte, kannte er kein Erbarmen und für ihn war es ganz selbstverständlich, dass man sich eine Stadt nur auf diese und keine andere Art erschließen konnte.

Klara saß ausgeruht und voll von den Eindrücken des gestrigen Tages zwischen den Brüdern und genoss diesen Zustand sichtlich.

Ihr satter Anblick in ihrem buntgeblümten Sommerkleid, eine leichte Bräune im Gesicht, ließ in Konrad eine wohlige Wärme aufkommen.

»Kann ich bitte nochmal diese wundervolle Feigenmarmelade haben?«, flötete Klara in Bens Richtung, der ihr mit den ähnlich übertrieben betonten Worten »*Naturalmente, carissima!*« das Gewünschte reichte. Ben und Klara plapperten angeregt über den gestrigen Tag, Konrad schwieg und bestrich sich sein Brioche mit Butter.

»Möchte jemand noch einen Cappuccino?«, fragte er nach einer Weile in die Runde und erhob sich in Richtung Küche. Die anderen nickten eifrig, ohne ihre Unterhaltung zu unterbrechen.

Während er sich an der Espressomaschine zu schaffen machte, dachte Konrad darüber nach, warum er seit Tagen das Gefühl hatte, hier komplett überflüssig zu sein. Drei war immer eine unglückliche Zahl und bei Zwillingsbrüdern und einer Frau war das Ganze vermutlich noch vertrackter. Er hatte allerdings keine Erfahrung damit. Wäre er mit Ben aufgewachsen und hätte schon die ersten Jugendlieben mit ihm erlebt – wer weiß, vielleicht hätte er sich dann gar nicht erst in solch eine Situation gebracht. So aber war er ganz unbedarft hineingeschlittert und jetzt fühlte er sich wie das fünfte Rad am Wagen.

Zwischen Ben und Klara herrschte so eine Innigkeit, ein Einvernehmen ohne Worte, als hätten sie die unrühmliche Vergangenheit abgestreift wie ein zu eng gewordenes Kleidungsstück. Und er fragte sich immer wieder, warum ihn das eigentlich so beschäftigte? Er war der Meinung gewesen, er hätte mit Klara abgeschlossen, es war ja auch nie etwas zwischen ihnen gelaufen. Aber seit er sie wiedergesehen hatte, war irgendetwas anders. Er ertappte sich immer wieder dabei, wie sein Blick auf ihr ruhte, wie er ihre Nähe suchte. Er hatte sich sogar schon vorgestellt, wie sie ganz ohne Bikini vor ihm stünde ... Und wenn sie mit Ben herumalberte, spürte er das Blut in seinen Schläfen pochen.

Konrad löffelte Espressopulver in den Siebträger und schüttelte dabei den Kopf. Ohne ihn hätte Klara Ben in ihrem ganzen Leben nie wiedergesehen – weil sie ihn nicht mehr sehen *wollte*. Und jetzt? Turtelten und alberten die beiden hier herum. Verdammt, Ben hatte ihr seinen Suizid vorgetäuscht, Klara hatte daraufhin ihr halbes Leben wie eine Nonne zugebracht und ihn hätte sie beinahe komplett zu seinem Zwillingsbruder umgekrempelt.

»Autsch!« Konrad fluchte leise, er hatte sich an der heißen Kanne den Finger verbrannt. Er ging zum Spülbecken und hielt seine Hand unter den Kaltwasserhahn. Er sollte es akzeptieren, wie es kommen würde. Er hatte seine Chance gehabt, Klaras Interesse an ihm war ihm zu seiner Heidelberger Zeit nicht entgangen. Er hätte nur mit dem Finger schnippen müssen. Wobei, als Kopie seines Bruders hätte er sich niemals hergegeben und als solche musste er sich damals zwangsläufig fühlen. Wenn sie nicht ihn, Konrad, wollte, dann sollte sie eben mit seinem Bruder glücklich werden. Er konnte es nicht ändern. Missmutig hielt er den Milchaufschäumer in die noch warme Milch.

Als er, drei Cappuccini auf einem Tablett balancierend, wieder auf die Terrasse treten wollte, hörte er seinen Namen. Er hielt inne und machte einen Schritt zurück hinter den Vorhang, so dass die anderen ihn nicht bemerkten.

»Hast du nicht auch den Eindruck, Konrad ist irgendwie anders?«, hörte er Klara fragen. Ben gab keine Antwort. Konrad konnte seine Reaktion nicht sehen.

»Was meinst du?«, fragte er jetzt, unüberhörbar kauend.

»Naja, ein wenig distanziert war er ja immer, aber seit wir hier sind, komme ich gar nicht mehr an ihn ran. Er ist irgendwie so humorlos und verkrampft.«

Konrad sog die Luft ein. Verkrampft – er! Ausgerechnet! Und das aus ihrem Munde! *Er* war es doch gewesen, der ihr vor einem Jahr erstmal den sprichwörtlichen Stock aus dem Hintern holen musste, damit sie wenigstens ein bisschen zugänglich wurde. Er wartete gespannt auf Bens Antwort.

»Ist mir nicht aufgefallen«, erwiderte der nur. Konrad entspannte sich etwas. Er wollte schon einen Schritt nach vorne machen, da hielt er abermals inne.

Klara hatte die Stimme gesenkt und fragte Ben jetzt in sehr leisem Ton: »Du musstest gestern doch auch an Marlene denken, oder?« Pause. »Hast du Konrad eigentlich davon erzählt?«

Ben brauchte einen Augenblick, bis er antwortete: »Nein. Ich hatte die Geschichte ganz gut verdrängt, bis wir uns wieder begegnet sind. Nicht, dass ich das je vergessen könnte und in solchen Momenten wie gestern … Aber es ist Vergangenheit und da würde ich das Thema auch gerne belassen.«

Jetzt war Konrads Interesse geweckt. Marlene. Weder Klara noch Ben hatte diesen Namen je erwähnt. Wer mochte sich wohl dahinter verbergen? Und vor allem – von welcher Geschichte hatte Ben gesprochen? Also hatte sein Gefühl ihn nicht getrogen: Ben und Klara teilten ganz offensichtlich ein dunkles Geheimnis miteinander, von dem er nichts wissen sollte. Und gestern im Auto hatten sie sich beide daran erinnert.

Er bemerkte, dass es allmählich auffallen würde, wenn er weiterhin mit dem Tablett in der Hand hinter dem Vorhang stand und trat mit schwungvoller Geste auf die Terrasse. Ben und Klara sahen ihn an und ihre Blicke lagen irgendwo zwischen Erschrecken und schlechtem Gewissen.

»Habe ich euch bei irgendetwas gestört?«, fragte Konrad unschuldig.

Klara schüttelte hastig den Kopf und Ben antwortete schlagfertig: »Wir haben uns nur gerade gefragt, wo du so lange mit der zweiten Runde bleibst.«

Konrad setzte sich zu den beiden und beobachtete sie, wie sie ihr Gespräch völlig belanglos fortsetzten. Nichts deutete mehr darauf hin, dass sie gerade noch über einen scheinbar durchaus bedeutsamen und belastenden Vorfall getuschelt hatten, der sie gestern an den Rand ihrer Fassung gebracht hatte. Das war eine neue Seite an Ben, die Konrad bisher noch nicht kennengelernt hatte: Er war imstande, ihm schamlos ins Gesicht zu lügen. Er hatte seinen Bruder bisher als loyalen, ehrlichen und aufrichtigen Menschen kennengelernt. Er war im Glauben gewesen, Ben und er hätten sich in ihren zahllosen weinseligen Gesprächen in Bens Wintergarten alles Relevante über ihr Leben erzählt, und sie hätten keine Geheimnisse voreinander. Zumindest keine, die offenbar so gravierend waren, dass sie wegen eines simplen Traktors auf einem Feldweg einen mittleren Schock hervorriefen.

Der Rest des Tages verlief unspektakulär und unterschied sich nicht wesentlich vom ersten. Ben und Klara hüpften wieder im

Pool herum und schmierten sich gegenseitig mit Sonnencreme ein, während Konrad sich nachdenklich auf die Terrasse zurückgezogen hatte. Angeblich, um eine E-Mail seines Chefs zu beantworten, doch tatsächlich grübelte er über die Sache mit Marlene nach. Sollte er das Thema einfach ansprechen? Er könnte behaupten, er hätte den Namen aufgeschnappt, just als er die Terrasse betreten hatte. Allerdings würden die beiden dann vermutlich bemerken, dass er sie belauscht hatte, wenn er erst jetzt damit kam. Oder Ben würde sich in seiner Schlagfertigkeit eine Geschichte aus den Fingern saugen, mit der er sich dann zufriedengeben müsste. Er musste es geschickter anstellen. Aber er konnte jetzt auch nicht permanent hinter irgendwelchen Gardinen stehen in der Hoffnung, dass sie das Thema nochmal anschneiden würden. Ben hatte schließlich klar und deutlich gesagt, dass er nicht mehr darüber reden wollte. Es war also unwahrscheinlich, dass er auf diese Weise noch etwas erfahren würde.

Wer könnte Marlene sein? Hatte es einen Unfall gegeben? Hatte es etwas mit einem Traktor zu tun? Er dachte an Klaras Schwester Kristin, die beim Versuch, Klara zu retten, ertrunken war. Die Geschichte war tragisch genug. Klara hatte dabei ein Trauma erlitten und Konrad hatte sie die Tragödie auch erst nach einer ganzen Weile anvertraut. Aber sie *hatte* ihm die Geschichte erzählt. Heute morgen auf der Terrasse hingegen hatte sie fast ängstlich geklungen, so, als wäre die Sache eine Angelegenheit, die auf keinen Fall nach außen dringen dürfe. Welche verborgenen Tiefen brachte diese Frau denn noch zutage? Und was zum Teufel hatte sein Bruder damit zu tun?

Mutmaßungen brachten ihn jedenfalls nicht weiter. Marlene konnte eine Freundin von Klara gewesen sein, eine ehemalige Kommilitonin von Ben, eine Affäre vielleicht – es gab zu viele Möglichkeiten. Aber es war klar, dass er wissen musste, was hier gespielt beziehungsweise verschwiegen wurde. Es gab einen Grund, warum sie nicht mit ihm darüber sprechen wollten, warum sie vielleicht mit überhaupt niemandem darüber sprechen wollten.

In seinem Kopf drehten sich die Gedanken zwischen Neugier und Enttäuschung wie Sprudelblasen in einem Wasserglas. Dass Klara ihm Dinge aus ihrer Vergangenheit verschwieg war das eine. Aber Ben, sein Zwilling, mit dem er in den letzten Monaten ein derart inniges Vertrauensverhältnis aufgebaut hatte – von ihm hätte er nicht erwartet, dass er irgendwelche Leichen im Keller hatte, von denen er nichts wissen durfte.

Leichen im Keller. Konrad lachte bitter auf. Von Klara kannte er die sehr gut. In ihrem Keller hatte er so manches gefunden, was sein Leben komplett verändert hatte. Zumindest bei ihr hatte er genug Gründe misstrauisch zu sein. Er blickte nachdenklich zum Pool. Die beiden schienen gelöst und unbeschwert. Im Großen und Ganzen war er kein übertrieben neugieriger Mensch und er hatte auch kein Interesse daran, in jeden Abgrund zu blicken. Aber in diesem Fall kam er sich irgendwie betrogen vor. Und er würde herausfinden, was sie ihm verschwiegen, dann konnte er immer noch entscheiden, ob es für ihn relevant war oder nicht.

Klara ließ sich mit einem wohligen Seufzer auf den Liegestuhl neben dem Pool plumpsen. Die warme Sonne tat gut auf der vom Wasser erfrischten Haut. Es war völlig ruhig um sie herum, die einzigen Geräusche kamen von ein paar Grillen im Gras und einem Flugzeug, das silbern schimmernd über sie hinweg glitt und ein Gefühl von Fernweh hinterließ. Sie fühlte sich herrlich. Sie war mit den beiden Männern, die ihr im Leben wohl am meisten bedeuteten, an einem der schönsten Orte, die sie sich vorstellen konnte und zum ersten Mal seit so vielen Jahren hatte sie das Gefühl, zur richtigen Zeit am richtigen Ort zu sein. Allein Konrads Verhalten machte ihr einige Sorgen.

»Denkst du, er hat was mitbekommen heute Morgen?«, fragte sie Ben leise, der sich neben ihr niedergelassen hatte.

Ben sah sie überrascht an und schüttelte den Kopf. »Wie kommst du darauf?«

Sie deutete mit dem Kopf in Richtung Terrasse. »Findest du sein Verhalten normal?«

Ben zuckte mit den Schultern und öffnete eine Wasserflasche. »Er wird für die Arbeit zu tun haben.«

Klara sah ihn zweifelnd an. Männer machten es sich mitunter ganz schön einfach. Sie glaubte nicht an die Geschichte der E-Mails. Ihr Bauchgefühl sagte ihr, dass da irgendetwas nicht stimmte. Konrad mochte sich verändert haben, das hatte sie auch. Er war jetzt wieder in Lohn und Brot, lebte bei Ben, der sicher einen gewissen Einfluss auf ihn hatte. Und trotzdem spürte sie, dass das nicht alles war. Konrad trug etwas mit sich herum, was er nicht mit ihnen teilen wollte.

Sie blickte Ben an, wie er lässig neben ihr fläzte und Wasser aus der Flasche trank. Er hatte sich extrem gut gehalten, seine Figur konnte sich sehen lassen. Sein Anblick mit dem noch nassen Oberkörper erinnerte sie an einen Werbespot, die Szene hatte durchaus etwas Erotisches. Für einen kurzen Augenblick verspürte Klara den Wunsch, sich an ihn zu schmiegen, wie sie es früher getan hatte. Doch die Zeit war nicht stehengeblieben und Ben gab ihr keinen Anlass zu glauben, dass er Ähnliches für sie empfand. Sie sollte sich zusammenreißen.

Tag vier

Der Mittwoch begann wie jeder der bisherigen Tage im Ferienhaus: Konrad machte Kaffee, Klara deckte den Frühstückstisch und Ben würde von seiner morgendlichen Laufrunde frische Brioches mitbringen. Über Nacht war ein ziemlich frischer Wind aufgekommen, weshalb sie heute nicht wie bisher auf der Terrasse frühstücken konnten, sondern in der Wohnküche saßen. Klara und Konrad verrichteten ihre Tätigkeiten schweigend, in eingeübten Abläufen, Hand in Hand, als knüpften sie ohne Unterbrechung an ihre gemeinsame Heidelberger Zeit an. Keiner von beiden fand einen Ansatz, den anderen auf sein Verhalten anzusprechen.

Vor der verglasten Terrassentür fegten ein paar Blätter durch den Wind, auf dem Pool konnte man abgebrochene Zweige und Laub schwimmen sehen. Die gestern noch so beschauliche Welt hatte sich über Nacht gewandelt und wirkte auf eine subtile Art bedrohlich. Dass an diesem so harmlos beginnenden Tag mit dem Herbstwind noch ein ganz anderer Sturm über sie hereinbrechen würde, ahnte zu diesem Zeitpunkt noch keiner der beiden.

»Heute wäre der perfekte Tag für einen Ausflug nach Florenz!«, rief Klara Konrad zu, der gerade Milch aufschäumte. »Es ist nicht zu heiß und in den Pool können wir sowieso nicht. Und ein bisschen was möchte ich von der Toskana schon noch sehen! Was meinst du?« Sie schnappte sich die erste Tasse Cappuccino, die Konrad soeben fertiggemacht hatte.

»Wieso ist es hier so ruhig?«, durchbrach eine Stimme die Szene, noch bevor Konrad etwas erwidern konnte. Ben war später als gewohnt vom Laufen zurückgekommen und zog sich jetzt im Flur die Sportschuhe aus. Seine Stimme klang ungewöhnlich aufgekratzt. »Ich habe jemanden mitgebracht!«

Klara hob erstaunt den Blick. Besuch? Wer sollte sie in diesem abgelegenen Haus wohl besuchen? Und noch dazu so früh am Morgen? Irritiert fuhr sie sich durchs Haar und blickte an sich herunter. Sie hatte noch nicht geduscht und trug Leggings und ein nicht mehr ganz frisches T-Shirt. Kein Aufzug, in dem sie üblicherweise Besuch empfangen würde. Konrad, der noch immer am Herd stand, drehte sich um und sah sie fragend an. Er war genauso überrascht und zuckte ratlos mit den Schultern.

»Darf ich sie hereinbringen?«, tönte es ungeduldig aus dem Flur.

»Sie?«, entfuhr es Klara leise.

Ben trat in den Wohnraum. »Stellt euch vor: als ich gerade den Weinberg wieder hochgejoggt bin, habe ich eine Fußgängerin überholt, die uns unbedingt einen Besuch abstatten wollte.« Er grinste wie ein Honigkuchenpferd. Offensichtlich war der Besuch zumindest für ihn eine schöne Überraschung.

Hinter ihm erschien eine Frau. Dunkler Wuschelkopf, schwarze Lederjacke und auffallend grüne Augen. Sie hatte eine Aura wie ein Orkan. Alles an ihr schien das pure Leben auszustrahlen. In den schräg stehenden, von feinen Lachfältchen umkränzten Augen spiegelte sich eine unbändige Fröhlichkeit. Klara spürte eine spontane Abneigung gegen die Frau, noch bevor sie wusste, wer sie war.

»Darf ich vorstellen: Das ist Lucia«, erklärte Ben feierlich und ohne einen Anflug von Verlegenheit. Lucia strahlte in die Runde. Klaras Herz zog sich zusammen, als hätte sie soeben in eine Steckdose gefasst. Lucia. Bens Exfrau. Die Frau, die ihn in Teneriffa davon abgehalten hatte, von der Steilküste zu springen. Aber auch davon, zu ihr nach Deutschland zurückzukehren. Die ihn einfach mitgenommen hatte auf ihrem Segelboot in ein neues Leben, in dem sie, Klara, keinen Platz mehr hatte.

Klara fühlte sich überrumpelt. Was fiel dieser Frau ein, einfach so hier aufzutauchen? Auch wenn das Haus Lucias Familie gehörte, bedeutete das doch noch lange nicht, dass sie hier jederzeit unangemeldet hereinschneien konnte.

Sie hielt sich an ihrer Tasse fest, richtete sich ein wenig auf und zwang sich, die aufkommenden Emotionen zu kontrollieren. »*Buongiorno, Lucia*«, presste sie bemüht freundlich hervor.

Lucia war keine Durchschnittsfrau. Sie war nicht im klassischen Sinne schön, aber sie fiel auf. Sie schien eine Frau von der Sorte zu sein, die alle anderen in den Schatten stellte, ohne irgendetwas dafür zu tun. Klara fühlte sich augenblicklich in die zweite Reihe gestellt.

Mit einer unaufgesetzt wirkenden Anmut trat Lucia auf Klara und Konrad zu und reichte ihnen die Hand. »Isch freue misch, eusch kennezulerne«, sagte sie mit einer sonoren, leicht rauchigen Stimme. Immerhin schien sie Deutsch zu sprechen. »Scusa, meine Deutsch iste nischt so gut«, entschuldigte sie sich unnötigerweise.

»Ich bin Klara«, antwortete Klara nach wie vor verkrampft lächelnd.

Glücklicherweise wandte Lucia sich gleich Konrad zu, der sie fasziniert anstarrte. Sein Gesichtsausdruck hatte sich von einem auf den anderen Augenblick erhellt, als habe jemand eine Lampe in seinem Inneren angeknipst. Klara ertappte sich bei dem Gedanken, dass sie sich wünschte, Konrad würde sie einmal so anblicken.

Konrad begrüßte seine Ex-Schwägerin mit Küsschen, stammelte überschwänglich »*Ciao Lucia!*« und »*Che piacere!*« und als würde man es ihm nicht ohnehin anmerken, erklärte er ihr auf Italienisch, wie begeistert er sei, sie endlich einmal persönlich kennenzulernen. Er war tatsächlich hingerissen. Bisher hatte er Lucia nur auf Fotos gesehen, aber als er sie jetzt so höchst lebendig vor sich sah, konnte er sehr gut verstehen, warum sein Bruder die Trennung noch heute bedauerte.

»Lucia lebt seit Kurzem in Siena«, erklärte Ben. »Sie hatte spontan Zeit und wollte sich die Gelegenheit nicht entgehen lassen, meinen Zwillingsbruder kennenzulernen.« Er klopfte Konrad übertrieben jovial auf die Schulter.

Klara tat, als ginge sie das Ganze nichts an. »Wie schön«, murmelte sie. Also hatte Ben nach wie vor Kontakt zu seiner Ex, schließlich schien sie bestens über die aktuellen Entwicklungen in seinem

Leben informiert zu sein. Und wie es aussah, war er über ihr Auftauchen mehr als erfreut, obschon die beiden seit Jahren kein Paar mehr waren. Es war eine Zumutung. Ob diese Lucia gewusst hatte, dass sie auch im Ferienhaus war? Zumindest schien es ihr nicht das Geringste auszumachen. Klara fühlte eine Enge in der Herzgegend und hoffte inständig, dieser Besuch möge schnell vorübergehen.

»Wollen wir nicht erstmal frühstücken?«, schlug sie bemüht freundlich vor, um die unangenehme Szene zu unterbrechen. Sie nahm Ben die Tüte mit den Brioches aus der Hand und setzte sich demonstrativ an den Tisch.

Klara fühlte sich hundsmiserabel. Missmutig kaute sie auf ihrem Hörnchen herum, während Lucia wie ein Wasserfall auf Ben einredete. Unhöflicherweise auf Italienisch, was Klara bestenfalls bruchstückhaft verstand. Es hätte sie ohnehin nicht interessiert. Sie ärgerte sich. Dieser Urlaub sollte eigentlich nur Ben, Konrad und ihr gehören. Sie hätte nie vermutet, dass sie diese Frau jemals treffen würde und jetzt wurde sie ihr einfach so vorgesetzt, ohne dass sie überhaupt gefragt wurde. Ben und Lucia wirkten sehr vertraut miteinander, Ben strahlte – man durfte sich fragen, warum die beiden sich überhaupt getrennt hatten. Klara schenkte sich einen Orangensaft ein und blickte zu Konrad hinüber, doch auch der hing angeregt an Lucias ununterbrochen plaudernden Lippen. Verstimmt kippte Klara den Rest ihres Safts runter und stand auf. »Ich geh mal unter die Dusche«, murmelte sie und beeilte sich, nach oben zu kommen. Die anderen beachteten sie kaum.

Als sie frisch geduscht und mit einer Leinenhose und einem leichten Sommerpullover bekleidet wieder herunterkam, saßen die drei noch immer am Tisch und parlierten. Auf Lucias Teller lag noch die angebissene Brioche von vorhin, ihr Cappuccino war vermutlich mittlerweile kalt.

»Du hast doch sicher auch nichts dagegen, oder?«, hörte sie Ben – an sie gerichtet – fragen. Klara sah ihn verständnislos an. Wovon redete er?

»Wir haben gerade darüber gesprochen, dass Lucia gern ein

paar Tage bei uns bleiben würde«, erklärte Ben. Klara blieb auf dem Treppenabsatz stehen und dachte, sich verhört zu haben. Sie spürte, wie ihr die Hitze in die Wangen stieg.

»Wie?«, stammelte sie. Mit Gegenfragen antworten in solchen Situationen, das schafft Zeit, hatte sie mal gelernt.

»Naja, sie würde gerne ein bisschen Zeit mit uns verbringen, Konrad und dich kennenlernen«, erklärte Ben.

Klara atmete tief durch. Wie naiv war Ben eigentlich? Und wie unsensibel? An ihr hatte Lucia sicherlich als allerletztes Interesse. Und umgekehrt genauso. Sie zuckte mit den Achseln. »Es ist ja schließlich *ihr* Ferienhaus«, bemerkte sie etwas spitz, was die anderen offenbar als Zustimmung werteten.

Klara nickte den dreien zu, setzte sich auf die windige Terrasse und zog die Tür hinter sich zu. Mochten die anderen sie für unhöflich halten, das war ihr jetzt egal. Sie war regelrecht geschockt. Was dachte Ben sich dabei? Und Konrad? Sie mussten doch wissen, dass das eine Zumutung für sie war. Dass diese Lucia hier einfach unangemeldet auftauchte, war schon ein starkes Stück, aber dass sie auch noch die Dreistigkeit besaß bleiben zu wollen, das war eindeutig zu viel. Dachten die wirklich, die Zeit ließe alle Wunden vergessen? Dieser Lucia schien überhaupt nichts unangenehm zu sein.

Klara bebte am ganzen Körper. Sie dachte an die Zeit, als Ben plötzlich verschwunden war und sie damit fast in den Wahnsinn getrieben hätte. Wäre Lucia damals auf Teneriffa nicht aufgetaucht – Klara und er wären womöglich heute noch ein Paar. Allein wäre er wohl kaum auf die absurde Idee gekommen, sich ins Ausland abzusetzen und alle glauben zu lassen, er sei von der Klippe gesprungen. Es war die dunkelste Zeit ihres Lebens gewesen und dieser Urlaub hier sollte eigentlich dazu dienen, sich mit Ben wieder ganz auszusöhnen und nochmal neu anzufangen. Doch in Anwesenheit dieses Stachels in Gestalt einer Frau war das nur schwerlich denkbar. Sich für ein Frühstück zusammenzureißen war schon schwer genug, aber gleich für ein paar Tage? Das konnte keiner von ihr erwarten.

Sie verzog zornig das Gesicht. Noch vor einer Stunde war alles gut gewesen. Sie hatte sich gefreut auf Florenz, auf eine schöne Urlaubszeit, hatte sich unbeschwert gefühlt. Doch wenn es Bens und Konrads ernsthafter Wunsch war, Lucia hier einzuquartieren, war wohl kein Platz mehr für sie. Sie sollte sich einen Weg suchen, das Ganze elegant und möglichst ohne Gesichtsverlust abzubrechen und nach Hause zu reisen. Klaras Enttäuschung wich mehr und mehr einem ziemlich großen Ärger. Ärger auf Ben, der sie von jetzt auf gleich in diese unsägliche Situation brachte. Ärger auf Konrad, der Lucia ganz offensichtlich ebenso faszinierend fand wie sein Bruder und dabei ebenso wenig an sie zu denken schien. Und Ärger auf sich selbst, weil sie sich momentan nicht imstande sah, einen diplomatischen und dabei ehrlichen Ausweg aus dieser Misere zu finden. Sie hätte sich nie auf Ferien im Haus von Bens Ex-Schwiegereltern einlassen sollen. Das hatte sie nun davon: Sie war hier im Gegensatz zu Lucia lediglich zu Gast und somit die Letzte, die etwas sagen durfte. Und Ben und Konrad hatten ihren Entschluss ja bereits gefasst. Was könnte sie also dagegen vorbringen? Bens Exfrau würde noch am selben Tag das vierte Schlafzimmer beziehen und sie konnte nichts daran ändern.

Das Wetter blieb den ganzen Tag lang so trüb, wie der Morgen begonnen hatte, und entsprach damit vollauf Klaras Stimmung. Nach dem ausgiebigen und wortreichen Frühstück war Ben mit Lucia in ihre Sieneser Wohnung gefahren, um ein paar Sachen für die nächsten Tage zu holen. Auf dem Rückweg wollten sie zu einem benachbarten Hofgut fahren, wo sie alte Freunde besuchen und gleich ein paar Delikatessen zum Abendessen mitbringen wollten.

Sie schienen ganz in ihrer gemeinsamen Vergangenheit verschwunden zu sein. Konrad und Klara waren gar nicht gefragt worden, ob sie mitfahren wollten oder andere Pläne hätten. Auch über Florenz hatte niemand mehr gesprochen. Nicht dass Klara ein Interesse daran gehabt hätte, mehr Zeit als nötig mit den beiden zu verbringen und die Entwicklungen des Vormittags hatten ihr überdies jede Lust auf Unternehmungen genommen. Aber es war ein weiterer Stich in ihr ohnehin schon gekränktes Herz, dass Ben sich diesen Tag wie selbstverständlich komplett auf Lucia einstellte und sich in keinster Weise daran zu erinnern schien, mit wem er eigentlich hier war. Auch wenn die Situation eine gänzlich andere war als damals, so fühlte sie sich wie in einem Déjà-vu erneut ausgetauscht gegen diese Frau. Nein, hierzubleiben war keine Option. Wenn es schon so anfing, konnten die nächsten Tage nicht viel besser werden.

Am frühen Nachmittag saßen Konrad und Klara in Decken gehüllt auf der windgeschützten Terrasse und lasen. Konrad konnte sich nicht auf seine Zeitung konzentrieren, die er bereits zum dritten Mal lustlos durchblätterte. Seine Gedanken schweiften immer wieder zu Klara, ihrem Verhältnis zu Ben und ihren gemeinsamen Heimlichkeiten. Er war durchaus ganz dankbar gewesen für den überraschenden Familienzuwachs und hatte Lucias Einzug sehr gerne zugestimmt. Auf vier Rädern fuhr ein Wagen nun einmal besser als auf dreien. Ben kümmerte sich nun erst einmal um seine Ex, was die Vertraulichkeiten zwischen Klara und ihm vorübergehend ein wenig dämpfen dürfte.

Dabei ging Konrad die Frage durch den Kopf, warum er eigentlich so scharf darauf war, dass Ben anderweitig beschäftigt war. Was genau bedeutete Klara für ihn? Seit er in Italien lebte, war er doch sehr gut ohne sie klargekommen. Und im Grunde genommen hatte es ja nie ein wirkliches ›mit ihr‹ gegeben. In Heidelberg waren sie eine gut funktionierende WG gewesen, nicht mehr und nicht weniger. Und auch wenn er Klara in ihrer unnahbaren und etwas spröden Art immer ganz reizvoll gefunden hatte, so war doch niemals mehr zwischen ihnen passiert.

Konrad dachte an die Anfänge ihrer Begegnung zurück. Er hatte von Anfang an gespürt, dass Klara mehr wusste als sie zugab und dass sie seine Chance war, Ben zu finden. Ihre Abgründigkeit hatte ihn getriggert. Da war ein extremer Widerspruch gewesen zwischen ihrer grundseriösen, beinahe spießigen Ausstrahlung und den unergründlichen Tiefen ihrer verletzten Seele. Und es war sicher ganz gut gewesen, dass aus ihnen kein Paar geworden war. Klaras Reaktion auf Lucias Erscheinen heute Morgen hatte ihm deutlich gezeigt, wie verletzt sie noch immer war und wieviel sie noch immer für Ben empfand. Nach all den Jahren. Könnte sie überhaupt je etwas für ihn, Konrad, empfinden? Oder wäre er doch immer nur die zweite Besetzung, der schwache Versuch, den zu ersetzen, den sie nicht mehr haben konnte? Sollte er sie einfach darauf ansprechen? Doch was sollte er ihr sagen? Und was würde dann werden?

Klara kam ihm zuvor. Mit einer beherzten Geste legte sie ihr Buch zur Seite und rückte ihren Liegestuhl so zurecht, dass sie Konrad direkt anschauen konnte. »Konrad«, begann sie vorsichtig und schaute ihn mit einem Blick an, den er nicht recht deuten konnte.

Er ließ seine Zeitung sinken, blickte sie an und zog fragend die Augenbrauen hoch. Klara schien etwas auf dem Herzen zu haben.

»Ich spüre seit wir hier sind, dass dich irgendetwas beschäftigt«, sagte sie.

Konrad erwiderte nichts. Er war lediglich ein wenig erstaunt. Dass sie ihn auf sein Verhalten ansprach, hatte er nicht erwartet.

»Ich dachte, wir hätten uns ausgesprochen und zwischen uns wäre alles wieder gut«, fuhr sie fort. »Offenbar habe ich mich getäuscht. Und jetzt erzähl mir bitte nicht, dass ich mir das alles nur einbilde.« Sie saß aufgerichtet und mit geradem Rücken vor ihm und sah ihm forschend in die Augen.

Konrad schreckte für einen kurzen Augenblick zurück. Er hatte sich noch immer nicht an Klaras neue Direktheit gewöhnt. Ihre Haltung, ihr Blick – ohne eine Antwort würde sie sich nicht zufriedengeben. Er richtete sich ebenfalls auf und dachte nach. Klara hatte Recht. Natürlich hatte sie Recht. Und dies wäre der Moment dafür, es ihr zu sagen. Dass er Gefühle für sie hatte, die er nicht einordnen konnte. Dass ihre Heimlichkeiten mit Ben ihn verletzten und verunsicherten. Dass er sich fragte, wer er in diesem Spiel für sie war.

Doch bevor er etwas erwidern konnte, fuhr Klara ihn unerwartet heftig an: »Ganz ehrlich, dein merkwürdiges Verhalten in den letzten Tagen macht mich echt langsam sauer. Ich dachte, wir wollten hier eine schöne Zeit miteinander verbringen?«

»Na, die hattest *du* ja bis heute ganz offensichtlich«, rutschte es Konrad schärfer als beabsichtigt heraus. Er biss sich auf die Zunge. Er wusste, wie das klingen musste. Wie ein eifersüchtiger Tölpel. Eifersüchtig auf den eigenen Bruder, der ihm das Leben gerettet hatte. Ausgerechnet er, der monatelang cool und unnahbar an Klaras Seite gelebt und sie immer ein wenig für ihr altjüngferliches Getue belächelt hatte. Der nie auch nur im Geringsten den Anschein erweckt hatte, dass sie mehr für ihn sein könnte als eine gute Freundin. Der voller Abscheu über ihre dunklen Seiten abgereist war und sie nie wieder sehen wollte. Genau der saß jetzt vor dieser Frau und fand keine Worte.

Klara schwieg einen Moment, ehe sie antwortete. »Was meinst du damit?«, fragte sie schließlich lauernd.

Konrad überlegte fieberhaft, wie er es sagen sollte ohne sein Gesicht gänzlich zu verlieren. Auf keinen Fall wollte er die Wahrheit sagen. Dass er es einfach nicht ertrug, Klara und Ben miteinander flirten zu sehen. Was ihn gerade selbst so verwirrte, dass er gar nicht imstande wäre, eine logische Erklärung dafür zu finden. Dazu hätte er schließlich auch gar kein Recht. Er musste irgendeine Antwort finden, die seine Äußerung abschwächte und elegant vom Thema ablenkte.

»Trägst du es mir immer noch nach, dass ich dir nicht die Wahrheit über Ben gesagt habe?« Klara baute ihm, ohne es zu wissen, eine Brücke.

»Naja«, stammelte Konrad überrascht. Sie schien seine Anspielung gar nicht in seine Richtung interpretiert zu haben. Seine Hoffnung, das Gespräch in eine andere Richtung lenken zu können, ging ohne eigenes Zutun auf.

Klaras Blick kehrte sich nach innen, die Schultern sanken

schuldbewusst nach unten. Ihre eben noch so forsche Haltung fiel in sich zusammen wie ein Soufflé, das zu schnell aus dem Backofen genommen wurde. Fast tat sie Konrad ein wenig leid. Das war nicht fair, aber er war noch nicht so weit, über Gefühle zu sprechen, die er selbst noch nicht verstand. »Ich dachte mir fast, dass unsere Aussprache in Heidelberg nicht gereicht hat«, sagte sie bedrückt. »Ich habe vermutlich einfach zu viele Fehler gemacht.«

Konrad wollte etwas erwidern, doch sie hielt die Hand nach oben wie ein Dirigent, der eine Generalpause in der Partitur anzeigt. Sie straffte sich wieder etwas und es schien, als müsse sie den Mut, der sich ihrer in diesem Moment bemächtigte, festhalten, um endlich sagen zu können, was sie schon längst hätte aussprechen müssen. »Ich möchte«, begann sie und blickte Konrad fest in die Augen, »dass wir offen miteinander sind. Und dazu gehört auch, dass ich dir die Beweggründe für mein Verhalten in Heidelberg nochmal ganz genau erkläre.«

Konrad schwieg und hörte zu. Das Gespräch schien langsam interessant zu werden. Gab es da etwas, was er noch nicht wusste?

Klara faltete die Hände in ihrem Schoß. »Als Ben damals verschwunden war, da war das mehr für mich als nur der Schmerz über den Verlust meiner großen Liebe.« Sie blickte ihn an, fragend, ob er bereit war, ihre Geschichte zu hören.

Konrad nickte stumm.

»Wie du weißt, habe ich mit zwölf Jahren meine große Schwester Kristin verloren.«

Konrad nickte wieder. Kristin war beim Versuch, Klara vor dem Ertrinken zu retten, selbst im Neckar ertrunken. Klara hatte ihm von dem dramatischen Unglück berichtet.

»Die Zeit danach war der Horror für mich. Nicht nur weil ich meine Schwester verloren hatte. Ich habe mich wieder und wieder in den Gedanken verstrickt, dass ich schuld wäre an ihrem Tod. Schließlich ist sie für mich gestorben! Und das, obwohl ich nicht immer nett zu ihr war.« Klaras Stimme drohte zu kippen, sie machte eine kleine Pause.

»Das Schweigen meiner Eltern«, fuhr sie leise fort »war für mich nur eine Bestätigung. Kristin war ihr Liebling und ich wurde das Gefühl niemals los, dass es einfacher für sie gewesen wäre, wenn ich an ihrer Stelle ertrunken wäre.« Sie senkte den Kopf und murmelte wie zu sich selbst. »Das Schlimmste war vielleicht, dass man sie nie gefunden hat. Und so abstrus es war – meine Eltern weigerten sich, sich von Kristin zu verabschieden, solange es keinen Beweis für ihren Tod gab.«

Konrad rutschte auf seinem Liegestuhl hin und her. Was sollte das jetzt werden? Eine Lebensbeichte? Und was hatte das mit ihm zu tun?

Klara schaute ihn an mit einem Blick, der ihm sagte, dass er jetzt zuhören sollte. »Ich habe mich in der Zeit danach immer mehr in mich zurückgezogen, habe mir meine eigene Welt geschaffen«, fuhr sie ernst fort. »Äußerlich funktionierten wir wie eine ganz normale Familie weiter, meine Eltern lebten ohnehin immer nach dem Motto ›nur nichts anmerken lassen‹. Ich habe also meine Schule weitergemacht, den Flötenunterricht besucht, in der Gaststätte geholfen, alles wie immer.«

Wieder schwieg Klara einen Moment, ehe sie erklärte: »Doch ich war nicht mehr dieselbe. Ein Teil von mir war mit Kristin im Neckar geblieben.«

Das klang jetzt etwas morbide und Konrad fragte sich erneut, ob er das alles wirklich wissen wollte, doch Klara redete weiter: »Ich habe angefangen, regelmäßig an die Stelle am Ufer zu gehen, wo es passiert ist und mich mit dem Fluss zu unterhalten. Ich habe das Wasser beobachtet, manchmal stundenlang, habe ihm Fragen gestellt, nach seinen Antworten gelauscht, mir vorgestellt, dass Kristin auf diese Art und Weise zu mir spricht.« Klara atmete tief durch. »Irgendwann konnte ich seine Stimme hören. Immer wieder. Sie klang jedes Mal anders – mal fröhlich, mal dramatisch, mal traurig, mal lockend. Er erzählte mir vom Leben und vom Sterben, davon, wie es Kristin jetzt ging und wie einfach es wäre, zu ihr zu gehen und ihre Seele dadurch zu befreien, das Unrecht wiedergutzumachen.«

»Welche Stimme?«, fragte Konrad in ihre Redepause. Er ahnte allmählich, dass das, was Klara ihm da erzählte, nicht ganz normal war.

Klara schaute ihn an. »Die Stimme des Neckars in meinem Kopf«, erklärte sie aufgeräumt. »Ich sollte ins Wasser gehen.«

Konrad pfiff leise durch die Zähne. »Und bist du ...?«, fragte er jetzt und bemühte sich, seiner Stimme einen einfühlsamen Klang zu verleihen.

Klara nickte langsam. »Die Forderung wurde immer deutlicher. Ich konnte die Stimme bald nicht mehr nur am Ufer hören, sondern überall. In der Schule, abends im Bett. Besonders deutlich war sie im Badezimmer oder bei der Küchenarbeit, wenn ich mit Wasser zu tun hatte. ›Komm zu mir!‹, rief sie. ›Du musst deine Schwester erlösen! Dann wird alles wieder gut!‹«

Konrad war jetzt ganz konzentriert auf Klaras Worte. Sie hatte ihm noch nie derart intime Dinge aus ihrem Seelenleben anvertraut und auch wenn sich das alles ziemlich verrückt anhörte, konnte er die Not spüren, die sie damals empfunden haben musste. »Du dachtest ernsthaft, der Neckar spricht zu dir?«, wollte er wissen.

Klara bejahte.

»Und dann?«

»Ich bin unten am Ufer auf ein Ausflugsschiff geklettert, das da über Winter vor Anker lag. Ich hatte alles geplant. Es war im Januar, kurz nach dem zweiten furchtbaren Weihnachtsfest ohne Kristin. Ich hatte mir extra einen dicken Mantel und schwere Stiefel angezogen. Es sollte mich schnell runterziehen in die eisige Kälte. Ich wollte nur endlich Ruhe ...«

Konrads Augen weiteten sich ungläubig. Klara wirkte jetzt ganz in der Vergangenheit versunken, wie in einer anderen Welt. »Da war kein Mensch weit und breit. Wir waren ganz allein, nur der Fluss und ich. Dachte ich zumindest. Und heute muss ich sagen: Glücklicherweise habe ich mich geirrt!«

»Was ist passiert?«

»Ein Jogger, der zufällig in diesem Moment vorbeikam, hat mich gesehen, wie ich gesprungen bin. Er ist ins eiskalte Wasser gegangen und hat mich rausgezogen. Ohne ihn hätte ich nicht überlebt. Dann kam eins zum anderen, ich habe das selbst gar nicht richtig mitbekommen, ich war wie in Trance. Irgendjemand hat einen Krankenwagen gerufen und die haben mich dann in die geschlossene Anstalt gebracht.« Sie blickte Konrad wie von ferne an und kam dann ganz allmählich wieder auf die Terrasse zurück. »Das ist in solchen Fällen üblich«, fügte sie nüchtern hinzu.

Konrad empfand ganz plötzlich großes Mitleid mit Klara. Wie sie so vor ihm saß und ihm diese entsetzliche Geschichte erzählte, das war ihr sicher nicht leichtgefallen. Sie war noch so jung gewesen als das alles passiert war und ihre Eltern hatten sie mit ihrem Schmerz und ihrer Schuld komplett allein gelassen. Natürlich trug sie nicht die Schuld am Tod ihrer Schwester, es war ein verdammtes Unglück gewesen. »Hattest du niemanden, mit dem du hättest reden können?«, fragte er.

Klara verneinte. »Meine Großeltern waren zu dem Zeitpunkt schon tot und sonst war da niemand. Außerdem hätte ich mich auch gar nicht getraut, darüber zu reden, denn ich dachte ja, alle würden mir die Schuld an Kristins Tod geben.«

Sie schwieg einen Augenblick, überlegte kurz, ob sie ihm die ganze Geschichte erzählen sollte und entschied sich schließlich dafür. »In der Klinik haben sie dann eine Psychose festgestellt. Die Stimmen in meinem Kopf ... Es hat eine ganze Weile gedauert, bis ich wieder in ein halbwegs normales Leben zurückfinden konnte. Ich musste sogar ein ganzes Jahr Schule nachholen.« Sie atmete tief durch und blickte Konrad verunsichert an. Würde er mit dieser Wahrheit umgehen können?

Konrad senkte den Blick. Das war harter Tobak. Klara hatte ihm zwar von Kristin und ihren Schuldgefühlen erzählt, aber dass es so schlimm für sie gewesen war, dass sie sogar ins Wasser gehen wollte und schließlich in einer psychiatrischen Einrichtung gelandet war, war neu für ihn.

Klara fuhr fort: »Als Ben mich damals verlassen hat, als er nicht mehr aus Teneriffa zurückkam, da ist meine gerade erst einigermaßen verheilte Welt ein zweites Mal zusammengebrochen. Ben war alles für mich, verstehst du? Er war mein Zuhause, meine Familie, meine Zukunft. Er war der erste Mensch, bei dem ich mich sicher gefühlt hatte und verstanden. Der mir das Gefühl gegeben hat, richtig zu sein und eine Zukunft zu haben.« Sie schluckte. »Dass er sich das Leben genommen haben könnte – das dachten damals ja alle – dass ich es nicht geschafft hatte, ihm den nötigen Halt zu geben, das hat mich fast umgebracht. Ich hatte das Gefühl, wieder versagt zu haben, wieder schuldig zu sein am Tod eines Menschen, genau wie bei Kristin und ...«

Sie stockte für einen kurzen Moment, doch lange genug, dass es Konrad auffiel. Auch ihr erschrockener Blick und die Hand, die kurz zum Mund gezuckt hatte, wie um ihn zu verschließen, war ihm nicht entgangen. Klara ließ ihren Satz unbeendet und fuhr fort: »Die Psychologen nannten es Retraumatisierung. Die Risse auf meiner Seele waren wieder aufgebrochen. Es hat sich angefühlt, als würde das Wasser von der Erde zurück in den Himmel fließen, als wäre mein Körper ein einziges schwarzes Loch. Es gab keinen Unterschied mehr zwischen Wahrheit und Vermutung. Alles schien wieder von vorne anzufangen. Die Ungewissheit, was wirklich mit Ben passiert war, hat mich nicht losgelassen. Sie haben seine Leiche nicht gefunden, genau wie bei Kristin. Aber so wie ich vom ersten Augenblick an wusste, dass Kristin tot war, hatte ich bei Ben immer das Gefühl, dass er noch lebt. Und in der Klinik haben sie mir eingeredet, ich müsse seinen Tod akzeptieren.« Sie lachte bitter auf. »Keiner hat daran geglaubt, dass ich recht haben könnte. Am Ende nicht mal ich selbst.«

Konrad merkte Klara die tiefe Trauer an, die sie bewegte, während sie über diese Zeit sprach. Er rechnete ihr ihre Offenheit hoch an, wusste jedoch nicht, was er dazu sagen sollte.

Nach einer kurzen Pause fuhr Klara fort: »Ich habe das alles viel zu lange verdrängt und mich mit meinen Tabletten in meiner

Einsamkeit wunderbar eingerichtet.« Sie blickte ihn fest an. »Sogar als du aufgetaucht bist, habe ich die Tatsache verdrängt, dass du Bens Bruder bist. Ich hätte das doch gleich merken müssen!«

Konrad wiegte beschwichtigend den Kopf. »Naja, ich sah nicht besonders gut aus zu der Zeit. Und du hattest Ben über zwanzig Jahre nicht gesehen.«

Klara schüttelte energisch den Kopf. »Trotzdem. Tief in mir drin habe ich es gespürt. Warum sonst hätte ich mich wohl zu einem Wildfremden auf eine verregnete Bank setzen sollen?«

Darauf wusste auch Konrad keine plausible Antwort. Ihr Kennenlernen an jenem schicksalhaften Sonntag im November vor einem Jahr hatte ihm in der Tat schon häufiger zu denken gegeben. Erst jetzt fiel ihm auf, dass sie darüber nie geredet hatten. Überhaupt war Klara nie sehr offen mit ihren Gefühlen gewesen.

Klara wertete sein Schweigen als Zustimmung. »Na siehst du. Du hast dafür auch keine andere Antwort als die, dass ich intuitiv zu dir hingezogen war, weil ich es vom ersten Augenblick an wusste.«

Konrad kam plötzlich ein Gedanke. »Du hast doch nicht etwa gedacht …«

»… dass du Ben sein könntest?«, fiel Klara ihm ins Wort.

Konrad nickte überrascht.

Offenbar war der Gedanke nicht neu für Klara. »Keine Ahnung, was ich gedacht haben könnte – ich habe ja nichts gedacht. Verstehst du?«

Konrad ließ es dabei bewenden. Er brummte etwas Unverständliches und ließ sie weitersprechen.

Klara faltete ihre Hände im Schoß und konzentrierte sich. »Als klar wurde, wer du bist, brach bei mir irgendetwas zusammen. Es war, als wäre aus der Schutzmauer, die ich mir mühsam über all die Jahre errichtet hatte, mit Brachialgewalt ein Stein herausgerissen worden und nun drohte die ganze Konstruktion einzustürzen. Ich wollte, dass alles wieder gut ist, ich hatte den Halt verloren, meine Sicherheit. Aber ich wollte dich auch nicht wieder aus meinem

Leben verschwinden sehen. Ich war völlig durcheinander.« Sie starrte zu Boden.

Konrad reichte ihr ein Glas Wasser. Klara nahm es dankbar an und trank in kleinen Schlucken. Konrad befürchtete für einen Moment, sie könne anfangen zu weinen. Das hätte ihn überfordert. Eine Weile passierte nichts, die beiden saßen nur schweigend nebeneinander. Konrad konnte sich nur ungefähr in Klara hineinfühlen, die ganze Sache war ihm entschieden zu kompliziert. Aber so war sie nun mal.

»Warum bist du bei mir eingezogen?«, fragte Klara ihn unvermittelt.

Die Frage traf ihn unerwartet. Konrad wand sich. »Naja, du hast mich gefragt und ich hatte keine Wohnung«, erwiderte er.

»Schon klar«, versetzte Klara. »Aber war das der einzige Grund? Du hättest auch weiterhin unabhängig auf der Straße bleiben oder irgendwann einfach weiterziehen können. Deine Freiheit behalten.«

Konrad dachte nach. Freiheit. Klara hatte recht. Seine Unabhängigkeit war ihm immer sehr wichtig gewesen und mit Klara hatte er ein Leben geführt, spießiger als je zuvor. Selbst seine tragikomische Ehe mit Helène war dagegen unterhaltsam und spannend gewesen. Was wollte sie hören? Er wusste ja selbst nicht so genau, warum er dieser Frau so viele Zugeständnisse gemacht hatte. Einer Frau, mit der sexuell zu keinem Zeitpunkt irgendetwas gelaufen war. Vielleicht gerade deshalb.

»Ich weiß es nicht«, antwortete er ehrlich. »Ich mochte dich. Irgendetwas an dir fand ich anziehend. Da war etwas Geheimnisvolles unter deiner rauen Schale.« Er grinste verlegen und aus dem Augenwinkel konnte er eine leichte Röte auf Klaras Wangen erkennen. Er wurde jedoch gleich wieder ernst. »Aber als ich das Foto von Ben im Keller gefunden hatte und mir klar wurde, dass du aus mir einen Abklatsch von ihm machen wolltest …«

Klara nickte. »Ich weiß«, sagte sie. »Ich habe alles kaputt gemacht, was zwischen uns hätte sein können. Ich war so verwirrt. Vermutlich wusste ich selbst nicht genau, ob du es warst, den ich kennenlernen wollte oder ob es mir mehr darum ging, die alten Zeiten mit Ben heraufzubeschwören.« Ihre Stimme wurde leise und fast zärtlich fügte sie hinzu: »Bitte glaub mir, dass ich das alles nicht mit Plan gemacht habe. Ich habe zu spät erkannt, dass du, Konny, soviel mitgebracht hast, was mir so gutgetan hat.«

Konny. Konrad hatte sich Klara zu Beginn ihrer Bekanntschaft mit seinem Spitznamen vorgestellt. Er war jahrelang von den anderen Obdachlosen so genannt worden. Klara hatte diese Abkürzung nicht mehr verwendet, seit sie seinen richtigen Namen wusste. Es war Konrad vorgekommen, als hafte für sie der Makel der Straße daran.

Und als könne sie seine Gedanken erraten, betonte sie: »Ich wollte dich nicht als den sehen, der du warst. Den Obdachlosen, den Lebenskünstler, den Freigeist. Konny eben.« Sie senkte den Kopf. »Vermutlich wollte ich irgendeine Mischung aus den besten Eigenschaften von euch beiden basteln. Aber ich habe längst eingesehen, wie dumm das war.«

Klaras Ehrlichkeit rührte Konrad. Er hätte nicht zu beschreiben vermocht, was sie in ihm auslöste, aber ihre aufrichtigen Worte ließen ihn in diesem Moment alles vergessen, was zwischen ihnen stand. Vielleicht war es genau das, was ihm immer an Klara gefehlt hatte: Aufrichtigkeit. Schnörkellos, offen und direkt. Hatte sie sich nicht gerade bei ihm entschuldigt? Und ihm darüber hinaus ihre verletzlichste Stelle offenbart? Er rückte etwas näher an sie heran, legte vorsichtig den Arm um sie und zog sie an sich. Er wusste selbst nicht, was er hier gerade tat, er dachte nicht nach, folgte seinem Gefühl, und Klara ließ es sich überraschenderweise gern gefallen.

Einige zeitlose Augenblicke saßen sie so nebeneinander. Irgendwann sagte Konrad leise: »Ich kann dir deine Fehler verzeihen, Klara. Vermutlich habe ich auch nicht alles richtig gemacht. Wir sollten die Vergangenheit begraben und neu anfangen. Was auch immer daraus werden mag.«

Klara schaute mit großen, wässrigen Augen zu ihm auf. Plötzlich war da eine Anziehung zwischen ihnen, als würde die Welt um sie herum zu einem winzigen Punkt zusammenschmelzen. Es war genau dieser Blick, der von Anfang an irgendeinen tief verwurzelten Instinkt in ihm angesprochen hatte. Er spürte die weiche Haut ihres Armes an seinem. Roch den Duft ihrer Haare. Ein Gefühl von tiefster Vertrautheit stieg in ihm hoch. Er beugte seinen Kopf zu ihr hinunter.

»Wir sind wieder dahaaa!«, tönte es aus dem Haus. Im selben Moment fiel mit einem geräuschvollen Rumms die Tür ins Schloss. Ben und Lucia traten durch die Terrassentür ins Freie. »Stören wir?«, fragte Ben munter und blickte die beiden amüsiert an. Klara und Konrad fuhren auseinander wie zwei ertappte Teenager.

»Keineswegs, ich wollte ohnehin gerade etwas zu essen machen«, entgegnete Klara und erhob sich schnell.

»Das brauchst du nischt, wir 'aben köstlische Antipasti mitgebracht!« Lucias Wangen waren gerötet, sie wirkte irgendwie aufgewühlt, als sie zwei gut gefüllte Plastiktüten auf dem Terrassentisch platzierte.

***

Am Abend lag Klara verwirrt in ihrem Bett und konnte nicht einschlafen. Konrad und sie hätten sich beinahe geküsst. Da war eine Nähe zwischen ihnen gewesen wie nie zuvor. Ein sehnsuchtsvoller Sog zwischen tiefster Vertrautheit und erregendem Neuland. Vom ersten Moment an hatte sie sich auf unerklärliche Weise zu diesem Mann hingezogen gefühlt, obwohl er damals wirklich alles andere als einladend wirkte mit seinem ungepflegten Haar und den schlabberigen Klamotten. Und dann hatte sie den großen Fehler gemacht, aus ihm einen zweiten Ben machen und ihn durch ihre dumme Lüge an sich binden zu wollen. Sie konnte den Teufel, der sie da geritten hatte, selbst nicht mehr verstehen. Anstatt Konny als das Geschenk zu sehen, das er war, hatte sie alles kaputt gemacht. Konny war anders als Ben und er hatte seine eigenen

Qualitäten. Er war weniger verkopft, er lebte das Leben einfach, ohne zu viel darüber nachzudenken. Die Zeit mit ihm war seit langem die unbeschwerteste in Klaras Leben gewesen, mit Konny war ihr alles leicht erschienen. Warum hatte sie so einen großen Wert auf sein Äußeres gelegt, warum war es ihr so wichtig gewesen, welche Kleidung er trug und wie seine Haare geschnitten waren? Vorhin auf der Terrasse hatte sie zum ersten Mal das Gefühl gehabt, ihren Fehler revidieren und Konny nach allem, was gewesen war, doch noch einmal näher kommen zu können.

Und dann waren Ben und Lucia gekommen. Sie hatten extrem aufgekratzt gewirkt, fast euphorisch. Klara klopfte sich ärgerlich das Kissen zurecht. Zwischen den beiden schien sich wieder etwas anzubahnen und sie spürte trotz ihrer Gefühle für Konrad, wie wenig ihr das gefiel. Ging es ihr dabei wirklich nur um die Vergangenheit, um längst begrabene Gefühle? Oder war da doch noch mehr zwischen Ben und ihr als sie sich eingestehen wollte?

Auch mit ihm hatte sie vertrauliche Momente gehabt in den letzten Tagen, und sie hatte sie sehr genossen. Mehr noch, wenn sie Ben so ansah, fühlte sie sich manchmal, als wäre sie wieder zwanzig und das Leben ein einziger Rausch. Er hatte noch immer diese Grübchen, wenn er lächelte. Und seinen feinen Humor, den hatte sie früher schon an ihm geliebt. Vielleicht war es ganz gut, dass es heute nicht zu dem Kuss mit Konrad gekommen war. Wenn sie sich auf ihn einließe, dann nur vollen Herzens. Nochmal in Konkurrenz zu seinem Bruder, das wollte sie weder ihm noch sich selbst antun.

Klara stieß einen tiefen Seufzer aus. Vermutlich sollte sie sich erst einmal darüber klarwerden, was sie wirklich wollte, bevor sie sich in ein Gefühlschaos stürzte. Aber heute würde sie darauf keine Antwort mehr finden. Sie sollte die nächsten Tage mehr Zeit mit jedem von beiden allein verbringen und sehen, was sich ergab. Mehr Leichtigkeit, weniger Grübelei. Gleich morgen früh würde sie Ben fragen, ob sie ihn auf seiner Laufrunde begleiten dürfe. Lucia sah nicht danach aus, als ob sie sich viel aus Frühsport machen würde. Schlimm genug, dass sie sich das nun selbst antun musste, um Ben einmal allein zu erwischen. Aber es wäre vielleicht eine gute Gelegenheit.

In dieser Nacht träumte Klara sehr unruhig. Sie war mit Konrad und Ben auf einer italienischen Landhochzeit. Ben trug einen schicken cremefarbenen Anzug mit Gilet und dazu ein veilchenblaues Hemd. Konrad hatte eine lässige Sommerhose an, darauf ein weißes Hemd mit einem leuchtend roten Einstecktuch und einen Strohhut. Beide sahen sehr festlich aus. Sie selbst trug ein wunderschönes, langes Flatterkleid und Blumen im Haar. Das Brautpaar konnte sie nicht erkennen. Sie wusste nicht einmal, ob es ihre eigene Hochzeit war oder die anderer Leute. Da waren viele Menschen, alle in eleganter Sommergarderobe in hellen Farben. Konrad, Ben und sie prosteten sich mit langstieligen Sektflöten zu und scherzten und flirteten miteinander. Plötzlich drängte sich eine komplett in schwarzes Leder gekleidete weibliche Person zwischen sie. Klara konnte ihr Gesicht nicht gleich erkennen. Die Frau nahm Klara das Glas aus der Hand, hakte sich bei den Brüdern unter und ging lachend mit ihnen davon. Als sie sich nochmal zu ihr umdrehte, konnte Klara ihr Gesicht erkennen: Es war Lucia. Klara spürte eine ohnmächtige Wut in sich aufkommen, die sich in einem Weinkrampf entlud, der sie komplett durchschüttelte. Sie wachte schluchzend und tränenüberströmt auf.

Tag fünf

Konrad wälzte sich in seinem Bett hin und her. Er war früh aufgewacht und konnte nicht wieder einschlafen. Seine Gedanken drehten sich im Kreis. Klara in seinem Arm. Es hatte sich gut angefühlt. Weich und vertraut. Es war so plötzlich gekommen und wenngleich nichts passiert war, verwirrte ihn dieses Nichts. Er hatte sich schon manchmal vorgestellt, wie es mit ihr wäre, damals in Heidelberg. Klar, welcher Mann hätte nicht darüber nachgedacht, wenn er monatelang mit einer Frau unter einem Dach wohnte.

Aber dass sie sich so anfühlen würde, hätte er nicht erwartet. Anschmiegsam wie ein schutzbedürftiges Kätzchen war sie in seinem Arm gelegen. Die Vorstellung, was hätte passieren können, wären Ben und Lucia nicht nach Hause gekommen, erregte ihn. Er hatte nicht viele Frauen gehabt in seinem Leben und der letzte Sex war lange her. Nach Helène hatte es in Berlin den einen oder anderen One-Night-Stand gegeben, es waren nicht viele gewesen. Und nachdem er auf der Straße gelandet war, hatte sich selbst das nicht mehr ergeben. Die Frauen, die mit einem wie ihm ins Bett gegangen wären, wollte er nicht, ebensowenig wie die, die sich dafür bezahlen ließen. Und für die anderen war er Luft gewesen. Das hatte ihm den Glauben an die Liebe vergällt.

Ob es gut gewesen wäre mit Klara zu schlafen? Wäre sie überhaupt so weit gegangen? Vielleicht war es Schicksal, dass Ben und Lucia dazwischen geplatzt waren. Wer weiß, was daraus geworden wäre und wie Ben darauf reagiert hätte. Irgendwie hatte er das Gefühl, dass zwischen Ben und Klara noch etwas offen war. Und noch einmal den Notnagel zu spielen, dafür war er sich definitiv zu schade.

Er stand auf, schlüpfte in Jeans und Pullover und ging hinunter in die Küche. Wenn er ohnehin nicht mehr schlafen konnte, konnte er sich ebenso gut einen ersten Kaffee machen. Womöglich würde der die verwirrenden Gedanken vertreiben und das Koffein ein wenig Frische in sein aufgewühltes Gehirn treiben.

Als er die Wohnküche betrat, konnte er Zigarettenrauch riechen. Ungewöhnlich um diese Uhrzeit – es war noch nicht einmal sieben. Der Rauchgeruch kam von der Terrasse. Konrad ging zur Terrassentür, zog die schwere Gardine zurück und sah Lucia im Morgengrauen am Tisch sitzen, eingehüllt in eine dicke Decke, vor sich einen Aschenbecher und ein Glas Wasser.

»Guten Morgen!«, sagte er überrascht. »Ich dachte nicht, dass ich um diese unchristliche Zeit Gesellschaft haben würde.«

Lucia lächelte ihn an. »Ich kann nie lange schlafen«, sagte sie auf Italienisch. Sie klopfte auf das Sitzpolster neben sich und schaute ihn auffordernd an.

»*Caffè?*«, fragte Konrad. Lucia nickte erfreut.

Wenige Minuten später saßen sie miteinander in der kühlen Morgenluft, jeder einen Kaffee vor sich und eine Zigarette in der Hand. Konrad hatte sich das Rauchen unter Bens Rigide zwar weitestgehend abgewöhnt, doch es gab Momente. Lucias charmante Einladung zu einer gemeinsamen Morgenzigarette konnte er nicht ablehnen.

Einige Augenblicke lang konnte man nur das Knistern der Zigaretten und das leise Klappern der Espressotassen hören, wenn sie wieder auf der Untertasse abgestellt wurden. Der Weinberg schien noch im Tiefschlaf und mit ihm alle Geräusche.

»Klara und du, wart ihr einmal ein Paar?«, fragte Lucia irgendwann unvermittelt und zog kräftig ein letztes Mal an ihrer Zigarette, bevor sie sie im Aschenbecher ausdrückte.

Konrad schaute sie irritiert an. »Wie kommst du darauf?«

»Ihr wirkt sehr vertraut miteinander. So als wäret ihr einmal verliebt gewesen und könntet einander noch nicht loslassen.«

Konrad griff nach der *Caffettiera*, füllte beide Tassen ein zweites Mal und dachte über Lucias Worte nach.

»Nein«, sagte er dann. »Wir waren nie ein Paar.«

Lucia blickte ihn forsch an. Ihre meergrünen Augen funkelten in der aufgehenden Sonne. »Aber du hättest es gerne, oder?«

Wie kam sie dazu, so zu bohren? Und Dinge zu fragen, die er sich selbst nicht beantworten konnte?

»Es ist kompliziert«, wich er aus.

»Ist es das nicht immer?«, versetzte sie.

Konrad entschied sich für eine Gegenfrage: »Und was ist mit euch? Ben und du, ihr scheint euch auch wieder ganz gut zu verstehen?«

Lucia wiegte nachdenklich den Kopf.

»Ich weiß nicht. Wir waren schon immer ziemlich verschieden. Das war gut und gleichzeitig schrecklich. Du hättest eigentlich viel besser zu mir gepasst.« Sie sagte das mit einem gewissen Schleier im Blick.

Flirtete sie etwa mit ihm? Wollte sie deshalb wissen, ob zwischen ihm und Klara etwas lief? Konrad leerte seine Tasse mit einem großen Schluck. »Und Ben und Klara – hätten die deiner Meinung nach auch besser zueinander gepasst?«, fragte er hintergründig.

Lucia wiegte den Kopf hin und her, ihre schwarzen, von einzelnen silbernen Fäden durchzogenen Locken wippten vorwitzig um ihr fein geschnittenes Gesicht. Sie gaben ihrem Aussehen etwas Jugendliches, so als wollten sie den Jahren selbst im ergrauten Zustand noch zu trotzen versuchen.

»Ich weiß nicht. Vielleicht. Vielleicht auch nicht. Sagt man nicht, Gegensätze ziehen sich an? Jedenfalls gibt es etwas, was die beiden miteinander verbindet.«

Konrad dachte kurz über Lucias letzten Satz nach. »Und es gibt da offenbar etwas, was sie mit niemand anderem teilen wollen«, bemerkte er.

»Was meinst du?«

Er überlegte einen Moment, wie er es formulieren sollte, dann entschied er sich für die Wahrheit. Er hatte nichts zu verlieren. Lucia könnte mehr über diese Marlene wissen und vielleicht würde er von ihr endlich erfahren, was es mit der Geschichte auf sich hatte.

»Ich wurde neulich ungewollt Zeuge eines Gesprächs zwischen den beiden«, begann er. »Ich habe sie nicht absichtlich belauscht, es hat sich einfach ergeben.«

Lucia zog neugierig die Augenbrauen hoch.

»Sie waren sehr vertraulich miteinander. Es ging dabei um eine gewisse Marlene.«

Er sah Lucia forschend an. Bei der Erwähnung des Namens konnte er ein kleines Zucken ihrer Augenlider erkennen. Sie wusste also etwas.

Konrad redete weiter: »Ich hatte bei dem Gespräch den Eindruck, irgendetwas ist passiert mit dieser Frau, was für beide schwerwiegend war.«

Er schwieg und begann sich eine weitere Zigarette zu drehen. Er sollte Lucia kommen lassen. Er war sich sicher, dass sie etwas wusste, sonst hätte sie schon längst reagiert. Vielleicht sollte er nicht zu viel sagen. Er beobachtete sie weiter.

Lucias Mundwinkel zitterten. Ihre bisher zur Schau gestellte Koketterie war einem Ausdruck gewichen, den Konrad nicht einordnen konnte. In ihren Augen lag mit einem Mal etwas sehr Verletzliches, fast Ängstliches. Er sah, wie sie mit sich rang, nach Worten suchte. Zufrieden stellte er fest, dass er offenbar ins Schwarze getroffen hatte. Es trennte ihn maximal noch eine Zigarettenlänge von der Wahrheit.

»Guten Morgen, ihr zwei«, unterbrach eine Stimme die Stille. »So früh schon wach?«

Ben stand munter und energiegeladen in seinen Laufklamotten in der Terrassentür. Lucia fuhr hoch, als wäre sie bei etwas Verbotenem ertappt worden.

»Salve, Ben«, sagte sie hastig. »Ich konnte nicht mehr schlafen und Konrad ging es anscheinend genauso.« Sie lachte verlegen.

Konrad schob die fertig gedrehte Zigarette ungeraucht ins Tabakpäckchen. Na bravo. Das war‘s dann wohl mit der geheimnisvollen Geschichte. Lucia war kurz davor gewesen zu reden, das hatte er im kleinen Zeh gespürt. Daraus würde heute morgen wohl nichts mehr werden. Sie schien recht erleichtert über die Störung. Aber er würde dranbleiben, jetzt erst recht.

»Guten Morgen, mein Lieber«, wandte er sich an seinen Bruder. »Dann wünsch ich dir mal einen guten Lauf!«

»Uns«, versetzte Ben mit einem Augenzwinkern und deutete mit dem Kopf in die Küche, wo Klara sich gerade ihre Sneakers zuband. Sie nickte Konrad und Lucia mit einem undefinierbaren Gesichtsausdruck zu und verschwand sehr schnell.

Konrad sah den beiden irritiert nach. Was sollte das jetzt? Er konnte sich nicht daran erinnern, Klara je bei einer sportlichen Aktivität erlebt zu haben. Und ihre Begrüßung war auch irgendwie merkwürdig gewesen. Als die Haustür zuschlug und Konrad sich wieder umwandte, war Lucia bereits nicht mehr auf der Terrasse.

Konrad blieb noch einige Minuten sitzen und rauchte die Zigarette, die er vor Ben versteckt hatte. Das Päckchen hatte Lucia auf dem Tisch liegen lassen. Er war seinem Bruder zwar keine Rechenschaft schuldig, hatte aber auch keine Lust auf seine Spitzen. Er besaß nun mal nicht Bens mentale Stärke, das Rauchen ganz sein zu lassen und in gewisser Weise war ihm das unangenehm.

Das war ein merkwürdiges Gespräch gewesen. Lucia schien etwas zu wissen, was sie einerseits belastete, was sie andererseits aber für sich behalten wollte – oder musste. Sie schien ihm zu vertrauen, sie hatte mit ihm geflirtet. Dieser Versuch war fehlgeschlagen, aber wenn er es geschickt anstellte, würde er sie dazu bringen, ihm von Marlene zu erzählen.

Lucia war als Frau das komplette Gegenteil von Klara. Klara war sehr widersprüchlich. Nach außen hin kühl und zugeknöpft, doch im Grunde sehr verletzlich. Das Leben hatte ihr einige Hindernisse in den Weg geworfen, mit denen sie zurechtkommen musste. Wahrscheinlich war es ihr deshalb so wichtig, dass alles um sie herum geordnet und korrekt war. Paradoxerweise hatte sie schon mehrfach bewiesen, dass sie selbst keineswegs immer so ehrlich und korrekt war, wie sie wirkte. Irgendwie hatte Klara von Anfang an seinen Ehrgeiz geweckt, die Frau hinter der Fassade zu finden, ihre Leidenschaft zu wecken, das Eis zum Schmelzen zu bringen und zu sehen, was sich darunter verbarg.

Lucia hingegen trug ihr Herz auf der Zunge. Alles an ihr schien das pure Leben zu sein. *La vita pura*. Wie er von Ben wusste, hatte sie in ihrem Leben bis auf den unerfüllten Kinderwunsch immer auf der Sonnenseite gestanden, und das strahlte sie auch aus. Sie wusste um ihre Wirkung und hatte sichtlich Spaß daran, damit zu spielen. Er sollte sich das zunutze machen und auch ein wenig mit *ihr* spielen. Doch alles zu seiner Zeit. Heute würde er vermutlich nichts mehr erreichen. Er stand auf und räumte den Aschenbecher und Lucias Wasserglas in die Küche. Sie hatte alles einfach stehen lassen, als wäre sie auf der Flucht gewesen. Auf der Flucht wovor?

Eine gute Stunde später saßen alle vier am Frühstückstisch und diskutierten über die Tagesplanung. Klara wollte unbedingt endlich nach Florenz, Lucia war nach Ruhe zumute.

»Geht ihr ruhig ohne mich, ich setze mich an den Pool und lese«, schlug Lucia vor.

Wie großmütig, dachte Klara.

Ben und Konrad, die beide nicht besonders scharf auf einen Trip ins Florentiner Getümmel waren, aber auch nicht den ganzen Tag im Ferienhaus zubringen wollten, mussten sich entscheiden.

»Ich kann auch gerne ohne euch fahren«, sagte Klara trotzig, wenngleich ihr die Vorstellung, allein zu fahren, gar nicht gefiel. Aber für Ben und Konrad schien die Vorstellung, den Tag mit ihr in Florenz zu verbringen, nicht sehr verlockend zu sein.

»Ach was«, wandte Ben sofort ein. »Keiner muss hier den Tag allein verbringen.« Und zu Klaras großem Erstaunen schlug er vor: »Gestern war ich den halben Tag mit Lucia zusammen, deshalb würde ich heute gerne etwas mit Klara unternehmen und du«, dabei machte er eine Kopfbewegung in Konrads Richtung »bleibst hier bei Lucia. Was meint ihr?«

***

Ben hatte entschieden. Florenz war atemberaubend. Die wunderschöne und einzigartige Florentiner Renaissance-Architektur hatte Klara bisher nur in Bildbänden bewundert, doch sie so in ihrer vollen Pracht sehen zu können, machte sie sprachlos: Der Dom, der Ponte Vecchio, das Baptisterium, die wunderschöne Fußgängerzone. Man fühlte sich regelrecht zurückversetzt in die Ära der Medici und wusste gar nicht, was man sich zuerst ansehen sollte. Vor den Uffizien wand sich eine ziemlich lange Touristenschlange, deshalb entschieden sie sich für den Besuch einiger Kirchen und Plätze, die ohne lange Wartezeiten zugänglich waren. Und Ben war ein wunderbarer Reiseführer – er hatte die unvergleichliche Gabe, einmal Gelerntes abzuspeichern und bei Gelegenheit wortgewandt und unterhaltsam wiederzugeben.

Nach knapp drei Stunden Pflastertreten, die durch Bens Erzählungen über die Stadt und ihre Besonderheiten wie im Flug vergangen waren, ließen sie sich erschöpft an einem kleinen Tisch auf der Piazza Signoria nieder, um in der spärlich gewordenen Herbstsonne ein Eis zu genießen.

»Danke für die hervorragende Stadtführung, mein Lieber.« Klara streckte die Füße unter dem Tisch aus und lächelte Ben liebevoll an. »Woher weißt du das eigentlich alles? Erst Lucca, jetzt Florenz. Du kannst dich unmöglich in jeder italienischen Stadt so gut auskennen.«

Ben legte den Kopf schief. »Naja, es gab hier mal jemanden in meinem Leben nach Lucia.«

»Eine Frau?«, forschte Klara nach.

»Natürlich eine Frau«, erwiderte Ben. »Sofia. Sie war Florentinerin. Aber ich möchte nicht so gern daran erinnert werden. Die Beziehung war ziemlich *furioso* und endete leider unschön.«

Klara schwieg. Ben hatte anscheinend ein Faible für schwierige Frauen. Aber das schien ihm nicht wirklich Glück gebracht zu haben. Hätte er sie nicht verlassen, wäre ihm einiges erspart geblieben. Sie beide hätten geheiratet, Kinder bekommen und ein ganz normales, glückliches Leben geführt. Sie hätte alles für ihn getan. Aber er musste ja davonlaufen und jetzt war er ebenso allein wie sie.

»Erinnerst du dich noch an unser Wochenende in Paris?«, wechselte sie das Thema. »Da saßen wir auch auf so einem kleinen Platz und haben Eis gegessen.« Sie grinste versonnen. »Und du mochtest damals schon am liebsten Stracciatella.«

»Stimmt!«, erinnerte sich Ben und seufzte. »Es kommt mir vor wie in einem anderen Leben.«

Klara wagte einen Vorstoß: »Sag mal, du und Lucia – warum habt ihr euch eigentlich getrennt?«

Ben runzelte die Stirn. »Willst du das wirklich wissen?«

»Hätte ich sonst gefragt?« Klara schob sich einen Löffel Eis in den Mund. Ben zögerte einen Moment.

»Nun, wir haben uns über die Jahre irgendwie verloren«, antwortete er vage.

Klara machte eine fragende Handbewegung. »War das alles? Man verliert sich doch nicht einfach so.«

»Natürlich gab es dafür Gründe, aber ich weiß wirklich nicht, ob …«

Klara legte ihre Hand auf seine. »Es interessiert mich wirklich«, beteuerte sie und drückte seine Hand ein wenig. Sie hatte gelernt in den letzten Monaten.

»Also gut. Die ersten Jahre unserer Ehe waren sehr schön. Wir waren beide noch in der Ausbildung – ich habe mein Jurastudium beendet, Lucia war auf der Kunstakademie. Ihre Eltern haben uns unterstützt. Irgendwann waren wir dann beide im Beruf, ich hatte meine Kanzlei und Lucia konnte sich als Künstlerin einen Namen machen. Wir hatten ein gutes Leben, einen netten Freundeskreis – eigentlich ging es uns ziemlich gut.«

Ben löffelte sein Eis. Klara schwieg und hörte zu.

»Tja, und eines schönen Tages war das Thema Kinder auf dem Tisch. Ich war mir lange Zeit gar nicht sicher, ob Lucia der Typ Mutter sein könnte. Sie liebte ihre Unabhängigkeit und war sehr aufgehoben in ihrer Malerei. Doch als unsere Freunde nach und nach schwanger wurden, da legte sich offenbar bei ihr ein Schalter um.« Er machte eine Pause und drehte den Löffel in der Hand hin und her. Das Thema schien ihn betroffen zu machen.

Gut so, dachte Klara. Vertrauliche Themen sorgten für Nähe und die musste sie unbedingt schaffen. Und die Erinnerung an schlechte Zeiten mit Lucia würden den Verlauf des heutigen Tages vielleicht etwas mehr zu ihren Gunsten entscheiden.

»Was ist passiert?«, fragte sie so einfühlsam wie möglich.

»Es wollte nicht funktionieren. Zuerst dachten wir, das klappt schon noch, wir müssen uns nur Zeit geben, vielleicht mal ausspannen. Aber nach zwei Jahren fing die Odyssee zu den Ärzten und Fruchtbarkeits-Kliniken an. Als klar war, dass es nicht an mir lag, begann Lucia die Schuld bei sich zu suchen. Sie änderte ihren Lebenswandel, ging abends früh zu Bett, hörte auf zu rauchen, verzichtete auf Alkohol und stopfte sich stattdessen mit Vitaminpräparaten voll. Sie war nicht mehr dieselbe.« Jetzt wirkte Ben sehr traurig. »Ich wollte ihr so gerne helfen – ich hätte lieber die alte Lucia zurückgehabt und auf ein Kind verzichtet, aber sie konnte nicht mehr zurück. Bei ihr war der Wunsch und das Versagensgefühl so groß geworden, dass sie in regelrechte Depressionen verfiel.«

»Hast du dir Vorwürfe gemacht?«, fragte Klara.

Ben wiegte den Kopf hin und her. »Ich weiß nicht. Vielleicht, ja. Ich habe mich nächtelang gefragt, was ich tun, wie ich ihr helfen könnte. Aber ich war machtlos.« Er schaute Klara an. »Dagegen ist man machtlos.«

Es klang mehrdeutig, doch Klara ging nicht darauf ein. »Und daran ist eure Beziehung zerbrochen?«, fragte sie.

Ben nickte langsam. »Lucia kam nicht mehr raus aus dem Kreislauf aus Versuchen und Therapien und jede neue Enttäuschung zerbrach sie ein Stück mehr. Und ich konnte nur ohnmächtig zusehen.« Er schwieg einen Moment, dann stellte er traurig fest: »Wir konnten unser Schicksal nicht gemeinsam meistern, das haben wir nur jeder für sich allein geschafft.«

Klara dachte, wie gerecht das Schicksal doch sein konnte. Auch sie hatte sich seinerzeit ohnmächtig gefühlt und konnte nichts anderes tun als anzunehmen, was ihr vom Allmächtigen in den Garten geworfen wurde. Und auch sie hatte auf eine Familie verzichten müssen, nachdem Ben seinen Suizid vorgetäuscht und sie damit derart aus der Bahn geworfen hatte, dass sich in ihrem Leben bisher nie wieder eine feste Partnerschaft ergeben hatte. Als wäre nicht schon genug passiert damals, als sie noch ein Paar gewesen waren ... Offenbar war Ben ein Mann, der Probleme nur alleine bewältigen konnte.

»Wir können die Vergangenheit nun mal nicht mehr rückgängig machen«, erklärte Ben.

Klara schaute ihn mit verhangenem Blick an. »Würdest du es denn wollen, wenn du es könntest?«

Ben überlegte einen Moment, während er in seinem leeren Eisbecher herumruhrte. Er begriff, dass Klara nicht von Lucia redete. »Ich weiß es nicht«, antwortete er. »Ich habe damals keinen anderen Ausweg gesehen, ich war durcheinander. Vielleicht würde ich es heute anders machen und ja, ich bereue zutiefst, wie sehr ich dich verletzt habe.«

Klara winkte ab. »Ich hätte nicht gewollt, dass du nur aus einem Schuldgefühl mir gegenüber zurückkommst«, sagte sie und fragte sich im selben Moment, ob das die Wahrheit war. Sie *hätte* gewollt, dass er blieb, egal aus welchem Grund. Und wer konnte denn sagen, dass nicht alles gut geworden wäre? Ein Paar konnte auch miteinander wachsen.

»Ich glaube«, gab Ben zögerlich zu bedenken, »dass alles seinen Sinn hat und genauso kommt, wie es kommen soll.«

»Naja, ein bisschen tragen wir schon selbst auch dazu bei, meinst du nicht?« Klara ärgerte sich über Bens larmoyanten Fatalismus. Er und kein anderer hatte seinerzeit schließlich eine Entscheidung getroffen, eine weitreichende Entscheidung, ohne Rücksicht auf Verluste.

Sie sah ihn an. Seine sonnengebräunte Haut war für sein Alter erstaunlich glatt. Er war nach wie vor ein extrem gutaussehender

Mann. Die plötzliche Vorstellung, ihn hier und jetzt zu küssen, jagte ihr einen wohligen Schauer über den Rücken.

»Wie ist es weitergegangen zwischen dir und Lucia?«, wechselte sie das Thema. Sie war schließlich nicht hier, um über die Vergangenheit zu reden, sondern um herauszufinden, ob Ben und sie noch eine Zukunft hatten. »Ich meine, hattet ihr nach der Trennung noch regelmäßig Kontakt?« Ben wirkte erleichtert, dass sie über etwas anderes reden konnten.

Er winkte den Kellner herbei und bestellte noch *due caffè*. Dann erzählte er Klara über seine melodramatische Trennung und die schmerzhafte Scheidung. Lucia hatte keine Gelegenheit ausgelassen, ihm das Leben schwer zu machen. Offenbar konnte sie knallhart und rücksichtslos sein, wenn etwas nicht nach ihrem Willen funktionierte.

»Wir haben fast drei Jahre lang kein Wort mehr miteinander gewechselt, sind uns aus dem Weg gegangen, so gut es ging. Das war gar nicht so einfach, denn wir hatten einen großen gemeinsamen Freundeskreis. Ihr Bruder Andrea ist nach wie vor ein enger Freund von mir und anfangs wohnten wir auch noch in derselben Stadt. Als sie dann weggezogen ist, wurde es leichter.« Er seufzte. »Aber so ganz aus den Augen verloren haben wir uns nie. Da war, wie gesagt, Andrea, mit dem ich natürlich ab und zu über sie gesprochen habe, und dann gab es noch Nonna Rosalia.«

»Der italienischen Großfamilie entkommt man wohl nie so ganz, oder?« fragte Klara scherzhafter als ihr zumute war. Die beiden schien doch noch ganz schön viel zusammenzuhalten – Scheidung hin oder her.

Ben schüttelte den Kopf und sein Blick wurde liebevoll. »Lucias Nonna war eine ganz besondere Frau. Sie war für mich die Mutter, die ich nie hatte. Sie hat nie gefragt, woher einer kam oder wer er war – wenn sie einen ins Herz geschlossen hatte, dann für immer.« Seine Miene verdunkelte sich. »Leider ist sie vor ein paar Jahren gestorben. Sie hätte sich sehr gewünscht, dass Lucia und ich wieder zusammenkommen.«

»Und was ist mit Lucias Eltern? Schließlich haben sie dir ja ihr Ferienhaus vermietet?«

»Sie waren naturlich auf der Seite ihrer Tochter, wussten aber auch von unserem Dilemma und dass Lucia im Grunde genommen diejenige war, die mich von sich weggetrieben hat. Ich hätte sie vermutlich nicht verlassen. Zumindest nicht deshalb. Sie waren sehr fair und mir nie böse.«

Der Kellner brachte zwei winzige Espressotassen und für jeden ein kleines Glas Wasser. Ben kippte seine Tasse in einem Zug herunter und spülte mit dem Wasser nach.

»Und heute?«, wagte Klara einen Vorstoß. »Hast du noch Gefühle für sie?«

Ben drehte sein Glas in den Händen und wiegte den Kopf hin und her. »Wenn man jemanden einmal geliebt hat, dann bleibt da immer etwas zurück, glaube ich. Ich kann meine Gefühle zu ihr ebensowenig per Knopfdruck abschalten wie ich das für dich konnte. Wenn wir ein Kind miteinander bekommen hätten oder anders damit umgegangen wären, dass wir keins bekamen, wer weiß ...«

Klara nippte an ihrem Espresso. Er schmeckte bitter.

»Wir sind beide nicht mehr mit jemand anderem glücklich geworden.«, fügte Ben wie zu sich selbst hinzu.

»Nun, Lucia scheint ja mittlerweile darüber hinweg zu sein – zumindest macht sie den Eindruck.«, bemerkte Klara mit einer wegwischenden Handbewegung. Ihr eigentliches Interesse lag auf dem Hier und Jetzt und nicht in einer Aufarbeitung von Bens Trennungsgeschichte.

Ben hob beide Hände in die Luft. »Lucia kann ihre Gefühle sehr gut hinter ihrer fröhlichen Fassade verstecken. Wie es dahinter aussieht, zeigt sie nur wenigen Menschen.«

»Willst du sie zurück?«, platzte Klara heraus und biss sich noch im selben Moment auf die Zunge. Es war die Frage, die ihr die ganze Zeit auf dem Herzen lag und die sie am meisten interessierte und so war sie ihr quasi ohne es zu wollen herausgerutscht. Jedoch so direkt ausgesprochen klang sie irgendwie plump.

Ben schien es ihr nicht übel zu nehmen. Er wiegte nachdenklich den Kopf. »Ich weiß es nicht«, antwortete er schließlich und es klang ehrlich. »Denkst du, man sollte alte Suppen aufwärmen?« Er grinste sie schwach an. »Nun«, antwortete Klara vage. »Es käme auf den Versuch an. Manche Suppen werden mit jedem Aufwärmen schmackhafter.«

***

Konrad und Lucia hatten den Tag indessen jeder für sich mit Lesen und Faulenzen verbracht und sich am Nachmittag auf einen gemeinsamen Spaziergang verständigt. Sie wollten sich etwas bewegen und eine Kleinigkeit essen. Viel gab es nicht in der Gegend, aber Lucia kannte in dem unterhalb des Weinbergs gelegenen Dorf eine kleine Sportsbar, in der *tramezzini* und Sandwiches angeboten wurden. Der Wind war im Laufe des Tages stärker geworden und zerrte an den Zweigen der Weinstöcke, die langen Zypressen bogen sich an den Spitzen wie Schiffssegel. Die beiden hatten ihre Kapuzen tief ins Gesicht gezogen und marschierten stramm nebeneinander her.

»Gut, dass Ben eine Windjacke im Haus hatte«, bemerkte Konrad. »Ich hätte nicht mit diesem Wetterumschwung gerechnet.«

»Der Herbst in der Toskana ist unberechenbar«, erwiderte Lucia mit einem eigenartigen Unterton, und Konrad war sich nicht sicher, ob sie damit nur das Wetter meinte.

In der Bar angekommen schlug ihnen eine schwülwarme Luft entgegen, es roch nach einer Mischung aus frischem Kaffee und altem Wein. Der Raum war überschaubar und relativ leer. Gegenüber der langen Holztheke, an der drei alte Männer zusammen mit dem gelangweilten *padrone* über die Politik und das Wetter lamentierend ihr Weinchen tranken, standen ein paar schmucklose Tische mit Plastikstühlen. In der Ecke flimmerte ein Fußballspiel über einen winzigen Bildschirm.

Außer Konrad und Lucia gab es keine weiteren nichteinheimischen Gäste. In das abgelegene Dorf verirrten sich nicht allzu viele Touristen und die Feriensaison war vorbei. Die beiden bestellten an der Theke jeder zwei *tramezzini* und belegte *panini* sowie Wasser und eine Karaffe *vino di casa* und nahmen an einem der Tische am Fenster Platz.

Konrad rieb sich die Hände. »Das war's wohl mit dem Sommer«, stellte er mit einem bedauernden Blick nach draußen fest.

Lucia schüttelte den Kopf. Ihre von der Kapuze befreiten Locken tanzten um ihr Gesicht. »Letztes Jahr wurde es um diese Zeit nach einem kurzen Einbruch auch nochmal warm. Warten wir's ab.«

Der etwas schwerfällige *padrone* setzte sich aufreizend langsam in Bewegung. Mit einer Zange fischte er lustlos die belegten Backwaren aus der Auslage und legte sie auf zwei Teller, während er weiterhin das Fußballspiel im Fernsehen beobachtete und zwischendurch immer wieder wort- und gestenreich kommentierte. Anschließend schlurfte er ans andere Ende des Tresens, wo er ächzend eine 2-Liter-Flasche Weißwein aus dem unter dem Tresen befindlichen Kühlschrank holte. Was ihm nicht nur aufgrund seiner Körperfülle schwerfiel, sondern auch weil er gleichzeitig das Spiel im Auge behalten musste. Es war offensichtlich, dass die Neuankömmlinge ihn bei seiner eigentlich wichtigen Tätigkeit störten.

Lucia warf Konrad einen vielsagenden Blick zu, Konrad grinste.

Der *Padrone* füllte den Wein in eine Karaffe. Bevor er dasselbe mit dem Wasser machte, bewegte er sich wieder in Richtung Bildschirm und schimpfte, noch immer die Weinflasche in der Hand, erstmal ausgiebig und unter Zustimmung seiner Stammgäste über den unfähigen Torwart. Nachdem er endlich beide Karaffen, die Teller und vier Gläser auf ein Tablett geladen hatte, humpelte er beschwerlich auf Lucia und Konrad zu und stellte, den Blick nach wie vor gebannt auf den Bildschirm in der Ecke gerichtet und immer vehementer über die lahme Fußballmannschaft fluchend, alles auf ihrem Tisch ab.

Lucia trank einen Schluck Wasser und lächelte Konrad an. Es war ihm schon öfter aufgefallen, dass sie mindestens zehn Jahre jünger wirkte, wenn sie lächelte. Er mochte die kleinen Fältchen, die dabei ihre irritierend grünen Augen umspielten. Ihre Augen hielten die seinen einen Moment zu lange fest. Leicht irritiert senkte er den Blick und griff nach einem der Brötchen auf seinem Teller. Er durfte sich keinerlei Annäherung an diese Frau erlauben, nicht einmal den Gedanken daran. Sie war und blieb Bens Ex und da durfte er auf keinen Fall dazwischenfunken. Auch oder gerade weil er mitunter den Eindruck hatte, dass sie es darauf anlegte, ihm zu gefallen. Ein Blick hier, eine Berührung da. Und er musste zugeben, dass ihn das nicht kalt ließ.

»Woran denkst du?«, fragte sie ihn unvermittelt.

Konrad fühlte sich ertappt und sah sie an. »Ist das nicht die meistgestellte Frage der Frauen an die Männer?«, versetzte er, um einen scherzhaften Ton bemüht.

Lucia, die in Windeseile bereits ihr erstes *tramezzino* verputzt hatte, wischte sich mit der Serviette den Mund ab und legte ihre Hand auf seine. »Ich spüre doch, dass du etwas auf dem Herzen hast.«

Konrad erschrak. Konnte sie seine Gedanken lesen? Was meinte sie? Flirtete sie etwa schon wieder mit ihm?

Lucia setzte nach: »Und ich weiß auch, dass du dir von mir eine Antwort auf deine Frage erhoffst.«

Jetzt wurde es Konrad heiß. »Ich stehe gerade etwas auf dem Schlauch«, antwortete er ehrlich. Er dachte in diesem Moment mit keinem Gedanken an ihr gestriges Gespräch und die Frage, die ihm seit Tagen auf der Seele brannte.

Lucia zog ihre Hand zurück, nippte an ihrem Wein und setzte sich aufrecht hin. »Du hast mich gestern morgen auf der Terrasse auf etwas angesprochen. Du erinnerst dich?«

Konrad brauchte einen Moment, um ihr zu folgen, dann nickte er erleichtert. Er entspannte sich etwas. Darauf wollte sie also hinaus. Umso besser. »Und du hast dich zurückgezogen wie ein verschrecktes Vögelchen«, versetzte er.

Sie lächelte wieder, diesmal etwas unsicher. »*Beh*, Ben war in der Nähe und er würde es überhaupt nicht schätzen, wenn er wüsste, dass ich mit dir darüber rede.«

Jetzt wurde die Sache spannend. Konrad nahm ebenfalls sein Weinglas, prostete Lucia zu und rückte seinen Stuhl ein wenig näher an ihren heran. Offenbar war sie jetzt bereit zu reden. »Du weißt also, was es mit dieser Marlene auf sich hat?«

Lucia wiegte den Kopf hin und her und ihr Blick wurde ernst. »Ja und nein«, antwortete sie. »Er hat mir gegenüber nur eine Andeutung gemacht in einem schwachen Moment. Es ist lange her, aber ich habe nie die ganze Geschichte aus ihm herausbekommen.« Sie machte eine Pause und faltete die Hände auf dem Tisch.

Sie sah Konrad an. »Hat Ben dir nie von einem Unfall erzählt? Während seiner Zeit in Deutschland?«

Konrad dachte nach. »Nein«, antwortete er.

Lucia beugte sich verschwörerisch zu Konrad hinüber. Ihr Parfum roch süßlich. »Was ich dir jetzt sage, muss unbedingt unter uns bleiben. Kannst du mir das versprechen?«

Konrad nickte. »Natürlich.«

»Ich werde dir alles erzählen, was ich darüber weiß, weil ich finde, du solltest so etwas wissen. Die Sache muss ziemlich schlimm gewesen sein, denn er hat mir damals auf Teneriffa erzählt, dass sie einer der Gründe war, warum er ... Na du weißt schon. Du kennst ihn«, sie machte eine wegwerfende Handbewegung, »Er kommt mit vielen Dingen lieber selbst klar anstatt mit anderen darüber zu reden.«

»Aber mit dir hat er darüber geredet?«, entfuhr es Konrad. Was war so schlimm, dass sein Bruder nicht mit ihm darüber sprechen wollte? Noch dazu, wenn es, wie es den Anschein hatte, irgendetwas mit Klara zu tun hatte? Das Gespräch, das er belauscht hatte, hatte keineswegs so geklungen, als wollten die beiden ihn irgendwann in ihre Heimlichkeiten einweihen.

Lucia legte abermals ihre Hand auf die seine. »Ich kann mir

vorstellen, dass dir das wehtut, Konrad. Aber die Geschichte liegt weit in der Vergangenheit und ist längst verjährt. Und vielleicht war es ja auch Klaras Wunsch, niemandem etwas davon zu sagen.«

Konrads Gekränktheit verwandelte sich in Ärger. Klara, natürlich, das würde zu ihr passen. Warum nicht noch eine Leiche im Keller verstecken, die wäre ja schließlich in guter Gesellschaft. Konrads Blut geriet kurz in Wallung. Dann fiel ihm ein, dass er bei dem Gespräch der beiden deutlich herausgehört hatte, dass Ben es war, der die »Sache« vergessen wollte. Außerdem war es sicherlich nicht Klara gewesen, die ihn zwanzig Jahre später und hunderte Kilometer entfernt davon abgehalten hatte, seinem Bruder etwas zu erzählen.

Ben war ein freier Mensch und Herr seiner Entscheidungen und er wusste sehr genau, was er tat. Oder sollte er befürchtet haben, dass Konrad Klara zur Rechenschaft ziehen würde? Wofür auch immer? Jedenfalls hingen sie offensichtlich beide in irgendetwas drin und er würde sich dieser Frau nicht nochmal annähern, ehe er wusste, was sie zu vertuschen hatte.

Er kippte den Rest Wein in seinem Glas herunter, schenkte beide Gläser nach und sah Lucia an: »Also?«

Lucia nestelte nervös an ihrer mittlerweile ziemlich zerfledderten Papierserviette. Ihr Blick wich Konrads aus und richtete sich auf einen imaginären Punkt im Raum, als stünde die Wahrheit dort geschrieben. Die Szene am Tresen hatte sich etwas beruhigt. Über den Bildschirm flimmerten jetzt grellbunte Werbespots, das Spiel hatte offenbar die Halbzeit erreicht. Der Wirt hatte sich in seine kleine Küche zurückgezogen und die drei alten Männer tauschten sich über den Dorfklatsch aus, tranken Wein und prosteten zwischendurch mit zahnlosem Grinsen Lucia zu. Die bemerkte es gar nicht.

»Lucia?« Konrad wedelte mit der Hand vor ihren Augen herum.

Sie blickte ihn an. »Ich musste Ben damals versprechen, keine weiteren Fragen zu stellen und mit niemandem darüber zu reden«, sagte sie langsam. »Und ich kenne, wie gesagt, auch nicht die ganze

Geschichte. Ich habe es auf sich beruhen lassen und akzeptiert, dass Ben ein Mann mit einer Vergangenheit war, die nie zu mir gehören würde. Nie im Leben hätte ich gedacht, dass diese Geschichte hier im Ferienhaus eine Rolle spielen würde ...« Den letzten Satz murmelte sie wie zu sich selbst. Sie dachte nochmal einen Moment nach, rang offensichtlich mit sich. Dann schlug sie mit der flachen Hand auf den Tisch. »Aber die Dinge haben sich geändert«, erklärte sie bestimmt. »Ich wusste nichts von dir und dass du eine Verbindung zur selben Frau hast, mit der er damals zusammen war, aber so ist es nun mal. Ich finde, du hast ein Recht auf die Wahrheit, zumal du und Klara ...« Sie ließ den Satz mit einer vielsagenden Geste und einem fast unhörbaren Fragezeichen offen.

Konrad ließ ihre Andeutung unkommentiert.

Lucia atmete hörbar ein. »Also, du weißt ja sicher, wie Ben und ich uns kennengelernt haben?«

Konrad zuckte mit den Schultern. »So in etwa.«

»Ich war mit ein paar Freunden bei einem Segeltörn auf den Kanaren. Teneriffa war unsere letzte Station, danach wollten wir wieder Richtung Heimat segeln. Im Westen der Insel gibt es eine gigantische Steilküste, die wollte ich mir ansehen. Die anderen hatten keine Lust, also bin ich allein dahingewandert.«

Lucia machte eine kleine Pause, sie wirkte in Gedanken ganz weit weg. »Als ich oben an der Küste angelangt war und nach unten blickte, sah ich diesen Mann auf einem Felsvorsprung sitzen. Ben. Er saß einige Meter unterhalb des Weges ganz knapp über dem Abgrund und starrte in die Wellen. Er sah so aus, als wolle er sich jeden Moment ins Meer stürzen.« Sie blickte Konrad mit dramatisch aufgerissenen Augen an. »Die Klippen sind an dieser Stelle an die fünfhundert Meter hoch, das hätte er nicht überlebt!«

Konrad nickte und wartete.

»Ich dachte, ich kann diesen Menschen nicht einfach seinem Schicksal überlassen«, berichtete Lucia weiter. Ihre Hände hatten sich von der Serviette gelöst und untermalten ihre Erzählung jetzt mit aufgeregten Gesten. »Ich hatte so ein Gefühl, dass der da nicht zum Spaß sitzt. Um die Aussicht zu genießen gab es ungefährlichere Stellen. Ich habe mich ihm also soweit wie möglich genähert und ihm zugerufen. Erst hat er nicht reagiert, aber ich habe nicht lockergelassen. Ich habe ihm gedroht, zu ihm zu kommen.« Bei der Erinnerung daran huschte ein Schmunzeln über ihr Gesicht. »Daraufhin hat er endlich den Kopf umgedreht und widerwillig zu mir raufgeschaut. Ich habe ihn gefragt, was er da macht und er sagte, er wüsste es selbst nicht. Ich habe ihm vorgeschlagen, dass wir das gemeinsam herausfinden könnten, das fand er offenbar komisch. Naja, irgendwie hat sich zwischen uns ein Gespräch entwickelt und nach einiger Zeit ist er schließlich aufgestanden und zu mir raufgeklettert. Puh.«

Lucia schüttelte die rechte Hand und legte den Kopf auf die Seite. »Ich war ziemlich erleichtert. Außerdem«, ihre Gesichtszüge entspannten sich, »war er ein ziemlich attraktiver Kerl. Es wäre doppelt schade um ihn gewesen.« Sie zwinkerte Konrad zu.

Konrad wurde ein wenig ungeduldig. Lucia sollte zur Sache kommen. Er war wenig interessiert an der romantischen Geschichte von ihrem und Bens Kennenlernen. Dass sein Bruder zu jener Zeit in einer seelischen Grenzlage gewesen war und Lucia als seinen rettenden Engel betrachtete, wusste er bereits.

»Er war verzweifelt, weil seine Mutter ihn ein Leben lang belogen hatte«, äußerte er. »Aber was hat das mit diesem Geheimnis zu tun?«

Lucia hob beschwichtigend die Hand. »Dazu komme ich ja gerade. Die Sache ist, dass es eben nicht nur seine Mutter war, die ihn dazu getrieben hat, beinahe ...« Den Rest des Satzes wischte sie mit der rechten Hand imaginär weg. »Es gab da noch einen anderen Grund.«

Jetzt versprach die Sache spannend zu werden. Konrad verteilte den Rest aus der Karaffe in beide Gläser und nippte an seinem. Am Tresen wurde es wieder laut, die zweite Halbzeit hatte begonnen. Die Chancen auf eine weitere Bestellung standen nicht sehr gut, also wandte er sich wieder Lucia zu.

»Die Sache von eurer Mutter und der Suche nach dir hat er mir an diesem Tag gar nicht erzählt. Es gab da etwas, was ihn viel mehr belastete.«

Konrads Glas blieb in der Luft hängen, er verschluckte sich beinahe an seinem Wein und musste husten. Was hatte Lucia da gerade gesagt? Ben hatte ihm von Angesicht zu Angesicht erzählt, dass die Lügen ihrer Mutter zusammen mit der zunehmend einengenden Verbindung zu Klara ihn seinerzeit völlig überfordert hätten. Die Tatsache, dass seine Mutter ihm trotz der erschlagenden Beweise noch ins Gesicht gelogen hatte, hätte sein Maß zum Überlaufen gebracht und letztlich diese Kurzschlussreaktion in ihm ausgelöst. Konrad hatte bisher keinen Grund gehabt, an dieser Version der Geschichte zu zweifeln. Aber wenn er so recht darüber nachdachte, hatte ihn das schon stutzig gemacht. Ben war nicht der Typ, der sein Leben wegwarf. Nicht wegen der Verfehlungen anderer. Sollte er selbst eine Verfehlung zu beklagen gehabt haben? Eine so schwerwiegende, dass sie ein solches Verhalten erklärte? Er zog die Augenbrauen hoch und wartete ab.

»Kurz vor Bens Reise nach Teneriffa muss es in Heidelberg einen schlimmen Autounfall gegeben haben«, berichtete Lucia weiter, »einen furchtbar schlimmen.«

Konrad schaute Lucia verständnislos an. »Einen Autounfall?«, wiederholte er. Er spürte, wie seine Nackenhaare sich aufstellten. Weder Ben noch Klara hatte je davon gesprochen, einmal einen schweren Autounfall erlebt zu haben. Die Episode mit dem Traktor fiel ihm wieder ein. Jetzt ergab ihr Verhalten allmählich einen Sinn.

»Was ist passiert?«, fragte er und seine Stimme klang heiser.

Lucia sah ihn ausdruckslos an. »Der Unfall hatte offenbar tragische Folgen. Ben und Klara ist nichts passiert, aber ... Nun, genau weiß ich es nicht, aber ich bin mir sicher, dass es mit dieser Marlene zu tun hat. Er hat den Namen nie erwähnt und was er gesagt hat, war ziemlich durcheinander und wirr. Aber ich konnte heraushören, dass eine Frau durch sein Verschulden ums Leben gekommen war.« Sie atmete hörbar aus. »Unter normalen Umständen hätte er mir wohl niemals davon erzählt und das hat er auch nie wieder. Aber ich habe verstanden, dass er, wenn er wieder nach Deutschland zurückkehren würde, große Probleme kriegen könnte.«

»Fahrerflucht?« Konrad fuhr sich mit beiden Händen durch die Haare. Dann senkte er den Blick und schaute erschrocken zum Tresen, als befürchtete er, dass ein Außenstehender davon erfahren könnte. Doch die Sorge war unbegründet, die vier Männer gingen nach wie vor in ihrem Fußballspiel auf.

Lucia neigte den Kopf zur Seite. »Ich vermute sowas, ja. Aber mehr weiß ich wirklich nicht. Wir haben danach nie wieder über diese Sache gesprochen.«

»Und dir war das egal?« Konrad konnte es nicht fassen, dass Lucia so eine Andeutung einfach auf sich beruhen ließ.

»Ich kannte ihn kaum, welches Recht hätte ich gehabt, ihn zur Rede zu stellen? Noch dazu in dieser Situation!«

»Aber später, als ihr zusammen wart, da ...«

Lucia machte eine abwehrende Geste. »Du kennst deinen Bruder. Wenn er nicht reden will ... Und ich war verliebt. Er wollte ein neues Leben, wir haben in Italien ein neues Leben angefangen. Basta.«

Konrad stützte seinen Kopf in die Hände, starrte auf die Tischplatte und versuchte das Gehörte einzuordnen. Ben auf der Klippe, Lucia als Retterin, ein tödlicher Unfall, über den nie mehr gesprochen worden war. Die Gedankenfetzen schwammen in seinem Kopf herum wie die Einzelteile einer aufgeweichten Zeitung in einer Wasserpfütze. Dieser Unfall - offensichtlich handelte es sich dabei nicht um eine Bagatelle, im Gegenteil. Und diese Marlene – mutmaßlich war sie das Unfallopfer. Hatte Ben sie über den Haufen gefahren und war einfach geflüchtet? Und sein schlechtes Gewissen hatte ihn dazu getrieben, lieber von der Klippe zu springen als zur Polizei zu gehen? Das passte doch gar nicht zu ihm. Klara und er hatten außerdem nicht so von ihr gesprochen, als wäre sie eine völlig Fremde gewesen. Also schienen sie sie gekannt zu haben. Es würde doch nicht etwa Mord gewesen sein?

Konrad hielt es plötzlich nicht mehr auf seinem Stuhl aus. Er stand auf und ging ein paar Schritte auf und ab. Der *padrone* blickte kurz fragend zu ihm hinüber, wandte sich dann aber sogleich wieder dem Fernseher zu, als er registrierte, dass Konrad nichts bestellen wollte. Konrads Gedanken drehten sich weiter im Kreis. Spekulationen brachten ihn nicht weiter, er musste die Wahrheit herausfinden. Lucia hatte ihm vermutlich bereits mehr gesagt als sie sollte und wie es aussah wusste sie tatsächlich keine weiteren Details.

»Du wirst Ben doch nichts von unserem Gespräch erzählen?«, hörte er ihre Stimme. Lucia schaute ihn eindringlich an.

»Natürlich nicht«, erwiderte Konrad ein wenig barsch. Er stand jetzt vor dem Fenster und blickte hinaus in die trübe Herbstlandschaft, die ihm mit einem Mal trostlos erschien und grau. Er ärgerte sich, dass es, seit er dieser Frau am Neckar begegnet war, in seinem Leben nur noch Geheimnisse und Verlogenheiten zu geben schien. Vielleicht musste er nicht alles aus dem Leben seines Bruders wissen, aber wenn Ben und Klara irgendeine tragische und womöglich kriminelle Geschichte miteinander teilten, dann hatte er sehr wohl ein Recht darauf, davon zu erfahren.

»Aber ich kann nicht weiterhin so tun, als hätte ich nichts davon gehört«, fügte er hinzu, indem er sich Lucia wieder zuwandte. Sie gab ihm mit einer Kopfbewegung zu verstehen, dass er sich wieder setzen sollte und er befolgte ihren Wunsch.

Lucia überlegte einen Moment, dann nahm sie Konrads Hände sanft in die ihren. Ihre Hände waren warm und weich und fühlten sich seltsam vertraut an. »Dann solltest du deinen Bruder darauf ansprechen, was du gehört hast. Im richtigen Moment.«

»Danke, dass du mir davon erzählt hast«, sagte er und sein Ton klang wesentlich freundlicher als noch kurz zuvor. »Ich werde die Wahrheit schon aus Ben herausbekommen.«

Lucia, deren Hände noch immer in den seinen lagen, senkte den Blick und er stellte mit Erstaunen fest, dass ihre Wangen leicht gerötet waren.

Wieder zurück im Ferienhaus war Konrad froh, dass Ben und Klara noch unterwegs waren. Es gab ihm die Gelegenheit, die Dinge sacken zu lassen. Er brauchte einen Plan, wie er es einfädeln wollte und wäre jetzt nicht imstande, nach dem Gehörten direkt auf Smalltalk umzuschalten. Er war der Typ, dem das Herz auf der Zunge lag und dem man Stimmungen leicht anmerkte. Eine Eigenschaft, die Diplomatie mitunter nicht eben erleichterte. In dieser Sache brauchte er aber genau die, sonst würden die beiden ihm weitere Lügen auftischen und er würde nie wissen, woran er war. Bis auf weiteres würden sich die Vertraulichkeiten zwischen ihm und Klara jedenfalls nicht wiederholen. Andererseits – wie er sie kannte, hatte sie die Sache vermutlich selbst lange Zeit verdrängt und war erst durch Bens Auftauchen wieder daran erinnert worden. Er wusste ja nicht einmal, inwieweit sie über ihre Mitwisserschaft hinaus damit zu tun hatte. Und fair betrachtet gab es für sie auch keinerlei Verpflichtung, Konrad jeden Abgrund ihres Lebens zu beichten. Sie waren nie ein Paar gewesen.

Anders war das bei seinem Bruder, mit dem er in den vergangenen Monaten jeden Winkel seiner Seele geteilt hatte. Wovon er auch umgekehrt ausgegangen war. Von ihm war er in dieser Sache weitaus enttäuschter.

Tag sechs

Der frische Wind hatte sich gelegt und die gefühlten Temperaturen waren damit wieder etwas milder geworden. Der toskanische Spätsommer schien sich noch ein letztes Mal von seiner besten Seite zeigen zu wollen, bevor er endgültig an den Herbst abgeben würde.

Ein gemeinsames Frühstück hatte es heute im Ferienhaus nicht gegeben. Konrad hatte sich mit einer Ausrede seinen Caffè und zwei Brioches mit in sein Zimmer genommen. Lucia hatte schon früh einen Kundenbesuch in der Nähe gehabt und Ben und Klara hatten daraufhin auch nur eine Kleinigkeit aus der Hand zu sich genommen. Erst am späteren Vormittag trafen sich alle vier am Pool, wo Ben bereits eine Flasche Weißwein in den Kühler und einige Knabbereien bereitgestellt hatte.

»Wie war euer Tag gestern?«, wandte er sich bestens gelaunt und arglos an seinen Bruder, während er an einem *grissino* knabberte.

Konrad zögerte kurz, wechselte fast unmerklich einen Blick mit Lucia, und antwortete dann bemüht gelassen: »Wir haben viel gelesen, uns ausgeruht und dann haben wir unten im Dorf eine Kleinigkeit gegessen und uns unterhalten.«

Klara, die sehr feine Antennen für Stimmungslagen hatte, verspürte irgendeinen Missklang in Konrads Unterton, der ihr nicht gefiel. Seine Antwort wirkte in ihren Ohren aufgesagt, so als wolle er etwas sagen, was er aber nicht aussprach. Auch wirkte irgendetwas zwischen ihm und Lucia verändert. Sie blickte forschend zu Ben, er schien nichts zu bemerken. Anschließend wanderte ihr Blick wieder zu Konrad.

Der nippte betont lässig an seinem *Vernaccia di San Gimignano* mit der Gelassenheit eines Mannes, der nie etwas anderes getan hatte, als an den Pools dieser Welt wohltemperierten Weißwein zu trinken. Sie kannte ihn, er wirkte nicht authentisch. Sein distanziertes Verhalten passte nicht zu ihrem gestrigen Gespräch. Sie waren sich nahegekommen, er hatte ihr verziehen, und heute begegnete er ihr mit einer abweisenden Coolness, die sie sich nicht erklären konnte. Was war los mit ihm und was spielte sich zwischen ihm und Lucia ab? Die beiden hatten doch nicht etwa Heimlichkeiten?

Eine Stunde später saß Klara allein in ihrem Liegestuhl und las. Zumindest versuchte sie das, doch ihre Gedanken waren ganz woanders. Ben und Lucia waren miteinander Tennis spielen gegangen, angeblich wollte Lucia etwas für ihre Fitness tun. Konrad wollte ein wenig spazieren gehen und die Umgebung erkunden. Er hatte sie nicht gefragt, ob sie Lust hatte mitzukommen. Es war deutlich gewesen, dass er allein sein wollte. Wie schon morgens.

Klara legte ihr Buch weg und ging in die Küche, um nach etwas Essbarem Ausschau zu halten. Nach diesem dürftigen Frühstück heute morgen hatte sie Hunger, jedoch keine Lust, für sich alleine etwas zu kochen. Sie würde sich ein Sandwich machen.

Gerade als sie dabei war, sich ein Ciabatta aufzuschneiden, hörte sie ein Handy piepsen. Sie schielte zum Tisch, wo das Piepsen herkam, es ertönte ein weiteres Mal. Ihr eigenes Handy konnte es nicht sein, das lag in ihrem Zimmer. Sie trat an den Tisch, schob ein paar Zeitungen zur Seite und fand darunter das schicke rosa Smartphone von Lucia. Die hatte es offensichtlich dort vergessen.

Klara drehte sich um und wollte sich wieder ihrem Essen zuwenden. Lucias Nachrichten gingen sie weder etwas an noch waren sie interessant für sie. Dann hielt sie einen Moment unschlüssig inne. Und wenn doch? Womöglich könnte sie etwas herausfinden, was Lucias Verhältnis zu Ben oder die merkwürdigen Blickwechsel mit Konrad betraf? Sie schielte neugierig auf das Handy. Sie kannte dieses Modell, sie müsste nur einmal kurz auf den Knopf drücken und die Nachricht würde auf dem schwarzen Display erscheinen. Klara war hin- und hergerissen. Schließlich nahm sie das Smartphone beherzt in die Hand und ließ die letzte Nachricht aufleuchten.

Als sie erkannte, wer der Absender war, schlug ihr Herz einen Takt schneller: Da stand tatsächlich Konrads Name! Also hatten die beiden in der Kürze der Zeit nicht nur bereits ihre Nummern ausgetauscht, sondern schrieben sich sogar Nachrichten, die die anderen nicht mitbekommen sollten! Eine andere Erklärung konnte es dafür nicht geben, schließlich sahen sie sich hier fast den ganzen Tag. Konrad war angeblich die Gegend erkunden, doch in Gedanken war er offensichtlich bei dieser Frau, die zur selben Zeit fröhlich mit seinem Bruder Tennis spielte. »Danke für gestern«, stand da. »Ich hoffe, du hast es nicht bereut. Ich werde Ben nichts erzählen, versprochen. Baci, Konrad.«

›Baci, Konrad‹. Klara wurde es heiß, tausende von Nadeln stachen gleichzeitig in ihren Körper, sie musste sich setzen. Also doch. Ihr Gefühl hatte sie nicht getrogen. Konrad und Lucia hatten den gestrigen Tag ganz offensichtlich anders genutzt, als sie Ben und Klara Glauben machen wollten. Aber wie konnte das sein? Konrad hatte sie an sich gezogen, sie beinahe geküsst, das war doch kein Spaß! Oder etwa doch? Wollte er sie bestrafen für das, was sie ihm angetan hatte? Hatte er ihr in Wirklichkeit gar nicht verziehen, sondern spielte ein ganz perfides Spiel mit ihr?

Bilder entstanden in ihrem Kopf, sie konnte es gar nicht verhindern. Konrad und Lucia im Pool, in seinem Bett – oder in ihrem? Womöglich gar genau da wo sie jetzt saß und diese verräterische Nachricht las? In Klaras Vorstellung spielten sich die wildesten Szenen ab. Von wegen gefaulenzt und gelesen! Und heute morgen hatten sie getan, als wäre alles in bester Ordnung. Sie hatten nicht die Spur von schlechtem Gewissen gezeigt.

Klara wurde es schwummrig. Sie stand auf, holte sich ein Glas Wasser, setzte sich wieder. Ihre Augen wurden feucht. Niemals hätte sie gedacht, dass Konrad so abgebrüht lügen könnte. Und dass er seinen Bruder, dem er so viel zu verdanken hatte, derart hintergehen würde, schon gar nicht. Immerhin war Lucia Bens Exfrau, das konnte ihm nicht egal sein. Auch wenn sie selbst ihm offenbar nicht halb so viel bedeutete wie sie sich eingebildet hatte. Sie spürte, wie sie am ganzen Körper zitterte. Am liebsten hätte sie das Handy genommen und es an die Wand geworfen.

Von der Tür her erklang ein schnarrendes Geräusch. Konrad war zurückgekommen.

Für einen kurzen Moment überlegte Klara, ob sie ihn mit ihrem Fund konfrontieren und zur Rede stellen sollte, doch dann entschied sie sich anders. Rasch schob sie das Smartphone wieder unter die Zeitungen.

»Hallo meine Liebe.« Konrad wirkte äußerlich aufgeräumt und entspannt, doch wie schon den ganzen Tag fühlte sich für Klara irgendetwas an ihm alarmierend an. Seine Stimme hatte einen angespannten und lauernden Unterton. Eigentümlicherweise allerdings nicht so, als hätte *er* einen Fehler zu verbergen, sondern eher so, als habe er *ihr* etwas vorzuwerfen. ›Meine Liebe‹ – so hatte er sie noch nie genannt. Es klang irgendwie zynisch.

»Hallo«, gab sie zurück und ihre Stimme zitterte leicht. Sie zwang sich zur Ruhe.

Für einen kurzen Moment befürchtete sie, er könnte sie beobachtet haben mit Lucias Handy in der Hand. Doch dafür müsste er schon länger hier sein und das hätte sie ganz sicher bemerkt. Die quietschende Eingangstür konnte man nicht überhören. Sie blickte zur Terrassentür. Ob er von hinten gekommen war und sie durch die Tür gesehen hatte? Sie schob den Gedanken beiseite. Warum sollte er das tun. Konrad war ein geradliniger Mensch, er hätte sie sicher direkt darauf angesprochen.

»Was ist los, du siehst aus, als hättest du gerade ein Gespenst gesehen?«, fragte Konrad jetzt.

Seine hervorragende Beobachtungsgabe ärgerte Klara. Sie riss sich zusammen. »Bei mir ist alles in Ordnung«, log sie und beeilte sich, wieder zu ihrem halbfertigen Sandwich zu kommen, das noch immer in der Küche auf sie wartete. »Und bei dir?«

»Alles gut.«

›Gar nichts ist gut‹, dachte Klara bitter, während sie Schinken und Käse auf ihre Brötchenhälften stapelte. ›Überhaupt nichts.‹

Sie nahm sich ein Glas Mayonnaise aus dem Kühlschrank. Nervennahrung. »Vielleicht liegt es an dem Buch, das ich gerade lese«, erklärte sie spontan. »Ziemlich spannend. Es geht um eine sehr gefährliche Affäre zwischen einer Frau und dem Bruder ihres Mannes.« Hoffentlich war das nicht zu dick aufgetragen. Sie schaute Konrad, der sich gerade ein Bier öffnete, forschend an, doch der schien ihr gar nicht richtig zuzuhören.

»Mhm«, machte er nur.

»Ich bin noch nicht ganz durch, aber ich glaube, am Ende fließt Blut«, setzte sie hintergründig nach.

»Aha, klingt dramatisch«, sagte Konrad teilnahmslos. »Ich wusste gar nicht, dass du neuerdings Thriller liest.« Er nahm sich einen Apfel aus der Obstschale und ging hinaus auf die Terrasse.

Klara blieb nachdenklich in der Küche, belegte ihr Sandwich zu Ende und beobachtete Konrad dabei, wie er sich ostentativ entspannt auf eine Sonnenliege fläzte und herzhaft in den Apfel biss. Er sah aus als posiere er für einen Werbefilm. Lässig. Verwegen. Sexy. Sie spürte eine Mischung aus Wut und Scham in sich aufsteigen. Sie hatte ihn von der Straße geholt, ihm ein menschenwürdiges Leben ermöglicht. Durch sie war er überhaupt erst in der Lage gewesen, zu seinem Bruder zu reisen und der zu werden, der er jetzt war. Sie hätte ihm schon irgendwann selbst gesagt, dass Ben lebte, zum richtigen Zeitpunkt, wenn er nicht diesen Brief gefunden hätte. Sie hatte ihm nur noch ein wenig Zeit geben wollen. Ihm und sich selbst. Und vor zwei Tagen, da war doch etwas zwischen ihnen gewesen, das hatte sie sich doch nicht eingebildet! Wieder stiegen ihr Tränen in die Augen. Sie versuchte sich zu beruhigen. Vielleicht hatte sich das mit Lucia gestern ganz spontan entwickelt und war ein einmaliger Ausrutscher gewesen. Womöglich hatte sie ihn angemacht und es war einfach passiert. Aber es sah Konrad gar nicht ähnlich, erst mit ihr, Klara, zu flirten und dann einen Tag später mit einer anderen ins Bett zu gehen. Als Womanizer hatte sie ihn bisher noch nicht wahrgenommen. Doch was wusste sie schon über diesen Mann? Er hatte ein paar Monate in ihrer Wohnung gelebt, aber kannte sie ihn wirklich? Er war ein anderer geworden, vielleicht stieg ihm sein neues Selbstbewusstsein schlichtweg zu Kopf.

Als sie sich mit ihrem Teller an den Terrassentisch setzte, blätterte Konrad scheinbar interessiert in einer Zeitschrift. Er schien keinerlei Interesse an einer Unterhaltung mit ihr zu haben. Am liebsten wäre Klara zu ihm hingegangen und hätte ihn geschüttelt. Oder geküsst. Oder beides. Aber sie tat nichts von alledem, sondern kaute verbissen auf ihrem Ciabatta herum. Es war viel zu fettig und eigentlich hatte sie auch gar keinen Hunger mehr.

Konrad starrte auf die Buchstaben in der Zeitschrift vor ihm, doch er nahm nichts davon wahr, was darinstand. Das Magazin diente lediglich dazu, kein Gespräch mit Klara anfangen zu müssen. Dazu war es noch zu früh. Er hatte noch keinen Plan, wie er ihr begegnen sollte und wollte den Kontakt deshalb bis auf weiteres auf eine höfliche Distanz reduzieren. Lange würde er das nicht durchhalten können, das war ihm klar. Es würde auffallen und irgendwann würde er reagieren müssen.

Er hatte nachgedacht auf seinem Spaziergang und war sich nicht mehr so sicher, ob er wirklich mit Ben über diesen Unfall reden sollte. Er kannte seinen Bruder gut genug, um zu wissen, dass dieser sehr gut schweigen konnte, wenn er es für richtig hielt. Da konnte man noch so bohren. Und schließlich hatte Ben Klara bei ihrem Gespräch auf der Terrasse sehr bestimmt erklärt, dass die Sache für ihn erledigt war.

Die bessere Variante war vermutlich, Klara darauf anzusprechen. Sie wäre eventuell zugänglicher und eher aufs Glatteis zu führen. Doch was würde sie antworten? Womöglich wäre sie um eine Lügengeschichte nicht verlegen. Und er müsste zugeben, dass er sie belauscht hatte. Am Ende würde sie das Ganze noch so hindrehen, dass er der Dumme wäre.

Wenn diese Marlene tatsächlich ein dunkles Kapitel aus Bens und Klaras gemeinsamer Vergangenheit war und alle beide sich an ihr Schweigegebot hielten, würde es für ihn schwierig werden. Er musste einen schwachen Moment abwarten, eine Situation, in der er einen der beiden mit der Geschichte überrumpeln konnte.

Er nahm einen Schluck Bier. Klara beobachtete ihn, das spürte er. Sollte sie sich ruhig Gedanken machen, er würde nicht darauf reagieren. Womöglich hätte er das Ganze sogar irgendwann vergessen können, aber das Gespräch mit Lucia hatte ihn endgültig neugierig gemacht. Er hatte verdammt nochmal keine Lust mehr auf Lügen und Tabuthemen. Weder bei seinem Zwillingsbruder noch bei dieser Frau, die vor einem knappen Jahr in sein Leben geschneit war und die ihn trotz oder gerade wegen ihrer undurchschaubaren Ambivalenzen immer wieder aufs Neue reizte.

Er schielte unauffällig zu ihr hinüber. Klara hatte sich mittlerweile ans andere Ende der Terrasse in den Schatten gesetzt und schien wieder in ihr Buch vertieft zu sein. Sie hatte ein hübsches Profil. Die leichte Sonnenbräune stand ihr gut. Sie hatte sogar ein paar Sommersprossen auf der Nase, die waren ihm bisher noch gar nicht aufgefallen. Unter ihrem T-Shirt zeichneten sich appetitliche kleine, feste Brüste ab. Die hatte sie früher immer sehr gut unter ihren unförmigen Blusen zu verstecken gewusst. Doch die biedere Sekretärin war nur eine Facette von ihr. In dieser Frau steckte weit mehr, das wusste er inzwischen.

Konrad ertappte sich bei dem Gedanken, wie sich diese Brüste wohl unter seinen Händen anfühlen würden. Ob sie leidenschaftlich sein konnte? Er hatte jedenfalls grundsätzlich nicht mehr den Eindruck, dass sie ihn abweisen würde.

Er schüttelte den Kopf über seine Gedanken. Wohin sollte das führen? Klara war keine Frau für eine Nacht. Und für etwas Ernsteres musste er ihr vertrauen können.

Klara schaute auf und bemerkte Konrads Blick. »Wie findest du eigentlich Lucia?«, fragte sie ihn unverblümt. Es war weniger Taktik als das, was ihr die ganze Zeit durch den Kopf ging. Irgendwie mussten sie ja mal ins Gespräch kommen.

»Wie meinst du das?« Konrad war vorsichtig. Er hatte ein Gespür dafür, wenn Klara auf irgendetwas hinauswollte.

»Naja, ich finde es schon irgendwie komisch, dass sie jetzt da ist«, erklärte Klara. »Wir kennen sie ja beide kaum und dann gleich mehrere Tage gemeinsam unter einem Dach …«

Konrad zuckte mit den Achseln. »Ben kennt sie. Hast du damit ein Problem?«

Klara antwortete nicht gleich. »Denkst du, die beiden haben noch Gefühle füreinander?«, fragte sie statt einer Antwort.

»Keine Ahnung, nein, ich glaube nicht.« Konrad klang nicht so, als würde ihn die Frage allzu sehr umtreiben. War er wirklich so abgebrüht? »Wie kommst du darauf?«

»Naja, sie bemüht sich schon sehr um ihn. Sie besuchen gemeinsame Freunde, spielen stundenlang miteinander Tennis … Ich frage mich, warum sie überhaupt hier aufkreuzt und tagelang bleibt.«

Jetzt klang sie ein wenig eifersüchtig. Konrad lächelte nachsichtig und versuchte es mit einer Gegenfrage: »Klara, mal ganz ehrlich: Hast *du* noch Interesse an Ben?«

»Ich weiß es nicht«, antwortete sie überraschenderweise und es klang ehrlich. Sie schaute ihn an mit diesem verletzlichen Blick, der ihn vom ersten Moment an berührt hatte und der immer wieder verhinderte, dass er sie hassen konnte.

Klara hielt einen Moment gedanklich inne. Sollte das der Grund sein, warum Konrad sich auf Lucia eingelassen hatte? Weil er glaubte, dass sie kein Interesse an ihm hatte? So kamen sie nicht weiter. Sie legte spontan ihr Buch auf die Seite, stand auf und setzte sich ans Fußende seiner Liege.

»Ich habe dir ja erzählt, welche Rolle Ben in meinem Leben gespielt hat«, begann sie zögernd. Vielleicht würde er offener, wenn sie ihm etwas von sich erzählte. »Er hat mich ins Leben zurückgeholt, er war der rettende Anker für mich, bei meinen Eltern wäre ich vor die Hunde gegangen. Er wird immer einen Platz in meinem Herzen haben, auch wenn er es mir gebrochen hat.«

Sie blickte zu Boden. »Als sein Brief aus Italien kam, hatte ich nur zwei Möglichkeiten: Entweder ich blicke der Realität ins

Gesicht, dass er mich verlassen und jahrelang im Glauben gelassen hat, er sei tot. Das hätte bedeutet, dass ich eine Wunde aufreiße, die ich nach vielen Jahren mit Mühe und Not zu einer erträglichen Narbe verschlossen hatte. Ich wäre erneut in Gefahr gewesen, völlig aus dem Ruder zu laufen – bei meiner Vorgeschichte. Oder ich ignoriere den Brief und vergesse, dass es ihn jemals gegeben hat. Verstehst du das?«

Wieder dieser Blick. Konrad war sich nicht sicher, ob er verstehen konnte, dass es Menschen gab, die eine Tatsache offenbar so gut verdrängen konnten, dass sie selbst glaubten, sie wäre nicht vorhanden. Aber er wusste auch nicht, wie es sich anfühlen musste, als junger Mensch mit so einem Schmerz und solch einer empfundenen Schuld leben zu müssen wie Klara.

»Als du mir dann sozusagen vor die Füße gespült wurdest – gar nicht weit von der Stelle entfernt, wo das mit Kristin passiert ist – da ist in mir irgendein Autopilot abgelaufen, den ich nicht steuern konnte«, fuhr Klara fort. Sie schüttelte den Kopf. »Ich habe da irgendetwas durcheinandergebracht. Rückblickend glaube ich, dass ich tief in mir drin sehr schnell wusste, wer du warst, aber meine Seele hat mich davor geschützt, es zu erkennen. Und als es dann an der Oberfläche war, konnte ich dich gefühlsmäßig nicht von Ben trennen. Es war, als wäre er zurückgekommen und diesmal nicht in Form eines Briefes, den man im Keller vergessen kann, sondern als Mensch aus Fleisch und Blut.«

Sie schwieg einen Moment, dann sagte sie wie zu sich selbst: »Paradoxerweise hat mich aber erst das Wissen, dass du nicht *er* warst dazu animiert, mich näher auf dich einzulassen.« Jetzt schaute sie ihn wieder an. »Da war keine Vergangenheit zwischen uns, verstehst du? Es war, als hätte der Herrgott mir eine zweite Chance gegeben, Ben quasi ohne Schmerz und ganz jungfräulich noch einmal gegenüberzutreten.«

Konrad runzelte die Stirn. Es war ein wenig viel für ihn, was da gerade aus Klara heraussprudelte. Und passte überhaupt nicht zu seinen aktuellen Gedanken. Sie brachte ihn aus dem Konzept.

Wieder mal. Das konnte sie gut. Was meinte sie wohl mit jungfräulich? »Das klingt schon alles ziemlich verrückt«, meinte er nüchtern. Er dachte einen Moment nach. »Und wie ist es jetzt?«, fragte er schließlich mit süffisantem Unterton. »Ich meine, kannst du uns mittlerweile voneinander trennen … gefühlsmäßig?«

Klara blickte ihn erschrocken an. »Das ist vorbei, Konrad, wirklich!«, beteuerte sie. »Ich habe nach deiner Zeit in Heidelberg nochmal einiges aufgearbeitet und begriffen. Ich sehe nicht mehr Ben in dir und doch …« Sie stockte einen Moment. »Du hast mich gefragt, ob ich noch etwas für Ben empfinde.«

Konrad zog bestätigend die Augenbrauen hoch und knabberte die Reste von seinem Apfel ab, bevor er das Gehäuse schwungvoll ins Gebüsch warf. Klara sah ihm einen Moment lang nach, dann richtete sie den Blick wieder auf Konrad.

»Nun, vielleicht ist das so, wenn man jemanden einmal so sehr geliebt hat, dass da immer etwas bleibt. Aber …« Sie griff nach Konrads Hand. »Ich sehe dich schon längst als den, der du bist.«

»Und wer bin ich denn?«, wollte Konrad wissen. Er hatte ein wenig Mühe, gedanklich mit Klaras emotionalen Sprüngen mitzuhalten und ihre unerwartete Berührung irritierte ihn. Er zog seine Hand nach einem kurzen Augenblick zurück. Klara verschränkte die Arme vor der Brust, als wolle sie demonstrieren, dass sie Konrads Wunsch nach Distanz akzeptierte.

»Auf jeden Fall anders als dein Bruder. Du nimmst das Leben, wie es kommt und machst einfach dein Ding draus. Du planst nicht jeden Schritt, bevor du ihn gehst, sondern machst ihn einfach. Du bist spontan, witzig, charmant. Jemand, der dem Leben die leichten Seiten abgewinnen kann. Und das, obwohl du es nicht immer leicht hattest.«

»Oder vielleicht gerade deshalb«, murmelte Konrad.

»Jedenfalls hat mir deine Art zu leben gezeigt, dass es nichts bringt, sich in Routine zu vergraben und zu glauben, das sei ein lebenswertes Leben. Du hast mich gelehrt, dass es sich lohnt, über den Tellerrand zu schauen, das Unerwartete zuzulassen, dass

Überraschungen keine Bedrohung sind und dass Pläne nicht glücklich machen.«

Sie lauschte ihren eigenen Worten nach. Das klang wie ein Absegnen der Dinge, die sich gestern hier vermutlich abgespielt hatten.

»Das klingt ja fast wie eine Liebeserklärung«, wunderte sich Konrad.

Klara wiegte den Kopf und schaute auf ihre Zehen. »Nur nicht übertreiben.« Sie lachte nervös. Das Lachen klang nicht glaubwürdig.

Konrad dachte nach. Jetzt wäre womöglich der Moment dafür, sie nach Marlene zu fragen. Klara würde ihm hier auf der Terrasse nicht ausweichen können und sie schien gerade in der Stimmung dazu, ihm etwas anzuvertrauen.

»Du hast recht, ich habe gelernt, im Leben zu nehmen, was mir angeboten wird und das Beste für mich daraus zu machen«, begann er.

Klaras Blick verdunkelte sich für einen Moment, sie schaute ihn fast feindselig an.

»Und dennoch hasse ich Geheimnisse und Heimlichkeiten«, sprach er weiter. »Ich bin ein extrem toleranter Mensch und kann fast alles hinnehmen – wer wüsste besser als ich, dass einem so ziemlich alles passieren kann.«

»Ich weiß, dass ich mich falsch verhalten habe, aber müssen wir das ewig ...«, unterbrach Klara leicht gereizt, doch Konrad brachte sie mit einer bestimmenden Geste zum Schweigen. Es gab jetzt kein Zurück mehr und er hatte auch keine Lust, auf Themen auszuweichen, die für ihn längst gegessen waren. Klara schwieg erschrocken.

»Du sagst, ich bin dir wichtig?«, fragte Konrad streng. »Du hast mich womöglich sogar recht gern? Und du sagtest, wir wollen vergessen, was war und ehrlich miteinander sein?«

Klara nickte verunsichert. Worauf wollte Konrad hinaus? Worüber sprachen sie eigentlich gerade? Sie wollte von ihm hören, was mit Lucia war und jetzt kam es ihr vor, als hätte *sie* etwas Falsches getan. Sie hatte das Gefühl, sie redeten gerade komplett aneinander vorbei.

»Dann beantworte mir bitte eine Frage und das ehrlich.« Er wartete einen Moment, doch von Klara kam nichts. »Versprichst du mir das?«, insistierte er. Klara zuckte mit den Schultern.

»Ja«, sagte sie schließlich trotzig.

Konrad setzte sich auf und sah sie von oben herab an. »Dann möchte ich gerne eine Sache von dir wissen.« Und dann stellte er die Frage, die, wie er vermutete, für Klara eine ganze Felswand zum Einstürzen bringen konnte: »Wer war oder ist Marlene?«

Klara wurde blass. Ihre Augäpfel wanderten unruhig hin und her, so als suchten sie nach einem Fluchtweg. Ihre Gedanken sprangen im Kreis. Sie könnte eine plötzliche Übelkeit vortäuschen, ins Haus laufen, sich in ihrem Zimmer verbarrikadieren, warten bis Ben zurück wäre und ihr zur Seite stehen würde. Sie schaute durch die Terrassentür zum Eingang, hoffte auf das rettende Erscheinen der beiden anderen. Wie lange konnte so ein Tennisspiel wohl dauern? Sie müssten doch längst zurück sein.

»Wartest du auf jemanden?«, fragte Konrad. Ihm war bewusst, dass er Klara mit seiner Frage in die Enge getrieben hatte und er konnte ihre Blicke sehr gut lesen. Er kannte sie so gut. »Ben hat mir vorhin eine Nachricht geschrieben«, erwähnte er wie nebenbei. »Er und Lucia sind noch im Clubhaus hängen geblieben, es wird später.«

Klara sah ihn mit großen Augen an.

»Ich dachte«, fuhr Konrad fort, »die Gelegenheit wäre günstig, dass wir beide uns mal ganz allein über diese Sache unterhalten.«

»Woher weißt du …?«

Klaras Stimme klang heiser.

»Wie ich darauf gekommen bin, dass du noch diese eine und wer weiß wie viele andere Mumien in deinem hübsch aufgeräumten Kellerabteil lagerst?«, entgegnete Konrad selbstsicher.

»Konrad, pass auf.«

Klara hatte sich wieder ein wenig gefangen. Sie hob beschwichtigend die Hände.

Konrad verschränkte nun seinerseits die Arme vor der Brust.

Sie sprach zögerlich. »Egal woher du davon weißt – diese Angelegenheit ist längst verjährt. Es war vor deiner Zeit und hat nichts mit dir zu tun. Warum hätte ich dir davon erzählen sollen? Ich weiß schließlich auch nicht alles aus deiner Vergangenheit, oder?«

Sie spielte auf Zeit und versuchte einen kleinen Gegenangriff. Doch damit kam sie nicht weit.

»In meiner Vergangenheit gibt es keine Geheimnisse, keine Intrigen und keine unerwarteten Enthüllungen. Meine Vergangenheit war nicht immer rühmlich, aber ich stehe zu allem, was ich getan habe und ich konnte an so ziemlich jedem Tag meines Lebens in den Spiegel schauen. Die einzige Verfehlung, die mir anzulasten ist, ist meine einmalige Handgreiflichkeit gegen Helène und davon habe ich dir bereits erzählt«, erwiderte Konrad aufgeräumt. Er hatte mit dieser Reaktion gerechnet.

Klara wich seinem Blick aus. Sie zog ihre Beine auf die Liege und umklammerte sie im erfolglosen Bemühen sich festzuhalten. Konrad hatte sie in die Ecke gedrängt, er erwartete eine Antwort. Wenn sie ihn jetzt abermals anlügen würde und die Wahrheit käme über Ben heraus, hätte sie ihn womöglich für immer von sich weggetrieben. Sein Maß war voll und sie konnte ihn nur zu gut verstehen. Sie hatte ihm viel zugemutet. Außerdem fiel ihr auf die Schnelle gar keine plausible Geschichte ein, die sie imstande wäre, glaubwürdig zu berichten. Aus ihrem linken Auge bahnte sich eine Träne ihren Weg über die Wange, Klara ließ es geschehen.

»Konrad, ich weiß nicht, ob ich …«

Ihre Stimme versagte. Sie fühlte sich mit einem Mal schwach, kraft- und hilflos. Jahrelang hatte sie diese tragische Geschichte in den Untiefen ihrer Seele vergraben, nicht einmal mit einem ihrer Therapeuten hatte sie jemals über ihre tief empfundene Scham und Schuld gesprochen. Aus Angst vor den Konsequenzen und aus Angst vor der Verurteilung. Und jetzt hatte Konrad etwas davon mitbekommen und wollte die Wahrheit von ihr wissen. Sie schaukelte mit angezogenen Knien vor und zurück. Womöglich war die Zeit gekommen, um reinen Tisch zu machen. Vielleicht war sie das Marlene und auch sich selbst schuldig. Rein rechtlich betrachtet war die Sache vielleicht mittlerweile verjährt – moralisch würde sie das wohl nie tun. Hatte sie sich nicht entschieden, etwas in ihrem Leben zu ändern? Und dazu gehörte auch, endlich Schluss zu machen mit den Altlasten und den Tatsachen ins Auge zu blicken – auch den schmerzhaften. Mochte Ben darüber denken, wie er wollte, sie konnte Konrad nicht noch einmal belügen. Vielleicht sollte sie ihm sogar dankbar sein, dass er ihr die Gelegenheit dazu gab, endlich darüber zu sprechen. Sie sah kurz zu ihm auf und senkte den Kopf sogleich wieder. Sie wollte ihm nicht in die Augen sehen, wenn sie ihm jetzt erzählen würde, was sie noch keinem Menschen auf dieser Welt erzählt hatte.

»Wir haben eine kleine Party im Wald gemacht«, begann sie zögerlich. »Ben, ich und ein paar Freunde. Peter, einer aus unserer damaligen Clique, feierte seinen fünfundzwanzigsten Geburtstag. Wir hatten Zelte aufgebaut und wollten im Wald übernachten. Die Stimmung war ausgelassen. Wir hatten ein Picknick dabei, Musik, und es wurde natürlich auch ziemlich viel getrunken.«

Sie wischte sich mit einer energischen Handbewegung über die Augen und fuhr mit etwas festerer Stimme fort: »Marlene war Peters Freundin. Die beiden waren wie Feuer und Wasser, zwischen ihnen knallte es ständig, und auch an diesem Abend haben sie sich mal wieder fürchterlich gestritten. Irgendwann war Marlene weg. Wir haben das erst gar nicht so mitgekriegt, wir waren ja alle nicht mehr nüchtern. Vielleicht dachten wir auch, sie kommt schon wieder – wo hätte sie auch hin sollen mitten in der Nacht.«

Klaras Augen füllten sich erneut mit Tränen. »Wäre ich ihr doch nur nachgegangen!«

Konrad schwieg.

Nach einer Weile fuhr Klara fort: »Kurz nachdem uns Marlenes Verschwinden aufgefallen war, kam ein Gewitter auf. Von einem

Moment auf den nächsten stürmte es und es regnete sintflutartig vom Himmel als gäbe es kein Morgen mehr. Wir waren alle innerhalb von Sekunden nass bis auf die Haut. Es war klar, dass wir die Nacht nicht wie geplant im Wald verbringen konnten. Die Zelte standen schon ganz windschief. Also haben wir sie im strömenden Regen abgebaut und in die Autos gestopft, alles war klatschnass. Peter hat die anderen in seinem Bully mitgenommen. Wir waren mit Bens Auto da und sind zu zweit gefahren.«

Klara atmete tief durch und griff nach ihrem Wasserglas. Sie schaute Konrad kurz an. Der schaute ungerührt und abwartend, wie es seine Art war.

Sie trank einen Schluck, dann sprach sie weiter: »Ben musste kurz vor der Abfahrt nochmal ganz dringend pinkeln, deshalb waren Peter und die anderen schon weg, als wir mit dem Auto losfuhren. In dem ganzen Durcheinander dachte wohl keiner mehr an Marlene. Vielleicht haben wir die Verantwortung auch Peter überlassen, schließlich war sie seine Freundin. Und wo hätten wir auch nach ihr suchen sollen?«

Klara dachte daran, wie sie herumgealbert hatten im Auto, nicht mehr ganz nüchtern und eigentlich auch nicht mehr fahrtauglich, während Marlene irgendwo in der Dunkelheit herumgeirrt sein musste. Allein bei diesem Wetter und mitten in der Nacht. Vielleicht war sie nochmal zurückgekommen und hatte bemerkt, dass die anderen alle weg waren. Wie musste sich das angefühlt haben? Wie oft hatte sie diese Gedanken gedacht, wie viele Gespräche hatten sie im Nachhinein in der Clique darüber geführt, gemutmaßt, einander beschuldigt, bevor schließlich alles auseinandergebrochen war. Und doch würde sie diese Geschichte bis ans Ende ihrer Tage miteinander verbinden.

»Was ist passiert?« Konrad brachte Klara wieder auf die Terrasse in der Toskana zurück.

Sie blickte ihn verschleiert an. Sie musste es ihm erzählen, jetzt, ganz sachlich, so wie es passiert war. Sie konnte auf die Schnelle keine Geschichte erfinden und was hätte es auch für einen Sinn.

Sie sollte dazu stehen, zu ihrer Schuld, die sie wieder und wieder verfolgte und für die ihr Leben verdammt zu sein schien.

Ihre Erinnerung reiste wieder zurück in den Wald, zu dieser schicksalhaften Nacht.

»Wir fuhren über einen Waldweg zu der Straße, die zur Stadt zurückführt. Ben musste sich sehr konzentrieren, das Wasser flutete die Wege förmlich und im stockfinsteren Wald ohne Straßenbeleuchtung konnte man so gut wie nichts sehen. Das Licht der Scheinwerfer wurde durch das Wasser reflektiert, man musste aufpassen, nicht gegen den nächstbesten Baum zu krachen. Es war gruselig. Doch der Alkohol und der jugendliche Leichtsinn haben uns die Gefahr nicht in ihrem vollen Umfang ernst nehmen lassen. Wir haben laut Musik gehört und uns bei jeder Pfütze, durch die der Wagen holperte, halbtot gelacht.«

Klara schüttelte den Kopf über sich selbst.

»Kurz bevor wir die befestigte Straße erreichten, hat es einen Schlag getan. So als ob ein Ast auf das Auto gefallen wäre. Wir haben nichts gesehen, die Scheiben waren blind vom Regen, der Scheibenwischer kam gar nicht nach.«

Sie machte wieder eine Pause und ungläubig und wie zu sich selbst fügte sie hinzu: »Wir haben uns nichts dabei gedacht. Oder wollten nichts denken.«

Der letzte Satz kam sehr leise, fast lautlos.

Konrad begann zu verstehen. Das Entsetzen breitete sich in seinem Körper aus wie ein leiser Wind, der erst den Verstand, dann die Brust und schließlich den ganzen Körper in einen eisigen Lufthauch einhüllt. Er sah Klara fassungslos an und sie nickte nur.

Ihr war, als müsse sie einen riesenhaften Berg erklimmen, auf dessen Gipfel der Tod auf sie wartete. Sie musste das Offensichtliche nicht aussprechen. Doch sie wollte es tun.

»Marlene wollte offenbar zu Fuß nach Hause laufen. Sie hatte es fast bis zur Straße geschafft.«

Jetzt kippte ihr die Stimme. »Wir waren betrunken, verstehst du?«, stieß sie hervor. »Und sind trotzdem mit dem Auto bei strömendem Regen durch einen stockfinsteren Wald gefahren! Wir hätten auch im Auto warten können, bis das Unwetter vorbei ist! Wir hätten ...«

Die Stimme versagte ihr und sie sah Konrad flehentlich an. Würde er sie hassen für das, was sie getan hatte? Und Ben? Er würde sie auch hassen – dafür, dass sie Konrad davon erzählt hatte. Warum nur war sie überhaupt mit den beiden hierhergekommen ... Sie schlug die Hände vors Gesicht und begann laut zu weinen.

Konrad stand auf und wandte sich ab. Er wusste nicht, was er denken sollte, musste das Gehörte erstmal sacken lassen und sortieren. Er blickte hilflos über den Weinberg, fuhr sich mit den Händen mehrmals durch die Haare, bis sie auf Höhe seiner Schläfen liegen blieben und gegen seinen Kopf drückten. Fassungslosigkeit breitete sich in ihm aus wie ein bitterer Trank. Ben und Klara hatten diese Marlene also über den Haufen gefahren. Betrunken und mitten in der Nacht. Sie hatte gerade behauptet, sie hätten es nicht einmal gemerkt. Konnte er das glauben? Er ging ein paar Schritte. Es war finster gewesen und es hatte geregnet. Aber man kriegt das doch mit, wenn man einen Menschen totfährt! Oder etwa nicht?

Er blickte zu Klara, die wippte nach wie vor schluchzend auf und ab wie ein hospitalisiertes Käfigtier.

»Was ist nach dieser Nacht passiert?«, fragte er abrupt. »Wann habt ihr bemerkt, was tatsächlich vorgefallen ist?«

Klara fasste sich und sprach langsam weiter. Es gab jetzt kein Zurück mehr. Auch wenn es fraglich war, ob Konrad jemals mit dieser Wahrheit würde leben können.

»Ben und ich haben zuhause die nassen Klamotten ausgezogen, sind ins Bett gegangen und gleich eingeschlafen. Wir waren ziemlich erschöpft. Am nächsten Tag hat Peter uns angerufen. Marlene wohnte damals in einer Mädels-WG, die aber nicht Teil unserer Clique war. Peter hatte ein Zimmer im Studentenwohnheim. Am nächsten Morgen hat er dann wohl versucht Marlene zu erreichen und erfahren, dass sie gar nicht nach Hause gekommen war.«

Klara begann wieder zu weinen.

»Wäre sie nach dem Streit direkt zurückgelaufen, hätte sie es leicht vor dem Unwetter nach Hause schaffen müssen. Der Fußweg aus dem Wald in die Stadt dauert keine halbe Stunde, und es war zu der Zeit noch nicht mal dunkel. Warum sie so spät immer noch oder wieder im Wald war, haben wir nie erfahren. Womöglich wollte sie nochmal zu uns zurückkommen und ist genau wie wir von dem Unwetter überrascht worden.«

Klara hatte mit gesenktem Kopf gesprochen. Ihre Stimme klang monoton, so als brauche sie einen gewissen inneren Abstand zu dem Ganzen, um es überhaupt erzählen zu können.

»Peter hat also in der WG angerufen und erfahren, dass sie dort nicht war«, wiederholte sie. »Ihre Freundin hat in ihrem Zimmer nachgesehen und berichtet, dass ihr Bett unberührt sei und auch sonst nichts darauf hinweisen würde, dass sie in der Nacht nochmal zuhause war.«

Klara schluckte und sprach weiter: »Das hat Peter allerdings noch nicht übertrieben alarmiert. Die beiden hatten öfter mal mehrere Tage Funkstille und es hätte noch andere Möglichkeiten gegeben, wo Marlene hätte sein können. Wir haben uns also erstmal nicht allzu viel dabei gedacht.«

Sie machte eine Pause, Konrad sah sie fragend und zunehmend genervt an. Das heulende Elend brauchte er jetzt gar nicht. Was die beiden da getan hatten, war ungeheuerlich und das wurde ihm nach und nach immer bewusster. Was war in den beiden vorgegangen? Ben war Jurastudent. Alkohol am Steuer, Unfall mit Todesfolge und Fahrerflucht waren keine Kavaliersdelikte, egal wie es sich zugetragen haben mochte. Das wusste er sicher ganz genau. Hatte er aus reiner Feigheit geschwiegen? Und wie waren sie überhaupt darauf gekommen, dass der Ast in Wahrheit ihre Freundin gewesen war? Womöglich hatte das Mädchen noch gelebt und hätte gerettet werden können ... Er mochte den Gedanken gar nicht weiterdenken.

Klara putzte sich die Nase und fuhr fort: »Kurz und gut – letztendlich haben wir erst zwei Tage später aus der Zeitung erfahren, was passiert war.«

»Wie – aus der Zeitung?« Konrad begriff nicht ganz.

»Ben hat mich am Montagmorgen im Büro angerufen, er war völlig aufgelöst.«

Klaras Stimme drohte erneut zu kippen, aber sie riss sich zusammen. Die nächsten Sätze berichtete sie stockend: »Da war ein Artikel direkt auf der Titelseite. Es war ein Mädchen gefunden worden und die Polizei bat um Mithilfe bei der Aufklärung. Unbekannte Täter hätten sie offenbar in jener Nacht auf der Straße im Wald angefahren und liegen gelassen. Sie war ihren Verletzungen erlegen. Sie haben ihr Gesicht zwar nicht gezeigt, aber die Fotos vom Fundort und ihrer Kleidung waren eindeutig.«

Ihr ganzer Körper bebte unter der Lawine von Schuld, die sie gerade vor Konrad auskippte.

Konrad, der sich zwischenzeitlich nochmal gesetzt hatte, stand wortlos auf und holte in der Küche eine Flasche Grappa. Er nahm zwei Gläser aus dem Schrank und trug alles auf die Terrasse, wo Klara noch immer zusammengefaltet und heulend auf der Liege kauerte. Konrad öffnete die Flasche und füllte die zwei Gläser fast bis zum Rand mit der bernsteinfarbenen Flüssigkeit.

»Trink!«, befahl er.

Klara gehorchte. Der ölige Schnaps tat gut, sie beruhigte sich ein wenig. Doch im nächsten Moment rannen ihr wieder Tränen über die Wangen. Sie klammerte sich an Konrads Arm.

»Mich hat das damals alles so an Kristin erinnert. Ich hatte das Gefühl, zum zweiten Mal Schuld am Tod eines Menschen zu haben. Ich war mir sicher, dass es mit mir zu tun hatte, dass ich Unglück über die Menschen bringen würde, die mir nahestanden!«

Konrad spürte Ärger in sich aufsteigen. Klara sah aus wie eine Wahnsinnige. Er schenkte sich einen zweiten Grappa ein und kippte ihn in einem Zug herunter. Erwartete Klara jetzt etwa Mitleid? Ben und sie hatten ein Menschenleben ausgelöscht – es war zwar ein Unfall gewesen und möglicherweise hatten sie ihn tatsächlich nicht bemerkt und ja, Klara hatte nicht selbst am Steuer gesessen. Aber war sie wirklich so auf sich fixiert, dass ihr dazu nichts anderes einfiel als Selbstmitleid?

»Was habt ihr dann gemacht?« Seine Frage klang barsch. »Ich hoffe, ihr seid zur Polizei gegangen?« Er wusste im selben Moment, wie unsinnig diese Hoffnung war.

Klara sprach zögernd weiter: »An dem Morgen, als rauskam, dass Marlene … Dass das gesuchte Mädchen Marlene war, haben wir uns alle bei Peter getroffen, um ihm beizustehen. Es war furchtbar.«

Sie schwieg und starrte mit unruhig flackernden Augen den Rhododendron an, als stünden auf ihm die Einzelheiten geschrieben, die sie mühsam Satz für Satz ablesen musste.

»Habt ihr euren Freunden erzählt, was passiert ist?«, formulierte Konrad seine Frage anders, obwohl er bereits wusste, dass auch sie rhetorisch war.

Klara schüttelte langsam den Kopf. »Ben stand kurz vor dem Examen«, erklärte sie leise. »Eine Vorstrafe hätte ihm die gesamte Zukunft versaut. Und Marlene wäre dadurch auch nicht zurückgekommen.«

Konrad verschlug es fast die Sprache. »Ihr habt so getan, als wüsstet ihr von nichts?«

Klara schwieg.

Konrad blickte fassungslos auf das Häufchen Elend vor ihm. Warum stand Klara nicht endlich mal zu dem, was sie getan oder unterlassen hatte? Warum immer wieder dieses Unter-den-Tisch-Kehren von Tatsachen, nicht drüber reden, totschweigen und sich am Ende nur selbst bejammern? Wie er das hasste. Die Eltern des Mädchens und die damaligen Freunde hatten, wie es aussah, niemals die Wahrheit über jene Nacht erfahren und mussten mit der Ungewissheit leben, dem Täter nie in die Augen blicken zu können. Er konnte nur ahnen, was das für sie noch heute bedeuten mochte. Und Ben und Klara? Waren sie weiterhin mit der Clique umhergezogen so als sei nichts passiert?

»Was war mit euren Freunden?«, fragte er nochmal. Er konnte

das Ganze noch immer nicht fassen. »Wie konntet ihr die ein Leben lang anlügen?«

Klara zog die Schultern hoch. »Die Clique hat sich nach dem – Vorfall – aufgelöst. Peter hat die Stadt verlassen und woanders weiterstudiert. Der Rest ist auch nach und nach seiner Wege gegangen. Wir haben die meisten von ihnen nie wiedergesehen.«

Konrad schlug seine Hände über dem Kopf zusammen und presste sie gegen seinen Schädel, wie um dem Druck zu begegnen, der darin gerade entstand. »Ich dachte, du hättest etwas dazugelernt, seit ich aus Heidelberg weggegangen bin«, stellte er fest. »Ich dachte, du wolltest erwachsen werden, Schluss machen mit den Lügen und den Tabus? Ehrlich sein mit deinen Freunden und vor allem – mit dir selbst?«

Er sah sie scharf an. »Für die Wahrheit«, seine Stimme wurde lauter, »ist immer Zeit! Du erwartest von mir, dass ich dir vertraue, du willst, dass ich mich für dich öffne und holst ein Drama nach dem anderen aus deiner Vergangenheit? Was kommt als nächstes?«

Klara blickte weiterhin zu Boden.

Konrad ging heftig mit den Armen rudernd auf und ab und kam jetzt richtig in Fahrt: »Weißt du, was ich wirklich schlimm finde an der Sache?«

Er erwartete keine Antwort mehr.

»Nicht, dass ihr betrunken Auto gefahren seid. Nicht, dass ihr nicht angehalten habt in jener Nacht, um zu überprüfen, ob das wirklich nur ein Ast war, der auf euer Auto gefallen ist. Nicht, dass ein Unfall passiert ist, mit dem keiner rechnen konnte und der tragischer kaum hätte sein können.«

Er machte eine kleine Pause, Klara blickte ihn jetzt erschrocken an. Konrad baute sich vor ihr auf und zeigte verurteilend mit dem Finger auf sie.

»Was ich wirklich zum Kotzen finde, ist eure Art, wie ihr die ganze Sache im Nachhinein behandelt habt und immer noch behandelt! Du hattest doch ein schlechtes Gewissen, Klara, das hattest du doch, oder?«, herrschte er sie an.

Klara nickte nur stumm.

»Ihr wusstet ab dem Moment, wo die Nachricht in der Zeitung stand, dass das kein Ast gewesen war, mit dem ihr zusammengestoßen seid. Ihr wusstet auch, dass es das Schlimmste für Eltern sein muss, die ihr Kind verloren haben, nicht zu wissen, wie und warum ihr Kind sterben musste.«

Er schlug mit der Hand auf den Tisch und brüllte: »Es war ein Unfall, ein verdammter Unfall, den keiner gewollt hat und eure Freundin ist dabei draufgegangen! Sie hatte eine Familie, einen Freund, Freunde, die die Wahrheit nie erfahren haben! Und Ben war es wichtiger, dass sein Anzug fleckenfrei blieb?«

Klara war unter dem Schlag zusammengezuckt als hätte Konrad sie und nicht den Tisch geschlagen.

»Und was war mit dir? Was ist mit Anstand, Moral, ethischem Gewissen? Es kann doch nicht sein, dass das einzige, was du dazu zu sagen hast ist, dass das Mädchen mit eurer Aussage auch nicht mehr zurückgekommen wäre?«

Klara flossen tonlose Tränen übers Gesicht. »Du hast recht«, war das einzige, was sie herausbrachte. »Du hast ja recht. Ich war zu feige und Ben …«

Konrad machte eine wegwischende Handbewegung und unterbrach sie: »Ach, Ben! Bist du nicht Frau genug, deine eigenen Entscheidungen zu treffen? Mit meinem Bruder werde ich auch noch über diese Sache reden, das darfst du mir glauben – aber jetzt rede ich mit dir!«

Er setzte sich auf einen Stuhl, seine Brust bebte vor Zorn.

»Okay, Konrad, ich habe damals Scheiße gebaut, ganz große Scheiße und glaube mir, ich habe das nie vergessen«, rechtfertigte sich Klara nun mit festerer Stimme. Sie hatte sich aufgesetzt und ihre Füße auf den Boden gestellt. »Und glaub mir, ich habe es wirklich versucht, Ben zu einer Aussage zu bewegen. Aber er hatte Angst, große Angst. Rechtsanwalt zu werden, das war sein Lebenstraum, er hätte alles dafür gegeben. Und ich wollte auch nicht schuld daran sein, dass Ben eine Vorstrafe bekommt. Damit hätte er seine Karriere vergessen können, noch bevor sie begonnen hatte, und mit uns wäre es dann wohl auch vorbei gewesen.«

Konrad schüttelte unglaubig den Kopf.

»Was passiert war, konnten wir nicht rückgängig machen, aber wenn wir die Chance gehabt hätten, die Zeit nochmal zurückzudrehen – glaub mir, wir haben es tausendmal bereut, dass wir nach dem Schlag am Auto einfach weitergefahren sind. Und«, setzte sie noch hinzu, »heute würde ich ganz sicher anders entscheiden.«

Konrad winkte ab. »Ich kann es einfach nicht glauben. Mein Bruder, den ich als ein Ausbund an Geradlinigkeit und Aufrichtigkeit kennen und schätzen gelernt habe, fährt einen Menschen tot und kehrt die ganze Sache unter den Teppich – aus Selbstsucht? Und du – von dir bin ich ja schon einiges gewohnt, aber dass du bei einem solchen Verbrechen auch noch mitmachst und das bis heute mit dir herumträgst, das übertrifft wirklich alles. Deine Liebe zu Ben muss grenzenlos sein bis zur Selbstaufgabe.« Er blickte Klara jetzt mit offener Verachtung an.

»Du bist ungerecht.« Klara wischte sich mit der rechten Hand die Tränen aus den Augen. »Wir waren jung und dumm. Hast du nie aus Angst oder Liebe einen Fehler gemacht?«

Jetzt platzte Konrad der Kragen. »Einen Fehler nennst du das? Und Liebe?«

Er war erneut aufgesprungen und brüllte Klara an: »Ist das dein Ernst? Du entschuldigst euer schäbiges Verhalten also immer noch? Anstatt endlich mal zu dem zu stehen, was ihr getan habt? Was seid ihr nur für erbärmliche …«

In diesem Moment standen Ben und Lucia mit entgeisterten Blicken in der Terrassentür.

»Was ist denn hier los?«

Ben ging ein paar Schritte auf seinen Bruder zu, der wie ein wutschnaubender Stier vor Klara stand und packte ihn am Arm.

»Konrad, beruhige dich bitte, so habe ich dich ja noch nie erlebt!«

Konrad wand sich mit einer energischen Körperdrehung aus seinem Griff. »Da sind wir ja schon zu zweit mit den Überraschungen«, fuhr er seinen Bruder an.

Ein paar Minuten später saßen alle vier am Tisch auf der Terrasse, jeder ein Grappaglas vor sich. Die letzten Rosen verströmten ihren zarten Duft, die Bienen summten in ihren noch vollen Blüten, der Wind blies lau aus Richtung Nordost.

Die Stimmung am Tisch entsprach in keinster Weise der Umgebung.

Konrad rauchte ohne Rücksicht auf Bens Meinung dazu. Die Stunde der Wahrheit war genau jetzt auch für seinen Bruder gekommen – schneller und umfangreicher als geahnt. Die Geister der Vergangenheit hatten sich durch die Hintertür in das Ferienhaus geschlichen und waren innerhalb kürzester Zeit mit Brachialgewalt über seine Bewohner hereingebrochen. Gemeinsam mit dem ungleichen Quartett saßen alle denkbaren Gefühle am Tisch: Wut, Enttäuschung, Fassungslosigkeit, Liebe, Eifersucht, Sehnsucht, Angst. Die Stimmung lag irgendwo zwischen höchstem Gericht und Bauerntheater. Keiner wusste wirklich, wohin mit seinen Gefühlen, wo anfangen, wie sortieren. Viel zu viel war viel zu lange unter Verschluss gehalten worden und es schien, als wolle sich das alles jetzt in einem einzigen Moment an diesem Ort entladen.

Ben übernahm die Regie.

»Konrad«, begann er und versuchte seiner Stimme einen möglichst ruhigen Ton zu verleihen. »Jetzt mal von vorne. Was hat Klara dir genau erzählt, was dich so auf die Palme gebracht hat?«

Konrad zog tief an seiner Zigarette, bemüht, nicht an Ort und Stelle zu explodieren. Er hätte seinen Bruder am liebsten an den Schultern gepackt und geschüttelt, ihn angeschrien, notfalls eine Reaktion aus ihm herausgeprügelt. Seine stoische Ruhe machte ihn wahnsinnig. Er musste genug mitbekommen haben, um zu wissen, worum es ging und jetzt tat er so, als wolle er einen harmlosen Geschwisterstreit schlichten. Ben schaffte es, Konrad das Gefühl zu geben, sich wie der sprichwörtliche Elefant im Porzellanladen aufzuführen, während er selbst Sicherheit und

Autorität ausstrahlte. Dabei war *er* der Verbrecher und hätte allen Grund für Emotionen! Und was sollte diese Frage, was Klara ihm erzählt hätte? Wollte er herausfinden, ob es noch möglich war, ihre Geschwätzigkeit im Keim zu ersticken, die Geschichte noch hinzubiegen? Um seinem Bruder weiterhin den moralischen Saubermann vorzuspielen?

Konrad blickte seinen Bruder an. Ruhig, gespannt, eine Armbrust lang vor dem entscheidenden Schuss.

»Du fragst mich, was Klara mir erzählt hat?«, wiederholte er gefährlich leise Bens Frage. »Du fragst mich ernsthaft, was mich aufregt?«

Ben zuckte mit den Schultern.

Klara weinte.

Lucia zog sichtlich unangenehm berührt an ihrer Zigarette.

Konrad schlug mit der Hand auf den Tisch, dass alle Gläser und die Flasche einen kleinen Satz machten. Die drei anderen fuhren zusammen.

»Ich frage mich vielmehr, was mit dir los ist, Bruderherz!«, wetterte er jetzt los, das letzte Wort zynisch betonend. »Ich sage nur ein Wort: Marlene!«

Bei diesem Namen senkte Ben für einen Moment den Blick.

»Dämmert es jetzt oder haben Euer Ehren diese kleine unbedeutende Episode seines Lebens längst in edlem italienischem Rotwein ertränkt?«

Als Ben nicht antwortete, bellte Konrad weiter: »Fahrlässige Tötung, unterlassene Hilfeleistung, Fahrerflucht, Verschweigen einer Straftat – soll ich noch weitermachen? Und auch wenn ich mich nicht so gut im Gesetzbuch auskenne wie andere Leute hier, so weiß ich doch, was Anstand, Empathie und Moral ist! Und das, was ihr da gemacht habt, war nichts davon, das war geradezu die absolute Abwesenheit jeder menschlichen Regung!«

Konrad atmete schwer, seine Stimme wurde allmählich heiser, er musste husten.

Ben blickte regungslos in sein Glas, Klara war völlig aufgelöst, und Lucia beobachtete die Szene mit wachsendem Unbehagen.

»Wenn ich etwas dazu sagen darf …«, machte sie einen Versuch, doch sie wurde mit einer Handbewegung von Konrad harsch unterbrochen.

»Du sagst jetzt besser nichts mehr dazu, Lucia«, bestimmte er. »Ich möchte dich da gar nicht weiter mit hineinziehen.«

Jetzt stand Ben auf. »Was heißt denn da *mit hineinziehen*?« Sein Ton war ungewohnt aufbrausend. »Das Ganze war eine Verkettung höchst unglücklicher Umstände und natürlich hat der Verdacht, dass wir etwas damit zu tun haben *könnten*«, bei diesem Wort streckte er beide Zeigefinger oberlehrerhaft in die Luft »Klara und mich beschäftigt. Sehr sogar. Aber es hätte niemandem etwas gebracht, wenn wir jemandem davon erzählt hätten. Wir wussten überhaupt nicht, ob wirklich *wir* die Unfallverursacher waren. Das war reine Mutmaßung. Es könnte jedes andere Auto gewesen sein. Und es wäre vermutlich auch nicht mehr nachweisbar gewesen, der Regen hatte ja sämtliche Spuren abgewaschen.«

Er machte eine kurze Pause, dann fügte er hinzu: »Und was dich angeht, Konrad – die Geschichte ist über zwanzig Jahre her, warum hätte ich dir davon erzählen sollen?«

Konrad blickte seinen Bruder nur an, unfähig, auf dessen schamloser und vor juristischer Korinthenkackerei triefender Schönfärberei dieses Verbrechens zu reagieren.

Eine Weile schwiegen alle, nur Klaras verhaltenes Schniefen war zu hören.

»Wenn du das so siehst, mein lieber Ben«, antwortete Konrad schließlich in einem Ton zwischen völliger Fassungslosigkeit und eisiger Gefühlskälte »sollten wir beide uns vielleicht erstmal eine Weile aus dem Weg gehen.«

Mit diesen Worten verließ er das Geschehen, kurz darauf hörte man die Haustür ins Schloss fallen.

Klara zitterte am ganzen Leib.

»Dass unsere Ferien so enden müssen, das wollte ich nicht!«, rief sie schluchzend aus.

Ben tätschelte ihr ungeschickt den Rücken. »Das ist doch nicht deine Schuld, Klara«, erklärte er leicht ungehalten und wenig glaubwürdig. Dann fiel sein Blick auf Lucia, die nach wie vor schweigend am Tisch saß.

»Woher weiß er überhaupt von der Geschichte?«, fuhr er sie unvermittelt an. »Hast du ihm davon erzählt?«

Lucia schüttelte entschieden den Kopf und fuchtelte mit ihrem Zeigefinger vor Ben herum.

»Nein, nein, jetzt gib nicht mir die Schuld!«, wehrte sie sich. »Ich habe nicht mehr gesagt, als dass er euch selbst fragen muss. Offenbar hat er ein Gespräch zwischen euch beiden belauscht, in dem ihr über diese Marlene geredet habt, das hat ihn misstrauisch gemacht. Außerdem,« fügte sie nachdenklich hinzu »kannte ich die ganze Geschichte bisher auch noch nicht.«

Klara zerknüllte ihr Taschentuch zwischen den Händen. »Er hat mich gefragt und ich musste es ihm erzählen«, presste sie hervor. Und an Ben gewandt: » Ich wollte es auch. Ich habe dir doch gleich gesagt, wir sollten mit ihm darüber reden! Ich wollte ehrlich zu ihm sein und du weißt so gut wie ich, dass unser Verhalten damals alles andere als in Ordnung war!«

»Konrad hat ziemlich hohe Moralvorstellungen«, erwiderte Ben ausweichend. »Und er hätte das nie erfahren müssen. Man sieht ja, was dabei herauskommt.«

»Und das ist alles, was dir dazu einfällt?« Jetzt war auch Klara irritiert. »Dein Bruder, der dich vor gerade mal ein paar Monaten gefunden hat, hat sich gerade mit einer gewissen Berechtigung von dir abgewandt und du tust so, als wäre das alles nur eine Lappalie?«

»Der beruhigt sich schon wieder«, antwortete Ben aufgeräumt und Klara fiel auf, wie gefühlsarm er doch im Vergleich zu Konrad war. War er schon immer so gewesen?

»Ich finde auch, du solltest auf ihn zugehen«, schaltete sich Lucia ein. »Und vor allem finde ich, du solltest einmal dazu stehen, wenn du großen Mist gebaut hast!«

»Was soll das heißen: einmal?«, ereiferte sich Ben.

»Du hast mich schon verstanden«, gab Lucia zurück. »Konrad hat ganz objektiv betrachtet völlig recht: Ihr habt euch feige und moralisch falsch verhalten. Ihr hättet den Anstand aufbringen müssen auszusagen, was offensichtlich passiert war. Oder wie drückt ihr Juristen das so schön aus: mutmaßlich.«

Dabei hakte sie zwei Anführungszeichen in die Luft.

»Ohne Rücksicht auf die eigenen Nachteile. Die Wahrheit herauszufinden hättet ihr schon der Polizei überlassen müssen.«

Sie stützte den Kopf in die Hände und schüttelte ihn verständnislos. »Ich kann gar nicht nachvollziehen, wie man mit so einer Ungewissheit leben kann.«

»Ach, bin ich jetzt also der Angeklagte? Worum geht es hier eigentlich genau?«

Ben fühlte sich in die Enge getrieben, das war spürbar. Im Grunde seines Wesens musste er wissen, dass die anderen recht hatten. Aber irgendeine Instanz in ihm war stärker, konnte sich seine Verfehlung nicht eingestehen.

»Hör auf damit, Ben«, erwiderte Klara resigniert. »Das macht jetzt auch nichts besser.«

Und mit vors Gesicht gehaltenem Taschentuch verließ auch sie die Szene.

***

Klara lag in ihrem Zimmer und starrte an die Decke. Die Gedanken tanzten in ihrem Kopf herum wie Insekten über einem trüben Tümpel. Das konnte doch alles nicht wahr sein. Das hatte sie nicht gewollt. Da hatten sich Ben und Konrad trotz ihrer, Klaras, egoistischer Intervention nach so langer Zeit endlich gefunden, und kaum hatten die beiden wieder Kontakt mit ihr aufgenommen, waren sie auch schon zerstritten. Hätte sie doch bloß den Mund gehalten!

Warum musste Konrad aber auch so in dieser Vergangenheit herumwühlen? Der Unfall war ein großes Unglück gewesen. Aber sie hatten es in jener Nacht einfach nicht gemerkt! Und dann –

sie hatten eine Riesenangst vor dem Gefängnis gehabt. Konnte Konrad nicht verstehen, dass man als junger Mensch aus Selbstschutz lieber schwieg, anstatt den Rest seiner Jugend im Knast zu verbringen und sich damit die komplette Zukunft zu verbauen? Ein Knast war ihr Leben so oder so lange Zeit gewesen ...

Würde Konrad Ben sein Verhalten derart verübeln, dass es zum Bruch zwischen den Brüdern kommen würde? Sie wischte diesen Gedanken beiseite. Konrad hatte Ben so vieles zu verdanken, er würde schon irgendwann wieder einlenken. Ein bisschen musste sie Ben schon recht geben: Die Geschichte war viele Jahre her und hatte mit Konrad rein gar nichts zu tun. Er konnte nicht erwarten, dass sein Bruder ihm ein solches Geheimnis anvertraute, das ihn auch heute noch angreifbar machte. Konrad hatte sich ein Bild von seinem Zwillingsbruder geschaffen, das jetzt einen Riss bekommen hatte. Okay. Vielleicht würde der Thron, auf den er Ben gestellt zu haben schien, jetzt ein wenig wanken, aber den verlorenen Bruder fallen lassen? Nein, so schätzte sie Konrad nicht ein. Er hatte schließlich auch ihr verziehen, und das, was sie ihm angetan hatte, war wesentlich persönlicher gewesen.

Sie musste irgendwann eingeschlafen sein und schrak hoch, als es vernehmlich an der Tür klopfte. Klara rieb sich die Schläfen. Sie hatte geträumt. Ein verwirrender Traum. Ben war da gewesen und Konrad, beide hatten wie im Gerichtssaal vor ihr gestanden und sie hatte sich gefühlt wie eine Angeklagte. Sie müsse sich jetzt entscheiden, hatten sie gefordert. Sie hatte geweint, hilflos wie ein kleines Kind. »Ich liebe euch doch beide!«, hatte sie unter Tränen ausgerufen. »Wie könnte ich mich jemals entscheiden?«

»Klara?«, hörte sie jetzt eine Stimme vor ihrer Tür. Bens Stimme. Hastig wischte sie sich mit den Händen übers Gesicht und durchs Haar, sie musste völlig verquollen und zerzaust aussehen.

»Ja?«, antwortete sie zaghaft.

Er trat ein. »Können wir reden?«

Klara nickte und richtete sich auf. Ben setzte sich zu ihr auf die Bettkante. Wie früher, schoss es ihr in den Kopf. Sie schaute ihn erwartungsvoll an.

»Ich möchte dir sagen, dass es mir leidtut«, begann er, und sein Gesichtsausdruck wirkte ernst und verletzlich. »Wie ich mich vorhin verhalten habe, das war nicht richtig. Natürlich hast du recht. Ihr alle habt recht. Was wir damals getan, oder besser gesagt, nicht getan haben, war ein großer Fehler. Und glaub mir, auch ich habe mir sehr, sehr große Vorwürfe gemacht. Aber manchmal begreift man Fehler eben erst rückwirkend und ich bin der Meinung, dass es nichts bringt, Dingen nachzuhängen, die nicht mehr zu ändern sind. Wir können das alles nicht mehr gutmachen. Mittlerweile wäre der Vorfall ohnehin nicht mehr zu rekonstruieren und bei Marlenes Eltern würde eine Aussage jetzt nur alles schmerzhaft wieder hochholen. Was tatsächlich passiert ist, können wir nie mehr herausfinden.«

Seine Stimme klang weich und sanft. Sie legte sich wie ein wohliger Schauer über Klaras Rücken.

»Mir tut es auch leid, Ben«, antwortete sie. »Ich wollte dir nicht in den Rücken fallen, indem ich es Konrad erzähle, und auf keinen Fall wollte ich Streit zwischen euch, das musst du mir glauben!«

Sie griff nach Bens Hand und blickte ihn flehend an.

Er strich ihr mit der anderen Hand sanft übers Haar. »Das weiß ich doch, Klara. Ich weiß, dass du niemandem vorsätzlich etwas Böses willst. Wären wir sonst einmal glücklich miteinander gewesen?«

Er schaute sie liebevoll, fast entrückt an. Klara war verwirrt, fast war es ihr unangenehm, wie sie so vertraut dasaßen, ihre Hand in Bens Hand, die Nähe seines Körpers, der noch immer so anziehend auf sie wirkte und den sie doch nicht mehr ohne weiteres berühren durfte. Sie legte behutsam ihre andere Hand auf seinen Rücken und er ließ es geschehen. Seine Muskeln spannten sich durch das Shirt, er fühlte sich fest und warm an. Sie streichelte über seinen Nacken wie bei einem kleinen Kind. Ben schien sich zu entspannen.

»Weißt du«, begann er »die Sache mit Marlene hat auch mich länger beschäftigt als du vielleicht glaubst. Wir haben nie darüber geredet, aber ich stand mehrmals vor Marlenes Elternhaus und war drauf und dran, ihnen alles zu erzählen.«

»Warum hast du es nicht getan?«, wollte Klara wissen.

»Wie Lucia schon sagte, ich war feige. Ich habe mir eingeredet, dass es besser so ist für alle. Unsere Freunde wären vom Glauben abgefallen, wir hätten noch mehr zerstört als nur meine berufliche Zukunft. Und ich habe mir eingeredet, dass es niemandem etwas gebracht hätte und dass es stärker wäre, ihnen die Wahrheit über uns zu ersparen und allein damit klar zu kommen.«

Klara nickte. »Und deine Flucht aus Teneriffa?«, fragte sie. »Hatte sie mit Marlene zu tun? War es auch eine Flucht vor dem, was wir getan hatten?«

Ben wiegte den Kopf hin und her.

»Ich denke schon. Ich habe mich oft gefragt, welche Momente mich genau dazu getrieben haben und ich glaube, das war der stärkste davon. Meine Entscheidung zu schweigen war die eine Sache, die musste ich mit mir allein ausmachen. Aber dass du meine Schuld mitgetragen hast, dass du für mich geschwiegen hast, das konnte ich mir nicht verzeihen. Verstehst du das?«

In seinem Blick lag jetzt etwas unendlich Zerbrechliches, das komplette Gegenteil von seinem Auftritt vorher am Tisch. Sein Verhalten war kein Ausdruck von Gleichgültigkeit, sondern vielmehr eine Abwehrreaktion gewesen. Konrads Worte hatten ihn tatsächlich bis ins Mark getroffen.

»Moment mal.« Klara hielt inne und zog ihre Hand zurück. »Willst du mir gerade sagen, du hast mich verlassen, weil ich den Unfall gedeckt habe?«

»Ich weiß es nicht«, brachte Ben fast tonlos hervor. »Ich weiß es einfach nicht.«

Und dann geschah etwas Unerwartetes: Ben zog Klara an sich, drückte sie ganz fest an seine Brust und weinte.

Klara spürte seine Wärme, seinen bebenden Körper, seinen heißen Atem in ihrem Nacken. Sie ließ es geschehen, streichelte sein Haar, wiegte ihn hin und her. Eine gefühlte Ewigkeit verging, während der sie nur so dasaßen, in schweigendem Einvernehmen, vereinigt durch ein Schicksal, das viel zu lange in den Winkeln ihrer Seelen darauf gewartet hatte, endlich freigelegt zu werden.

»Es ist nicht gut zu schweigen«, sagte Klara. »Das habe ich gelernt.«

Ben sagte nichts, doch sein Körper signalisierte Zustimmung.

Klara wusste nicht, wie ihr geschah, sie konnte ihre Gefühle nicht zuordnen. Sie wollte für immer so dasitzen, es war, als würde sie nach einer langen Reise endlich nach Hause kommen. Hätte Ben sie jetzt geküsst, sie hätte alles für ihn gegeben, wäre in ihm versunken wie in einer warmen Sanddüne, sie hätte an Ort und Stelle das Land mit ihm verlassen und wäre auf die einsamste Insel ausgewandert, wo es nur sie beide gäbe. Doch nichts davon passierte.

Irgendwann richtete sich Ben auf, nahm Klaras Hände in die seinen und sah ihr in die Augen. Es waren unruhige, suchende Augen, sie sprangen zwischen gestern und heute hin und her und sahen Klara an mit einem Blick, den sie nicht deuten konnte. Es lag etwas unendlich Vertrautes darin und gleichzeitig schien es, als sähe er sie heute zum ersten Mal.

»Wir sollten das lieber lassen«, meinte er nach einer zeitlosen Weile. Er entzog Klara sanft seine Hände und stand auf. Seine eben noch so weiche, geöffnete Haltung straffte sich wieder zu der gewohnten inneren Distanz.

»Was ist mit Konrad?«, fragte Klara, als Ben schon an der Tür war.

»Das wird sich zeigen. Er und Lucia sind zusammen unterwegs. Die beiden scheinen sich recht gut zu verstehen.«

Klara konnte den Klang in seiner Stimme während seines letzten Satzes nicht interpretieren.

***

Konrad schlief wenig und dachte viel nach in dieser Nacht. Während draußen die Zikaden längst verstummt waren und die

Dunkelheit sich wie ein elegantes Abendkleid über den Weinberg gelegt hatte, saß er auf der Terrasse, rauchte und versuchte seine Gefühle zu sortieren.

Ben und Klara – Mörder ohne Gewissen. Er hatte das Gefühl, als habe sich eine Schlucht vor ihm aufgetan, deren Grund er nicht erkennen konnte. Er durfte wirklich von sich behaupten, dass er viel gesehen und erlebt hatte in seinem Leben und da war nicht nur Gutes dabei gewesen. Aber zwei Dinge hatte er sich stets bewahrt: Anstand und Aufrichtigkeit.

Sein Bruder hatte ihm in den letzten Stunden eine Seite von sich gezeigt, die ihn fassungslos machte. Eine abgründige, unehrliche, völlig indiskutable Seite. Er war imstande, ein Verbrechen zu begehen, es zu seinen Gunsten auszulegen und für den Rest seines Lebens unter den Teppich zu kehren. Darüber hinaus besaß er die Fähigkeit, Menschen für seine Zwecke zu benutzen und ohne Skrupel im Stich zu lassen.

Wie mochte Klara sich gefühlt haben in der Zeit nach Bens Verschwinden? War sie etwa von denselben Freunden getröstet worden, die sie wegen des Unfalls nach Strich und Faden belogen hatte? Zu diesem Zeitpunkt hätte sie ihr Gewissen erleichtern können. Allerdings auch mit den Folgen leben müssen. Konrad seufzte. Er kannte die Antwort. Klara hatte sich lieber in ihre Psychose zurückgezogen. Auch ein Weg.

Seine Gedanken sprangen in die erste Zeit mit seinem Bruder weiter, als er ihn nach langer Suche endlich in Verona gefunden hatte. Er hatte sich ihm gegenüber am Anfang unterlegen gefühlt. Ben hatte vieles erreicht, was er in seinem Leben nicht geschafft hatte: Wohlstand, Ansehen, einen interessanten Beruf. Doch auch, wenn gerade der Beruf des Anwalts mitunter eine Verdrehung von Recht und Moral mit sich brachte, so hatte er Ben stets als aufrichtigen und grundehrlichen Menschen erlebt.

Er erinnerte sich daran, wie stolz er gewesen war, als Ben ihn zum ersten Mal in sein kleines Stammlokal in der Veroneser Altstadt mitgenommen hatte. Der *padrone* und seine ganze Familie hatten seinen Bruder mit einer Mischung aus Respekt und warmherziger Zuneigung empfangen, die ganz selbstverständlich auch auf ihn erweitert worden war. Er hatte gespürt, dass Ben für die Menschen um ihn herum etwas ganz Besonderes war: Ein Mann, den man achtete und bewundernswerterweise zugleich mochte. Auch ihm selbst gegenüber war Ben zu jeder Zeit bedingungslos großzügig und offen gewesen. Er hatte ihn in seinem Haus aufgenommen mit einer Selbstverständlichkeit, die ihm nie auch nur den Anflug eines Schuldgefühls erlaubt hatte. Er hatte Konrads Leben sanft, aber bestimmt wieder in die richtige Bahn gelenkt, ihm sein Selbstwertgefühl zurückgebracht. Ihm erst einen Sprachkurs bezahlt, anschließend sogar eine Arbeit besorgt.

Bis heute lebten sie unter einem Dach und Konrad hatte nie das Gefühl gehabt, dass er Ben lästig oder ihm etwas schuldig wäre. Im Gegenteil. Und Concetta, die Haushälterin, hatte ihn vom ersten Tag an mit umsorgt, als sei er immer da gewesen. Sein Verhältnis zu Ben war zu jeder Zeit von einem warmen Gefühl von Zugehörigkeit und Offenheit begleitet gewesen, ohne einen einzigen Moment des Zweifels. Sollte er sich in diesem Menschen, seinem Zwillingsbruder, so getäuscht haben?

Konrad drehte sich eine neue Zigarette und beobachtete ein paar Glühwürmchen, die hektisch über dem Pool kreisten. Er fühlte sich gerade wie eines von ihnen: Innerlich völlig durcheinander und hell erleuchtet von den widersprüchlichsten Gefühlen, die es ihm nicht erlaubten zur Ruhe zu kommen.

Was für Ben und Klara sprach, war sicherlich ihr jugendliches Alter zum Zeitpunkt des Unfalls. Daneben waren beide nicht gerade in der stabilsten seelischen Situation. Klara hing noch der Unfall ihrer Schwester in den Klamotten und Ben war gerade erst klar geworden, dass seine Mutter ihn sein Leben lang belogen hatte. Beide hatten Panik vor dem Gefängnis gehabt und davor, dass ihre Lebenspläne damit für immer vorbei sein könnten. Alles irgendwo menschlich und verständlich. Im ersten Moment. Aber im zweiten und im dritten? Konnten sie irgendwann nicht mehr zurück, ohne sich komplett in Schwierigkeiten zu bringen?

Ben musste schon ziemlich durch den Wind gewesen sein, wenn man Lucias Bericht von der Klippe hörte. Das hieß doch, dass ihm das alles nicht irgendwo vorbeiging? Immerhin hatte er sein ganzes Leben hingeschmissen und beinahe sogar beendet.

Irritierend war aber ganz klar, wie er jetzt mit seinem Fehler umging. Verschlossen, ignorant, uneinsichtig. Hätte er heute einfach offen zugegeben, großen Mist gebaut zu haben, hätte er einen Funken Reue gezeigt, vielleicht könnte er ihm dann verzeihen. Aber da war nichts gewesen, nur Abwehr und Deckel drauf. Klara war ja wenigstens anzusehen gewesen, dass sie ihr Verhalten belastete, aber Ben?

Konrad nahm einen tiefen Zug von seiner Zigarette. Wenn das so weiterginge, würde er sich das Rauchen wieder komplett angewöhnen. Eigentlich wollten sein Bruder und er einfach ein paar entspannte Tage mit Klara verbringen. Und jetzt? Hätte er die Büchse der Pandora einfach ungeöffnet lassen sollen?

Er verwarf diesen Gedanken sofort. Dann wäre er nicht besser als Klara, die ja offensichtlich ein großes Talent dafür hatte, Unangenehmes einfach auszublenden. Er hatte nun mal gehört, was er gehört hatte und er war kein Freund von Geheimnissen und Tabus dieser Art.

Konrad kam zu keiner Entscheidung in dieser Nacht, wie er mit der Situation umgehen sollte. In ihm stritten sich der Wunsch abzuhauen und die ganze erbärmliche Scharade hinter sich zu lassen und die Sehnsucht nach einer Aussöhnung mit den Menschen, die ihm in diesem Leben am meisten bedeuteten.

Was hätte er gewonnen, wenn er jetzt mauerte? Wohin sollte er gehen? Zurück in ein Leben auf der Straße, heimat- und rastlos? War das aufrichtig, wenn er seine Familie – und das war Ben ohne Zweifel - jetzt wegen eines lange in der Vergangenheit liegenden Fehlers fallen ließ?

Und Klara? Sie hatte ja offenbar nur geschwiegen, weil Ben es so wollte und es war ihr deutlich anzumerken gewesen, dass sie nicht so leichtfertig damit umgehen konnte. Womöglich war das sogar einer der Bausteine gewesen, die nach Bens Verschwinden bei ihr zum kompletten Zusammenbruch geführt hatten. Hatte er nicht immer geahnt, dass da noch etwas anderes gewesen sein musste, warum Ben damals abgehauen und Klara in der Psychiatrie gelandet war?

Jetzt wurde das Ganze zu einem stimmigen Bild: Ben hatte gewusst, dass er keine Wahl hatte. Entweder, er musste Klara zu einem Leben im Schweigen verdammen mit dem Risiko, dass sie irgendwann einbrechen und ihm damit die Karriere versauen würde. Oder er musste sich stellen und sich damit selbst einer ungewissen Zukunft ausliefern. Beide Varianten wären mit einer hohen Wahrscheinlichkeit verbunden gewesen, sowohl Klara als auch seine Freunde und womöglich sogar seine Freiheit zu verlieren. Dass Lucia ganz zufällig in Bens Leben geschneit und seine Flucht keinem Plan gefolgt war, war offensichtlich. Allein die Gründe dafür waren nicht – wie bisher angenommen – in einer spontanen Gefühlslage zu suchen, sondern in der Tatsache, dass ihm der Boden in Deutschland sprichwörtlich zu heiß geworden war und er nur noch im Sinn hatte, die Brücken hinter sich abzubrechen und irgendwo neu anzufangen.

Und noch etwas anderes wurde Konrad in diesem Moment klar: Ben hatte ihm erzählt, er habe damals keinen anderen Weg gesehen, um von Klara loszukommen. Sie hätte ihm die Luft zum Atmen genommen. Unter dem Licht der heutigen Erkenntnisse war Klara wahrscheinlich nie die egoistische, weltfremde und wie verrückt an Ben klammernde Frau gewesen. Er hatte das nur vorgegeben, um die wahren Gründe für seine Flucht zu verschleiern. Vielleicht hatte er sich das ja sogar selbst solange eingeredet, bis es für ihn zur Wahrheit wurde. Weil er anders damit nicht hätte weiterleben können.

Konrad seufzte abermals tief. Was war überhaupt die Wahrheit? Gab es eine objektive Wahrheit? Oder war die Wahrheit nicht mehr und nicht weniger als das ganz individuelle Haus eines jedes einzelnen? Es gab schützende Wahrheiten und gnädige und dann gab es schmerzhafte und zerstörerische. Was war richtig und was falsch? Klara hatte ihre eigene Wahrheit, die sie davor schützte, den Verstand zu verlieren.

Und Ben? Hatte das getan, was für ihn richtig war. Das eine Unrecht hatte er mit einem anderen beantwortet. Aus rein egoistischen Gründen.

Konrad drückte nachdenklich seine Zigarette aus und gähnte herzhaft. Er würde ein wenig Abstand brauchen. Von Ben und von Klara. Er konnte ihr Verhalten bei allem Ringen um Verständnis nicht nachvollziehen und er konnte in dieser Nacht nicht entscheiden, inwieweit er ihnen verzeihen könnte.

Tag sieben

Nach seiner unruhigen Nacht hatte Konrad erst in den Morgenstunden etwas Schlaf gefunden und es war ihm ganz recht, dass Ben und Klara bereits weg waren, als er sich seinen *caffè* machte. Er traf lediglich Lucia an, die am Pool lag und missmutig in die Oleanderbüsche starrte. Konrad rief ihr ein freundliches »*Buongiorno*« zu und setzte sich mit seinem *caffè* abwartend an den Tisch. Offenbar brauchte gerade jeder hier etwas Zeit für sich, um die Ereignisse des Vortags zu verarbeiten. Einige Minuten passierte nichts.

Erst als Konrad aufstand, um in die Küche zu gehen, hörte er Lucias Stimme hinter sich: »Machst du mir einen mit?« Er nickte, und als er mit zwei Tassen in der Hand zurückkam, saß Lucia auf der Terrasse. Offenbar hatte sie Redebedarf.

»Wie geht es dir?«, machte Konrad einen Anfang.

Lucia zuckte mit den Schultern. »Ich habe schlecht geschlafen. Ich denke, ich sollte nach Hause fahren. Ihr drei habt etwas miteinander zu klären und da will ich nicht dazwischen sein.«

»Wusstest du davon?«, fragte Konrad statt einer Antwort.

Lucia blickte ihn nachdenklich an.

»Nein«, sagte sie. »Ich habe dir in der Sportsbar alles gesagt, was ich wusste. Ich wusste von einem Unfall und konnte mir vage zusammenreimen, dass jemand dabei ums Leben gekommen war. Aber ich habe Bens Wunsch respektiert, dass er nicht weiter darüber reden wollte. Ich konnte ja nicht ahnen, dass …« Sie schlug die Hände vors Gesicht.

Erst jetzt wurde Konrad klar, dass sie genauso schockiert sein musste wie er. Sie hatte diesen Mann einmal geliebt, war mit ihm verheiratet gewesen, hatte ihm vertraut. Nach ihrer Trennung hatten sie gerade begonnen, sich wieder anzunähern. Jetzt zu erfahren, wozu dieser Mensch fähig war, musste auch für sie ein inneres Erdbeben ausgelöst haben.

Er legte zaghaft eine Hand auf Lucias Schulter.

»Sorry«, murmelte er.

Sie schaute ihn erstaunt an. »Wofür?«

»Dass durch mich Dinge ans Tageslicht gekommen sind, die vielleicht besser …«

»Nein!« Jetzt wurde Lucia energisch. »Der Dreck, der unter den Teppich gekehrt wird, ist nicht sichtbar, aber er ist da, verstehst du?«

Konrad nickte.

»Es ist nicht gut, was Ben und Klara da gemacht haben, es ist …« Sie suchte nach dem richtigen Wort.

»… *un disastro*«, beendete Konrad ihren Satz. »Eine Katastrophe.«

Sie nickte erleichtert. Sie verstanden sich.

»Wo sind die beiden überhaupt?«, fragte Konrad und blickte um sich, als sei ihm eben erst aufgefallen, dass sie allein waren.

Lucia machte eine unbestimmte Handbewegung. »Sind weggefahren mit dem Auto, keine Ahnung wohin. Ist mir auch ehrlich gesagt egal. Ich bin nicht sicher, ob ich noch da bin, wenn die beiden zurückkommen.«

Konrad spürte, dass ihm nicht gefiel, was er da hörte. Lucia war die einzige, mit der er jetzt reden konnte, die seinen Bruder besser kannte als er selbst, die ihn verstand. Was sollte er tun, wenn nur noch Ben, Klara und er im Haus waren? Er brauchte eine Verbündete, eine Person, mit der er sich austauschen, seine Gedanken ordnen konnte.

»Ich mache dir einen Gegenvorschlag«, erklärte er.

Lucia blickte ihn erstaunt an.

»Der Dreck unter dem Teppich macht sich nicht so gut, hast du gerade gesagt?«

Lucia hob fragend die Augenbrauen.

Konrad runzelte die Stirn. »Das finde ich auch. Also lass ihn uns beseitigen, aber das geht nicht, wenn du jetzt abhaust.«

Lucia sah ihn mit einem verstörenden Augenaufschlag an. »Ist das alles?«, fragte sie mit einem leichten Timbre in der Stimme. »Du möchtest mit mir Dreck beseitigen?«

»Wenn du jetzt gehst, muss ich auch gehen«, antwortete Konrad. »Ich kann nicht mit den beiden hier weiter Urlaub machen, als sei nichts geschehen. Mit dir ist alles etwas ... entspannter. Ich brauche dich an meiner Seite.«

Lucia lächelte. »Ich verstehe. Nun, vielleicht sollte ich dann doch noch ein bisschen bleiben. Zum Saubermachen.« Sie zwinkerte ihm zu.

Konrad war erleichtert. In Lucias Gegenwart erschien alles viel weniger drastisch. Sie schien kein Mensch zu sein, der negativen Dingen allzu viel Raum gab. Sie strahlte eine natürliche Stärke aus, die ihn faszinierte.

»Wie siehst du denn die ganze Geschichte?«, fragte er sie interessiert.

»Hast du eine Zigarette?«, fragte Lucia statt einer Antwort.

Konrad stand auf und ging ins Haus. Als er herauskam, hatte er ein Päckchen Tabak in der Hand. Er setzte sich neben sie und begann sorgfältig zwei Zigaretten zu drehen. Er dachte an seine erste Begegnung mit Klara. Wie er ihr an jenem grauen Novembermorgen vor fast einem Jahr auf der verregneten Bank am Neckar eine Zigarette gedreht hatte. Klara rauchte eigentlich nicht. Konrad musste grinsen bei der Erinnerung daran, wie sie krampfhaft ihr Husten unterdrückt hatte im Bemühen zu verbergen, dass sie die Zigarette nur annahm, um mit ihm ins Gespräch zu kommen.

»Weißt du«, begann Lucia, nachdem sie zwei, drei Züge lang schweigsam nebeneinander gesessen hatten. »Ich schätze, ich bin mittlerweile zu lange von Ben getrennt, als dass ich mir darüber jetzt den Kopf zerbrechen würde, was er einmal getan oder nicht getan hat. Ich dachte lange, wir hätten noch eine Chance und das ist auch einer der Gründe, warum ich hier bin.«

Sie machte eine Pause. »Aber hier ist Klara. Und du bist hier.«

Konrad schaute Lucia an, konnte aber nicht erkennen, wie ihre letzten Worte gemeint waren.

»Ich bin mir nicht mehr sicher, ob Ben der richtige Mann für mich ist. Oder ich die richtige Frau für ihn. Unabhängig von dieser Geschichte mit dem Unfall. Verstehst du?«

Konrad hob fragend die Augenbrauen. Er verstand nicht, hatte aber das Gefühl, dass er Lucia ruhig ein bisschen reden lassen sollte. Bisher hatte er angenommen, da könnte noch etwas sein zwischen seinem Bruder und seiner Exfrau, weshalb er ganz unbewusst eine gewisse Distanz zu ihr eingenommen hatte. Doch warum sollte er Rücksichten nehmen auf einen Mann, der offenbar auch keine nahm? Er fand Lucia anziehend und sie schien mit ihm zu flirten. Genau das, was er jetzt brauchte. Schweigend drehte er zwei weitere Zigaretten, schob Lucia eine davon hin und lehnte sich genüsslich zurück.

»Ben und ich waren immer ziemlich *esplosivo* – explosiv«, erzählte Lucia. »Wir waren wie Feuer und Wasser, haben viel gestritten und uns ebenso leidenschaftlich versöhnt. Ich habe ihn vermisst nach unserer Trennung. Er hat mich geerdet, mir die Flausen ausgeredet, wenn ich zu hoch fliegen wollte. Wir waren eine gute Mischung, sehr fruchtbar im Leben und für meine Kunst.« Ihre eben noch entrückt strahlende Miene verdunkelte sich. »Nur in einem Punkt nicht.«

Konrad schwieg. Er wusste, was sie meinte. Ben hatte ihm von ihrem unerfüllten Kinderwunsch erzählt. Lucia schien nicht weiter darauf eingehen zu wollen.

»Wir haben uns verloren. Ich bin zu sehr um mich selbst und meine Bedürfnisse gekreist und habe unsere Liebe darüber vergessen.«

Soweit deckte sich das mit dem, was Konrad bereits von seinem Bruder wusste. Nur dass er sich und nicht Lucia die Schuld für das Scheitern ihrer Ehe zu geben schien.

»Dass ich mich dann auf Paolo eingelassen habe …«

Sie winkte ab.

Konrad horchte auf. Von einer Affäre hatte er bisher noch nichts gewusst. Ben hatte ihm nie davon erzählt.

»Ich dachte, wir kriegen das mit dem Abstand der Jahre nochmal hin«, fuhr Lucia fort. »Ich dachte, wir könnten heute nochmal neu anfangen, nur wir zwei, Ben und ich, so wie früher. Wir haben uns ja nie ganz aus den Augen verloren und als ich gehört habe, dass ihr im Ferienhaus seid, wollte ich ihn einfach sehen. Aber hier, mit Klara ... Ich spüre, dass er noch Gefühle für sie hat. Und sie ist eine Frau, die einem Mann das Gefühl geben kann, der Größte zu sein. Ist es nicht das, was ihr Männer braucht?«

Und mit einer pathetischen Note fügte sie hinzu: »Sie war vor mir da. Und sie ist wie der Deckel auf Bens Eimer.«

Jetzt schaltete sich Konrad ein: »Warum glaubst du das?«

Lucia überlegte einen Augenblick, dann sagte sie: »Klara ist Wasser wie Ben. Sie fließt in seine Richtung, bei ihr muss er keine Brände löschen. Das ist für ein Leben vermutlich praktikabler. Ben und ich, das war eine *amour fou*, ein verrückter Jugendtraum. Bei Klara kommt er zur Ruhe. Sie ist die Frau, die ihm bedingungslos den Rücken gestärkt, sogar für ihn ein Verbrechen verschwiegen hat. Und das würde sie jederzeit wieder tun.«

Konrad neigte den Kopf und dachte nach. Lucias Worte waren für ihn nicht allzu überraschend. Er hätte es nicht so ausdrücken können wie sie, doch ihre Aussage traf den Kern ziemlich exakt. ›Gleich und gleich gesellt sich gern‹, sagte man doch, und dass ähnliche Charaktere bessere Chancen auf eine glückliche Beziehung hätten als zu unterschiedliche. Ben und Klara waren im Grunde tatsächlich wie füreinander geschaffen. Nach außen grundsolide und hinter der Fassade verbargen sie ihre Abgründe mit einer gekonnten Abgebrühtheit, die man erst einmal haben musste. Menschen wie er oder Lucia waren aus einem anderen Holz geschnitzt. Viel zu emotional, zu wahrheitsliebend. Vermutlich hätten sie beide nie das Durchhaltevermögen für solche Lebenslügen. Klara würde Ben alles verzeihen, das war offensichtlich. Und Ben? Wie stand er zu ihr? Hatte Lucia recht? Hielt er sich nur aus seinem schlechten Gewissen heraus zurück?

Konrad drehte seine Tasse auf dem Tisch hin und her. »Und das ist dir erst hier aufgefallen?«, fragte er.

Lucia nickte, ihr Gesicht war zu einer melodramatischen Grimasse verzogen. Konrad befürchtete einen Augenblick, sie könne anfangen zu weinen. Doch sie setzte sich auf und schlug mit der flachen Hand auf den Tisch.

»Es ist in Ordnung, Konrad«, sagte sie. »Ich habe in den letzten Tagen etwas begriffen, was mir hilft, meine Ehe mit Ben endgültig hinter mir zu lassen. Wie sagt man so schön – aufgewärmt schmeckt das Essen nur noch halb so gut.«

Sie zwinkerte ihm abermals zu und Konrad wurde es heiß. Lucias Stimmungswechsel waren atemberaubend. Gerade noch wirkte sie wie ein Kalb vor dem Schlachter und einen Augenblick später war sie wieder ganz die *Femme fatale*. Lucia war zweifellos eine Frau, an der man sich als Mann die Finger verbrennen konnte.

»Was ist mit Paolo?«, fragte er und staunte selbst über seine Indiskretion.

Doch Lucia winkte ab. »Ist nicht mehr wichtig. Wir hatten eine nette Zeit zusammen, mehr nicht.«

Vielleicht sollte er sich auch eine schöne Zeit mit der Exfrau seines Bruders machen, dachte Konrad. Sie war vermutlich eine Sünde wert.

***

Ben und Klara waren frühmorgens gemeinsam nach Pisa gefahren. Sie wollten den anderen aus dem Weg gehen, etwas Luft an die Sache bringen, das war vermutlich besser so. Und da sich beide irgendwie schuldig an dem Desaster des Vortags fühlten, hatten sie sich darauf verständigt, bereits das Haus zu verlassen, bevor die anderen zum Frühstück erscheinen würden. So hätten sie auch Gelegenheit, nochmal ungestört über die ganze Geschichte zu sprechen. Die Umstände von Marlenes Tod hatten immerhin über zwanzig Jahre im Verborgenen geschlummert und ihre Auferweckung löste bei beiden einen gewissen Redebedarf aus. Es war, als drängte die Vergangenheit mit aller Macht aus ihrem Gefängnis, in das sie viel zu lange eingesperrt gewesen war.

Pisa lag nicht allzu weit entfernt von ihrem Feriendomizil und Klara wollte den schiefen Turm sehen. Er war vermutlich ebenso schief wie ihr Leben, dachte sie bedrückt, als sie neben Ben im Auto saß. Die Fahrt verlief zunächst weitestgehend schweigend, es war schwer, den Anfang zu finden. Jeder war in seine Gedanken vertieft. Die Stimmung war gedrückt, geschwängert von Schuld und Selbstzweifeln. Jeder Mensch hat ein ganz natürliches Gewissen, das ihm unmissverständlich sagt, was recht und was unrecht ist. Ben und Klara hatten diese innere Instanz beide erfolgreich zurückgedrängt. Immer wieder. Es war nicht so, dass Marlene aus ihren Gedanken und Gefühlen verschwunden wäre, nein. Aber sie war zugeschüttet worden mit Selbstbetrug und Lügen. Sie hatten sich eingeredet, dass es für alle besser so sei, und je mehr Zeit verstrichen war, desto mehr hatten sie sich geglaubt.

»Hast du auch so oft von ihr geträumt?«, fragte Klara irgendwann, während sie durch ein winziges Bauerndörfchen fuhren, dessen spärliche Häuser wie ausgestorben wirkten. Ben hatte diese Route intuitiv gewählt, weil sie ihm in der gegebenen Situation irgendwie passender erschienen war als die schnellere und wesentlich uncharmantere *autostrada*.

Er überlegte einen Moment, dann nickte er.

»Anfangs ja, aber es wurde weniger.«

»Du warst ja auch weit weg«, erwiderte Klara gedankenverloren.

Ben schaute sie an.

»Klara ...«, begann er.

Klara winkte ab.

»Schon gut, es ist lange her. Ich habe dir irgendwann verziehen, es war besser für mich.«

Sie machte eine Pause.

»Aber für mich war es schon schlimm – ich musste noch eine

ganze Weile Peter und den anderen ins Gesicht schauen, und in das Waldstück konnte ich jahrelang nicht mehr. Und dann die Trauer um dich …«

»… während ich in Italien dem *dolce vita* gefrönt habe, glaubst du?«, beendete Ben ihren Satz.

Klara zuckte mit den Schultern. Ben starrte geradeaus.

»Es gab keinen Tag, an dem ich nicht an dich gedacht hätte«, sagte er, jedes Wort betonend. »Und es gab keinen Tag, an dem ich nicht an Marlene gedacht hätte. Ich habe es bereut, dich da mit hineingezogen zu haben, dich im Ungewissen über meinen Verbleib gelassen zu haben, wieder und wieder. Warum, glaubst du, habe ich dir diesen Brief geschrieben?«

Klara wusste keine Antwort. Sie wollte sich jetzt nicht auch noch mit Bens Gründen für sein Tun auseinandersetzen, dafür fehlte ihr die Kraft.

Er fuhr fort: »Aber irgendwann musste ich weiterleben. Ich hatte mich entschieden. Und nachdem ich in Italien war, konnte ich nicht mehr zurück, denn dann hätte ich eine andere Frau unglücklich gemacht – Lucia. Es wäre unmöglich gewesen, gleichzeitig mit meiner Vergangenheit aufzuräumen und mit Lucia zu leben, verstehst du?«

Klara zuckte mit den Achseln. Sie dachte, dass er *sie* im Gegensatz zu Lucia sehr wohl hatte unglücklich machen können, sagte aber nichts.

»Ich war ihr das schuldig«, erläuterte Ben seine Aussage, als könne er ihre Gedanken erraten. »Sie hat mir das Leben gerettet.«

»Du wolltest dir wirklich etwas antun?«, brachte Klara hervor. Sie konnte sich das noch immer nicht vorstellen.

»Du bist viel stärker als du glaubst, Klara«, erklärte Ben. »Mich hat die ganze Sache fast umgebracht. Erst meine Mutter, die mir Auge in Auge bis zuletzt ins Gesicht gelogen hat wegen Konrad, und dann Marlene. Ich habe das einfach nicht verkraftet. Ich weiß, wie mies das von mir war, aber ich habe es einfach nicht fertiggebracht, mich all dem zu stellen. Ich war wie ferngesteuert.«

»Also war es gar nicht wegen deiner Karriere, dass du nichts sagen wolltest?«, fragte Klara.

Ben schüttelte energisch den Kopf.

»Du solltest mich besser kennen. Als ich Lucia auf Teneriffa begegnet bin und sie mir angeboten hat, mit ihr nach Italien zu kommen – alles erschien plötzlich so einfach. Ich sah zum ersten Mal seit langem wieder Licht am Horizont, da war irgendeine Hoffnung auf ein Leben, das ich fast schon aufgegeben hatte. Dich hätte ich ohnehin nicht mehr glücklich machen können und ich habe mir eingeredet, du würdest darüber hinwegkommen und einen anderen finden.«

Er schwieg einen Moment, dann sagte er leise und wie zu sich selbst: »Aber ich habe nie aufgehört, dich zu lieben.«

Klaras Herz zog sich zusammen. Sagte Ben die Wahrheit? Sollte er sie auch geliebt haben, während er mit Lucia zusammen war? Er würde sie doch wohl kaum nur aus Dankbarkeit geheiratet haben. Dachte er, er müsse das jetzt sagen? Doch so schätzte sie ihn nicht ein. Schon gar nicht in dieser Situation. Womöglich konnte man tatsächlich zwei Menschen gleichzeitig lieben. Auf unterschiedliche Art, aber mit derselben Intensität. Man liebte nicht immer auf dieselbe Weise. Doch was hatte sie jetzt davon? Ihre besten Jahre waren vorbei, sie hatte lange gebraucht, um über den Verlust hinwegzukommen, und sein Brief hatte nichts besser gemacht, im Gegenteil. Und einen anderen hatte sie nie mehr gefunden, den sie so hätte lieben können wie Ben. Bis auf … Sie wischte den Gedanken an Konrad zur Seite. Das war eine andere Baustelle.

»Ich weiß, das bringt dir jetzt auch nichts mehr«, sagte Ben und blickte sie von der Seite an. »Und glaub mir, wenn ich die Zeit zurückdrehen könnte, ich würde so einiges in meinem Leben anders machen.«

»Das ist nun mal nicht möglich«, versetzte Klara nüchtern. »Wir müssen mit unseren Entscheidungen leben. Auch mit den schlechten.«

Und aus einem Impuls heraus fügte sie hinzu: »Wir können nur versuchen, die Zukunft anders zu gestalten.«

Sie blickte Ben forschend an, doch sie war sich nicht sicher, ob ihre Worte ihn erreicht hatten.

Klara war verwirrt. Wieder gab Ben ihr Rätsel auf. Was sollte das heißen, er liebte sie noch immer? Und liebte sie ihn auch noch? Liebte man einen Menschen, der einem einmal so nah war, nicht in irgendeinem Winkel seines Herzens für immer?

Sie konnte sich kaum auf die Altstadt von Pisa konzentrieren, durch deren enge Gassen sie kurz darauf spazierten. Ben erzählte hier und da etwas zu einer Kirche oder einem anderen Gebäude, doch Klara hörte es kaum. Was sie hörte, war der Klang seiner Stimme, was sie sah, waren die Bewegungen seiner Hände, wenn er auf etwas zeigte, was sie spürte war die Wärme seines Körpers, wenn er sie an der Schulter fasste, weil sie schon wieder beinahe auf die Straße gelaufen wäre. Irgendwann waren sie an einem großen, belebten Platz angekommen, in dessen Mitte der berühmte Schiefe Turm von Pisa aufragte. Ringsumher reihten sich Stände mit Lederwaren, Spezialitäten und Andenken, die immer noch ein gutes Geschäft mit den zahlreich vorhandenen Touristen zu machen schienen, auch wenn die Sommersaison bereits vorbei war. Auf der Wiese, die den Turm umgab, lagerten junge Leute und machten ausgelassene Fotos von sich und dem Turm. Der Klassiker war es, sich so hinzustellen, dass es auf dem Foto so aussah, als stütze man den Turm mit seinen Händen.

»Wow«, entfuhr es Klara. »Das ist er also. Er sieht tatsächlich so aus, als würde er jeden Moment umkippen.«

Sie setzten sich ins Gras und betrachteten das Monument. Wenige Meter weiter sang ein junger Mann mit Gitarre und rauer Stimme italienische Schlager, was der ganzen Szene fast einen romantischen Anstrich gab.

»Er wird abgestützt, aber wer weiß, ob nicht irgendwann doch die Schwerkraft siegt«, erklärte Ben.

»Ist es nicht immer so, dass das Schicksal irgendwann die Dinge selbst in die Hand nimmt?«, fragte Klara.

»Ich weiß nicht«, antwortete Ben und zupfte an einem Grashalm. »Glaubst du daran?«

»Ich weiß nicht.« Beide mussten lachen.

»Ich werde noch heute Abend mit Konrad reden«, sagte Ben auf der Rückfahrt im Auto. »Ich hoffe, der Abstand hat die Gemüter ein wenig auskühlen lassen und er ist offen für meine Erklärung.«

Klara nickte erleichtert.

Sie hatten nicht mehr viel über das Thema gesprochen in Pisa. Sie waren durch die Stadt gelaufen, hatten Pizza, Pasta und Eis genossen und sich die eine oder andere Kirche angeschaut. Zwischendurch hatte Ben sogar Klaras Hand genommen, um sie hierhin oder dorthin zu ziehen, was Klara zunehmend irritiert hatte. Sein Verhalten gab ihr Rätsel auf, doch sie traute sich nicht, den ersten Schritt zu machen, um herauszufinden, was noch zwischen ihnen war. Zu groß war ihre Furcht vor einer erneuten Zurückweisung. Ob es ihm genauso ging? Es war spürbar gewesen, dass er ihre Nähe suchte und die wie zufälligen Berührungen genoss. Womöglich wusste er ebensowenig wie sie, ob sie einen Versuch riskieren sollten. Ihre gerade wieder erwachsene Freundschaft stand auf dem Spiel und gerade jetzt wäre eine Annäherung vielleicht gefährlich. Zuerst sollten sie zusehen, dass Konrad seinem Bruder verzeihen konnte. Dass die Brüder im Streit waren, war wirklich kein aushaltbarer Zustand.

»Das ist gut, dass du auf ihn zugehst«, bekräftigte Klara. »So wie ich Konrad kenne, ist sein Vertrauen in dich grundlegend erschüttert. Du solltest ihm sagen, was du mir heute gesagt hast. Wie du dich gefühlt hast. Dass du nicht du selbst warst. Er soll nicht denken, dass es dir nur um deine Karriere ging.«

***

Als sie das Ferienhaus erreicht hatten, wählte Ben eine besonders gute Flasche Rotwein aus, entkorkte sie, nahm zwei Gläser aus dem Schrank und klopfte an Konrads Zimmertür. Der kam gerade aus der Dusche und war ziemlich überrumpelt von dem überraschenden Versöhnungsangebot seines Bruders. Er war nach wie vor durcheinander und noch nicht bereit zum Reden. Auch wenn er es grundsätzlich goutierte, dass Ben auf ihn zukam, so wies er ihn trotzdem freundlich, aber bestimmt ab. Sein Bruder sollte nicht denken, mit einer Flasche Wein wäre alles wieder in Ordnung. Er sollte ruhig noch ein wenig schmoren.

Ben fühlte sich wie ein geprügelter Hund, als er kurz darauf allein mit der Weinflasche in seinem Zimmer saß. Er war es nicht gewohnt, seinen Willen nicht zu bekommen und dass sein Bruder ihn einfach so zurückwies, traf ihn tief. Konrad hatte ihn kaum angehört, als er versucht hatte, sich ihm zu erklären. Er hatte ihn abgekanzelt mit einer Distanz, die er noch nie an ihm erlebt hatte und die ihn, wie er sich eingestehen musste, ziemlich verletzte. Konrad war sein Zwilling und Ben wusste, wie hoch dessen Meinung von ihm bisher gewesen war. Er fühlte sich miserabel, weil er ihn so enttäuscht hatte. Konrad konnte oder wollte offenbar einfach kein Verständnis für sein damaliges Verhalten aufbringen. Und erklären ließ er es sich auch nicht. Er musste ihm wohl oder übel Zeit geben.

Er schenkte sich ein Glas ein, starrte in die Dunkelheit der Nacht und fühlte sich hilflos und schwach wie selten in seinem Leben. Als die Flasche Wein leer war, ging er nochmal hinunter und sah Konrad auf der Terrasse sitzen und rauchen. Für einen kurzen Moment überlegte er, ihn nochmal anzusprechen, doch er ließ ihn in Ruhe und nahm sich eine Flasche Wasser und den Grappa mit nach oben. Es war derart viel passiert in den letzten Tagen, dass er es sich einmal erlaubte, jede Contenance fahren zu lassen und sich einfach nur seinem Selbstmitleid hinzugeben.

Er dachte an seine letzte Zeit in Heidelberg. Nach der ungeheuerlichen Zwillingslüge seiner Mutter war sein Vertrauen in alles, was das Fundament seines Lebens bedeutet hatte, derart erschüttert gewesen, dass er teilweise nicht mehr gewusst hatte, wo oben und unten war. Seine Mutter, die er zeitlebens wie eine Heilige verehrt hatte, hatte sich als Lügnerin und Betrügerin entpuppt und nicht genug damit, hatte sie ihm sogar die Sicherheit in Bezug auf die tatsächliche Vaterschaft seines geliebten Papas genommen. Bis heute wusste er nicht, wer sein und Konrads biologischer Vater war und sie würden es wohl auch nie mehr erfahren. Das war damals ziemlich viel für einen jungen Mann, der gerade erst sein vermeintlich wohlbehütetes Elternhaus verlassen hatte.

Als dann der Unfall im Wald passierte, war das für ihn wie ein Film gewesen, der sich irgendwo in der Ferne abspielte. Im Grunde war er zu jener Zeit gar nicht mehr bei sich selbst gewesen. Er konnte das Geschehene nicht richtig mit sich in Verbindung bringen und vor lauter Überforderung hatte er sich eingeredet, dass alles vielleicht doch nur ein großer Irrtum und der Schlag aufs Auto ein Ast gewesen war. Seine Seele hatte sich einfach geweigert, sich auch noch mit diesem Unglück beschäftigen zu müssen. Gleichzeitig war es auch das letzte Quäntchen gewesen, das ihm endgültig jede Möglichkeit genommen hatte, sich nochmal irgendwie zu fangen und sein Leben in Heidelberg fortzusetzen. Sein spontaner Entschluss, den anderen zu verschweigen, was offensichtlich geschehen war, sein schlechtes Gewissen Klara gegenüber, die bedingungslos loyal zu ihm stand, seine Zweifel an seiner Entscheidung, die er trotz allem immer wieder hatte – das alles hatte ihn fast erdrückt. Irgendwann war ihm bewusst geworden, dass es zu spät war für die Wahrheit und zugleich unmöglich, einfach weiterzumachen. Hatte man sich einmal für eine Lüge entschieden, war es sehr schwer, sie nachträglich noch aufzulösen. Außerdem hatte er gewusst, dass er Klara wegen Vertuschung einer Straftat noch mehr in die Sache hineinziehen würde, sollte er sich stellen. Das hatte sie nicht verdient. Es war ausweglos gewesen. Er war zu jener Zeit schon lange nicht mehr der starke, aufstrebende Jurist gewesen, der nach sich die Sintflut hinterließ und nur an sich dachte. Er war ein Bündel von Selbstzweifeln, ein Irrender, ein Suchender, der nicht wusste wohin mit sich.

Und heute? Die Vergangenheit holte einen doch immer wieder

ein, das war tatsächlich mehr als ein hohler Spruch. Dass allerdings sein komplettes Vorleben sich in diesem Urlaub versammeln würde, das überforderte selbst einen starken Charakter wie ihn. Konrad, Klara, Lucia und nun auch noch Marlene. Was käme als nächstes? Er stützte den Kopf in die Hände und spürte eine Schwäche über sich kommen, die ihn förmlich in den Boden zu ziehen drohte.

Irgendwann gegen Mitternacht schlief Ben ziemlich betrunken und frustriert auf dem Sessel in seinem Zimmer ein und fiel in einen unruhigen Schlaf.

Tag acht

Der nächste Tag war ein Sonntag. Während es im Haus noch völlig still war und nur die Vögel draußen bereits munter und ungerührt ihre Morgengrüße miteinander austauschten, lag Klara lang ausgestreckt auf ihrem Bett und dachte nach. Sie dachte an Ben. Ihre zärtliche Umarmung. Hand in Hand mit ihm in Pisa. Dann an Konrad und ihren Beinahe-Kuss auf der Terrasse. Ihre Gefühle wirbelten in ihrem Inneren umher wie in einem wilden und zugleich sehr innigen Tanz. Sie war beiden Brüdern sehr nahe gekommen in den letzten Tagen und für beide hatte sie ganz unterschiedliche Empfindungen. Keine davon war besser oder schlechter als die andere. Klara fühlte sich wie ein Teenager. Was Ben anging, hatte sie bisher geglaubt, er wäre noch an seiner Exfrau interessiert. Doch seit zwei Tagen war sie sich da nicht mehr so sicher. Es war etwas gewesen zwischen ihnen und Ben hatte seinen Verstand vor sein Gefühl gestellt, um es nicht zuzulassen. Und mit Konrad war sowieso alles extrem kompliziert gerade. Es würde sich zeigen, ob er sich ihr noch einmal öffnen würde.

Sie setzte sich auf und zog die Knie an ihren Körper. Wollte und durfte sie überhaupt herausfinden, was mit dem einen oder dem anderen Zwilling sein könnte? Die Brüder hatten sich hoffentlich gestern ausgesprochen, doch ihre Beziehung war ganz sicher fürs erste beschädigt. Würde sie durch ihre Unentschiedenheit nicht noch mehr Öl ins frisch entfachte Feuer gießen? Egal, was die beiden für sie empfinden mochten oder auch nicht, jetzt galt es, keine eindeutige Stellung zu beziehen, denn das könnte zu sehr anstrengenden Loyalitätsfragen führen.

Sie machte ein paar Dehnübungen, stopfte sich anschließend

ein Kissen in den Rücken und machte es sich nochmal auf dem Bett bequem. Es war verrückt. Jahrelang hatte es keinen Mann in ihrem Leben gegeben und jetzt empfand sie gleich für zwei Männer etwas. Doch so unsicher sie selbst war, so unklar waren auch Bens und Konrads Signale. Konrad spielte Katz und Maus mit ihr. Mal küsste er sie fast, dann wandte er sich wieder ab und kungelte mit Lucia. Gut, aktuell hatte er einen Grund dafür. Sie seufzte. Sie hatte wohl wieder einmal fette Minuspunkte bei ihm gesammelt.

Dabei litt sie doch selbst unter der Geschichte, als sei sie erst gestern passiert. Wann immer sie an Marlene dachte, begann ihr Herz zu pochen und sie fühlte sich nur noch schlecht. Wie oft hatte sie sich schon gewünscht, nie betrunken in dieses Auto gestiegen zu sein ...

Und Ben? Der hatte ihr bis vorgestern nicht viel Anlass zur Hoffnung gegeben. Sein Verhalten war im Wesentlichen freundschaftlich und korrekt. Waren seine temporären Annäherungen nur Ausdruck einer vorübergehenden Sentimentalität? Und welche Rolle spielte Lucia noch in seinem Leben? Um das herauszufinden, gab es eigentlich nur einen Weg. Klara grinste und fasste einen Plan.

***

Lucia war nicht begeistert von Klaras Vorschlag eines gemeinsamen Ausflugs gewesen, doch sie war mitgefahren, nicht zuletzt um der Atmosphäre im Haus für eine Weile zu entkommen. Zwischen den Brüdern herrschte nach wie vor Eiszeit, sie mussten den Frauen nicht erklären, dass es nicht zu einer Aussprache gekommen war. Beide sahen fürchterlich aus, man sah ihnen an, dass sie keine gute Nacht gehabt hatten. Und auch wenn sie sich bemühten, sich nichts anmerken zu lassen, lag die Anspannung in der Luft wie der üble Geruch eines verwesenden Fischs. Ben legte eine betont lässige Heiterkeit an den Tag, doch wer ihn kannte, spürte, dass etwas nicht in Ordnung war. Er überspielte die Verletzung durch

Konrads Zurückweisung gekonnt, aber nicht unmerklich. Konrad seinerseits tat nicht einmal so, als wolle er irgendjemandem gefallen. Er schwieg sowohl Ben als auch Klara ostentativ an, antwortete auf Fragen nur kurz und beschäftigte sich weitestgehend mit sich selbst.

Keiner der vier hatte es an diesem Tag geschafft, irgendetwas Sinnvolles zu tun. Paradoxerweise waren sie trotzdem bis auf kurze Laufrunden oder kleine Besorgungen alle im und ums Haus geblieben, welches glücklicherweise weitläufig genug war, dass man sich aus dem Weg gehen konnte. Ben hatte sich in seinem Zimmer verschanzt und gearbeitet. Konrad war um den Weinberg gewandert und hatte sich anschließend mit ein paar Zeitschriften und zwei Bierdosen in den hinteren Teil des Gartens verzogen. Klara war herumgeschlichen wie das lebendige schlechte Gewissen und war Lucia, die als einzige nichts mit dem ganzen Theater zu tun hatte, damit ziemlich auf die Nerven gegangen.

Jetzt saßen sie nebeneinander in Lucias Wagen und Klara lamentierte über die Situation und ihre Schuldgefühle.

»Hätte ich nicht mit Marlene angefangen – Konrad hätte es nie erfahren. Warum konnte ich die Vergangenheit nicht einfach ruhen lassen? Und warum zum Teufel musste ich ihm auch noch die ganze Geschichte erzählen? Jetzt haben die beiden Streit und Konrad hat wieder einen Grund mich zu hassen. Und seinen Bruder dazu.«

Sie schlug die Hände vors Gesicht und atmete dramatisch schnaufend aus.

»Außerdem muss ich seitdem wieder permanent an Marlene denken. Das Geräusch des vermeintlichen Astschlags auf unserem Auto klingt mir noch in den Ohren, als wäre es gestern gewesen. Womöglich musste Marlene sich noch stundenlang quälen, bis ...«

Jetzt platzte Lucia der Kragen. Sie schlug mit der rechten Hand auf das Lenkrad, Klara fuhr zusammen.

»*Basta!*«, rief sie. »Ich fahre nicht mit dir zu Alfonso, um mir nach der unerträglichen Stimmung im Haus jetzt auch noch dein

Gejammer anzuhören! Ihr habt Mist gebaut und offenbar jahrelang kein Problem damit gehabt. Dann fangt jetzt nicht damit an, nur weil Konrad euch einen Spiegel vorhält.«

Klara schwieg betreten.

Doch Lucia redete sich in Rage: »Wenn man sich entschließt, eine Straftat zu – wie sagt man – verheimlichen« (sie brachte das Wort nur mühsam hervor und es klang wie *ver'aimlischän*) »dann muss man auch dazu stehen! Warum geht dir das jetzt plötzlich so nah? Weißt du was, Klara, ich glaube dir das nicht. Dir geht es um Ben, habe ich recht? Dass Konrad jetzt sauer auf ihn ist, passt dir nicht in den Kram. Deine heile Welt ist durcheinander und du willst Ben noch immer schützen. Sag mir eins ehrlich: Hast du noch Gefühle für ihn?«

Klara blickte Lucia entgeistert an. Was war das jetzt? Dass Lucia sie derart anging, das war nicht fair. Außerdem war sie soeben dabei, den Spieß herumzudrehen, an dem Klara eigentlich Lucia grillen wollte.

»Wieso interessiert dich das?«, gab sie statt einer Antwort zurück. »Willst du ihn etwa zurück? Ist das der Grund, warum du dich bei uns im Ferienhaus eingenistet hast?«

Sie erschrak über ihre eigenen Worte, mithin gehörte das Haus Lucias Eltern und sie war nur Gast.

Doch Lucia antwortete jetzt ganz ruhig: »Meine Liebe, ich fürchte *du* bist diejenige, die sich hier – *come si dice* – einnistet! Du hattest deine Zeit und die ist längst vorbei. Ben und mich verbindet so viel mehr als eure alberne Jugendliebe. Deshalb rate ich dir: Verschwende nicht deine Kraft. Weiß der Teufel, was er einmal an dir gefunden hat, aber sein Geschmack hat sich glücklicherweise geändert.«

Ihr Seitenblick war verächtlich.

Klaras Herz klopfte bis zum Hals. Schon lange hatte niemand mehr so mit ihr geredet. Sie war unfähig, einen klaren Gedanken zu fassen, noch auf diese Unverschämtheit etwas zu erwidern. Sie blickte unwillkürlich an sich herab. Ja, Lucia und sie waren extrem unterschiedliche Typen, aber Ben hatte sie einmal geliebt und wenn sie seinen Worten Glauben schenken durfte, so tat er das immer noch. Doch zumindest hatte Lucia einmal ihr lächelndes Visier heruntergelassen und gesagt, worum es ihr wirklich ging: Sie wollte Ben zurück und Klara war ihr im Weg. Sie spürte, wie ihr die Tränen des Zorns in die Augen stiegen, doch sie wollte sich auf keinen Fall diese Blöße vor Lucia geben. Sie schluckte und blickte aus dem Fenster.

Lucia schien zu spüren, dass sie zu weit gegangen war und sagte mit etwas gnädigerer Stimme: »Tut mir leid, Klara, aber wir beide werden in diesem Leben wohl keine Freundinnen mehr.«

Klara atmete tief durch. Das war sicherlich alles andere als das, was sie sich von diesem Urlaub versprochen hatte. Sie sehnte sich nach ihrem alten Leben. Sie hatte sich all die Jahre nach Bens Verschwinden sehr gut eingerichtet in ihrer Einsamkeit und jetzt wusste sie auch wieder, was diese Entscheidung wert gewesen war. Hätte sie sich nie auf Konny eingelassen, säße sie genau jetzt in ihrem Büro und würde die letzten Telefonate führen, bevor sie sich in den Feierabend verabschieden würde. Auf dem Nachhauseweg würde sie sich eine Kleinigkeit zum Abendbrot mitnehmen und später gemütlich und ungestört auf ihrem Sofa sitzen und lesen oder ihre Lieblingsserie anschauen, bevor sie um zehn Uhr zu Bett gehen würde. Die Traumata ihrer Vergangenheit waren gut aufgehoben in ihrem Unterbewusstsein und wenn sie hervorzukommen drohten, hatte sie Medikamente dagegen. Und nun? Musste sie sich von Bens Exfrau angreifen lassen, die sie bis vor ein paar Tagen nicht einmal kannte und einen Urlaub mit zwei Brüdern verbringen, die nicht nur die schmerzhaftesten Zeiten ihrer Vergangenheit in die Gegenwart zerrten, sondern sich nun auch noch derart laut anschwiegen, dass es kaum auszuhalten war.

Sie waren auf Alfonsos Hof angekommen, wo sie Antipasti fürs Abendessen einkaufen wollten, und Klara hatte noch immer kein Wort gesagt.

»Was ist, kommst du mit?«, fragte Lucia, als wäre nichts gewesen.

So schnell sie zur Furie aufdrehen konnte, so schnell konnte sie offenbar auch wieder zur Tagesordnung übergehen.

Bei Klara ging das nicht so einfach. Sie war gekränkt, fühlte sich gedemütigt und sie wusste nicht, was sie mehr ärgerte: Dass sie sich vor etwa einem Jahr dazu entschlossen hatte, ihre Schutzhülle aufzugeben und an sich zu arbeiten oder dass ihr neues Ich es immer noch nicht schaffte, sich in so einer Situation erwachsen zu verhalten. Sie fühlte sich wie das Schulmädchen, das sie einmal war, als sie von einer Mitschülerin immer wieder an den Haaren gezogen wurde und sich nicht wehrte.

»Mach du mal alleine, ich muss ein paar Schritte gehen«, erwiderte sie knapp, stieg aus und wandte sich ab.

Lucia zuckte nur mit den Schultern und begrüßte mit einem lauten »*Ciao, caro*!« ihren alten Freund und Weinbauern Alfonso, der gerade aus seiner alten Scheune trat.

»Wahrscheinlich lästern sie jetzt erstmal über die blöde unkommunikative Deutsche«, murmelte Klara bitter, während sie am Hofladen vorbei an den Rand des Weinbergs ging und tief durchatmete.

Sie besaß nicht das schauspielerische Talent von Lucia, nach so einer Ansage sofort wieder fröhlich und unbeschwert zu wirken. Klara war sensibel, sie hinterfragte, machte sich Gedanken, zweifelte. Sie musste ihre Emotionen sortieren, ihre Gekränktheit, ihre Wut, ihre Ohnmacht. Wie gerne hätte sie die Fähigkeit, Lucia ruhig und wohlüberlegt zu antworten, ihr zu sagen, was sie von ihr hielt und wie kindisch ihr Verhalten letztendlich war. Aber das würde möglicherweise zu weiteren Übergriffen auf ihre Person führen und dem wollte sie sich nicht aussetzen. Sie sollte die ganze Angelegenheit auf sich beruhen lassen und Lucia nach ihrer Rückkehr ins Ferienhaus aus dem Weg gehen. Was die Gesamtsituation nicht eben zum Besseren wenden würde. Schlauer war sie jetzt auch nicht. Aber sie konnte sich nicht als langweilige Spießerin hinstellen lassen, die hoffnungslos in ihren Exmann verliebt war – und genau das hatte Lucia mit anderen Worten gesagt – und anschließend so tun, als wäre alles in Ordnung.

Klara sagte nichts mehr zu dem Vorfall. Und in einem musste sie Lucia recht geben: Freundinnen würden sie nicht werden und dafür gab es auch überhaupt keinen Anlass.

Als sie ins Ferienhaus zurück kamen und die Tüten ins Haus trugen, bemerkte Klara eine gebeugte Gestalt zwischen den Weinreben. Merkwürdig, der nächste Spazierweg war ein ganzes Stück weit weg und außer dem jungen Bauern, der den Weinberg bewirtschaftete, hatte sie hier noch nie jemanden gesehen. Sie trat einen Schritt vor, doch die Person war schon hinter einer Begrenzungsmauer verschwunden. Sie schüttelte den Kopf. Sicher war es nur ein Wanderer gewesen, der vom Weg abgekommen war und sich ein wenig auf dem Hügel verlaufen hatte.

***

Das Abendessen gestaltete sich ähnlich bedrückend wie der bisherige Tag und daran konnten auch die wundervollen Leckereien von Alfonsos Hofladen nichts ändern. Zu getrockneten Tomaten, eingelegten Oliven, Parmesan und Ciabatta gesellten sich Feindseligkeit und Kälte. Griffen beide Brüder gleichzeitig nach dem Brotkorb, so zuckten sie mit der Hand zurück, als hätten sie ein glühendes Kohlestück berührt. Jeder achtete darauf, was er sagte und zu wem. Hatte tagsüber noch eine höflich-oberflächliche Konversation zwischen Klara und Lucia stattgefunden, so war nach der explosiven Autofahrt nicht mal mehr diese möglich – was weder Ben noch Konrad aufzufallen schien. Immerhin setzten sie sich noch miteinander an einen Tisch, dachte Klara. Das ließ zumindest hoffen.

Am späteren Abend saßen Klara und Ben gemeinsam auf der Terrasse, Konrad war mit Lucia ausgegangen. Wohin, hatte man ihnen nicht mitgeteilt.

»Erzähl mir von Lucia«, forderte Klara, während sie an ihrem Chianti nippte.

Ben sah sie erstaunt an. »Wieso willst du davon hören?«

Klara neigte den Kopf zur Seite.

»Ich möchte verstehen, was dich an ihr angezogen hat, so sehr, dass du …«

Sie beendete ihren Satz nicht.

Ben überlegte. Immerhin fing sie nicht wieder von Konrad an und dass er sich mit ihm versöhnen sollte. Er drehte sein Weinglas in den Händen hin und her.

»Das ist nicht so einfach«, begann er. »Lucia und ich – das war kompliziert. Wir waren oder sind komplett gegensätzlich, aber irgendwie war da auch eine Nähe, die ganz besonders war.«

Klara trank einen großen Schluck Wein. Sie musste da jetzt durch, wenn sie etwas über Bens Gefühle erfahren wollte.

Ben fuhr fort: »Unsere Ehe war nie ganz einfach. Lucia ist Künstlerin, da passieren immer irgendwelche unvorhergesehenen Dinge.« Er lächelte und Klara bemerkte zu ihrem Missfallen einen liebevollen Zug um seine Lippen. »Aber genau das war auch das Faszinierende an ihr. Es wurde nie langweilig.«

Klara schluckte und schwieg. Mit ihr wäre ihm vermutlich über kurz oder lang sehr langweilig geworden. Sie hatte nie etwas anderes gewollt als ein kleines Glück mit ihm, ohne Eskapaden und Dramen. Die hatten sie ja ohnehin schon genug erlebt. Aber Ben hatte das alles offenbar nicht gereicht.

Ben sprach weiter: »Wir hatten ein paar gute Jahre zusammen. Das heißt nicht, dass ich nicht oft an mein altes Leben zurückgedacht hätte.« Er blickte sie prüfend an. »Aber irgendwann habe ich es geschafft, es auszublenden und ganz neu anzufangen. Ich hatte viel zu tun mit meinem Studium und anschließend mit der Kanzlei, ich musste mich einfinden in mein italienisches Leben, das war eine Aufgabe.« Er lachte kurz auf. »Bei der kirchlichen Trauung, auf der Lucias Eltern bestanden haben, war mein Italienisch noch nicht ganz perfekt. Ich sollte ihr den Ring anstecken mit den Worten: »*Prendi questo anello* – nimm diesen Ring. Und was soll ich dir sagen, statt *anello* kam mir *agnello* über die Lippen, was Lamm heißt. Das Gelächter in der Kirche kannst du dir vorstellen. Ich wäre vor Scham am liebsten im Boden versunken.«

Klara lächelte dünn.

Ben wurde wieder ernst.

»Tja und dann kam irgendwann das ganz normale Leben dazwischen.«

Klara hob fragend die Augenbrauen.

»Wir hatten nie über Familie gesprochen. Meine eigene war für mich ja nun wirklich kein gutes Vorbild und Lucia war jung und hatte so viele Pläne im Kopf – ich dachte nicht, dass ein Kind in ihr Künstlerleben passen könnte. Bis auf einmal die erste ihrer Freundinnen schwanger war und dann die nächste, und was zwischen uns nie ein Thema gewesen war, wurde plötzlich zum Problem.«

Er nahm einen Schluck Rotwein und sah Klara lange an.

»Wolltest du keine Kinder?«, fragte sie ihn ganz direkt.

Ben schüttelte den Kopf. »Klara, ich weiß nicht, ob ich das ...«

Klara legte ihre Hand auf die seine.

»Ich habe dich danach gefragt, es ist in Ordnung für mich.«

Ben nickte. »Also gut. Wir haben es versucht, aber Lucia wurde nicht schwanger. Wir haben alles probiert, wir waren bei den besten Ärzten, aber vergeblich. Es hat einfach nicht geklappt.«

»Das tut mir leid«, sagte Klara ehrlich betroffen.

»Lucia wurde depressiv, dazu kamen gesundheitliche Probleme durch die ganzen Hormone, es war keine einfache Zeit.«

»Sicher für euch beide nicht.«

»Nein, aber wir konnten nicht darüber reden. Lucia hat sich die Seele aus dem Leib gemalt und alles in ihrem Atelier mit sich, der Leinwand und ihren Farben ausgemacht. Sie ist nicht gut darin, negative Gefühle zuzulassen und auszusprechen. Lucia malt lieber. Eine Künstlerseele eben.«

Er schaute Klara an. »Aber wir hätten miteinander sprechen müssen, verstehst du? Ich wurde mehr und mehr zur Randfigur in ihrem Leben und habe mich meinerseits ebenfalls in meiner Arbeit verkrochen. Vielleicht hätte ich noch mehr auf sie eingehen müssen, eine Paartherapie vorschlagen, ich weiß es nicht. Ich für meinen Teil hätte auf ein Kind verzichten können, aber irgendwann hatte ich nicht einmal mehr eine Frau.«

Er schwieg einen Augenblick.

Ob er manchmal darüber nachdachte, was geworden wäre, wenn er bei ihr geblieben wäre, schoss es Klara durch den Kopf. Vielleicht hätte sie ihm Kinder schenken können, vielleicht hätte sie ihn glücklich gemacht, vielleicht wären sie heute eine ganz normale Familie. Sie verwarf den Gedanken schnell wieder. Es war, wie es war und er musste Lucia sehr geliebt haben, dass er das alles mit ihr durchgestanden hatte.

»Und dann hast du sie verlassen?«, fragte Klara.

Ben schüttelte den Kopf.

»Nein, das hätte ich nie fertiggebracht. Auch wenn irgendwann von unserer Liebe nicht mehr viel übrig war. Sie hat eine Affäre mit einem Bildhauer angefangen. Paolo.« Er spuckte den Namen förmlich aus.

Klara feixte innerlich. Aus irgendeinem Grund tat es ihr gut zu hören, dass die fantastische Lucia auch ihre Schattenseiten hatte.

»Hat sie dir von ihm erzählt?«, wollte sie wissen.

Ben schüttelte wieder den Kopf. »Der Klassiker: Ich habe die beiden inflagranti in ihrem Atelier erwischt. Keine Ahnung, ob sie es darauf angelegt hat. Ich wusste ja nicht, was in ihr vorging.«

Den Ton in seinem letzten Satz konnte Klara nicht genau interpretieren. Er lag irgendwo zwischen Anklage und Enttäuschung.

»Das muss hart für dich gewesen sein.«

Ihre Aussage war mehr eine Aufforderung an ihn, weiter zu erzählen.

Ben nickte. »Ich dachte trotz allem, wir hätten noch eine Chance, aber danach …«

»Waren Lucia und Paolo ein Paar?«

Ben winkte ab. »Es ging nicht allzu lange mit den beiden. Das Ganze war wohl nicht viel mehr als die Flucht aus einer ohnehin bereits nicht mehr existenten Beziehung.«

Er zuckte mit den Schultern. »Sie wollte sich mal wieder lebendig fühlen, hat sie mir gesagt. Bei mir gelang ihr das offenbar nicht mehr. Unsere Ehe war eine Sackgasse geworden und die Trennung sicherlich das Beste damals.«

Damals, dachte Klara. Und heute? Lucia hatte sich offenbar wieder gefangen und ihre Situation akzeptiert. Von Trauer oder Bitterkeit war jedenfalls nichts zu spüren, wenn man sie so ansah. Es war naheliegend, dass sie es längst bereute, Ben hintergangen und ihre Ehe weggeworfen zu haben. Und offenbar hatten ja auch beide seitdem kein großes Glück in der Liebe gehabt. Würde Ben ihrem Charme wieder erliegen und ihr noch eine zweite Chance geben? Nachdem sie ihn so verletzt hatte? Sie konnte Lucia nicht verstehen. Was konnte Ben für ihr Schicksal?

»Nun, ihr zwei seid ja auch wirklich sehr unterschiedlich«, meinte Klara ohne Wertung in der Stimme. »Ich habe mal gelesen, dass Gegensätze sich zwar anziehen, aber Ähnlichkeit langfristig die besseren Chancen hat.«

Ben griff nach der Weinflasche und schenkte beide Gläser nach. »Vielleicht«, murmelte er und fragte sich, ob sie diese Aussage wohl auf sich bezog.

Klara legte nach: »Langeweile ist zwar auch kein guter Ratgeber, aber ständige Auseinandersetzungen und Missverständnisse sind doch auf die Dauer viel zermürbender. Gerade wenn man in solche Situationen kommt wie ihr beide, sollte man an einem Strang ziehen, sonst geht jeder für sich daran zugrunde.«

Sie nippte zufrieden an ihrem Wein. Der Alkohol machte sie mutig. »Wie ging es dir danach?«, fragte sie bemüht einfühlsam.

»Nun, nicht gerade blendend, das kannst du dir ja vorstellen.«

Ben dachte einen Moment lang nach, bevor er weitersprach: »Nach allem, was wir miteinander durchgemacht hatten, nach meinem Entschluss, mich auf das Kinderthema einzulassen, dann die Enttäuschungen, Lucias Verhalten, fühlte ich mich doppelt und dreifach betrogen, verstehst du das?«

In seinem Blick lag die ganze Verletztheit eines Mannes, der von der Frau, für die er alles getan hatte, zu Boden getreten worden war.

»Ich meine, natürlich hatte ich Verständnis für sie, das alles muss sie noch viel mehr mitgenommen haben als mich und ich habe mich jahrelang danach noch gemartert, was ich hätte besser machen können. Aber mich einfach gegen diesen Casanova einzutauschen?«

»Das hast du ganz sicher nicht verdient.«

Klara rückte ein Stück näher an ihn heran. Sie musste vorsichtig sein, durfte Lucia jetzt nicht schlechtmachen, das könnte ihn abschrecken. Aber etwas Nettes über sie zu sagen, wäre auch zu viel verlangt. Also sagte sie erstmal nichts.

Ben fühlte sich erstaunlich wohl dabei, dass er sich endlich mal den Kummer von der Seele reden konnte. Klara hatte immer ein offenes Ohr für seine Sorgen gehabt, und er dachte für einen Moment darüber nach, wann er eigentlich das letzte Mal derart sein Innenleben vor jemandem ausgebreitet hatte. Mit Lucia war das immer schwierig gewesen. Sie brauchte einen starken Mann, der ihre eigenen Gefühlseskapaden ausglich. Und er hatte diese Rolle bereitwillig gespielt. Nachdem sie ihn in Teneriffa vor einer großen Dummheit bewahrt und ihm ein neues Leben in Italien ermöglicht hatte, hatte er tief in ihrer Schuld gestanden. Er war ihr dankbar dafür. Doch wenn er so darüber nachdachte, hatte sie sich damals schon nicht wirklich für die Gründe seines Zusammenbruchs interessiert. Hätte sie sonst nie wieder nach dem Unfall gefragt? Ihm war mit ihr alles leicht vorgekommen und hell und schön, doch war das Leben immer nur leicht und hell und schön? Als das Schicksal Lucia das erste Mal vor eine Grenze gestellt hatte, die sie nicht aus eigener Kraft überwinden konnte, war sie in eine Depression gestürzt, aus der offenbar nur jemand sie herausholen konnte, der genauso oberflächlich hedonistisch tickte wie sie – Paolo war einfach nur zur rechten Zeit am rechten Ort gewesen.

Ben spürte, wie Klara ihre Hand auf seinen Rücken legte.

»Geht es dir gut?«, fragte sie behutsam.

»Danke«, antwortete er. Und zu seiner eigenen Überraschung fügte er hinzu: »Es tut gut mit dir zu reden.«

Und dann tat Klara etwas, womit weder Ben noch sie selbst gerechnet hätte: Sie beugte sich ganz nah zu ihm vor, legte ihre Hände um seinen Hals und küsste ihn auf den Mund. Erst vorsichtig, zögerlich, fragend und als er ihren Kuss erwiderte, innig und leidenschaftlich. Sie hatten beide nicht darüber nachgedacht, doch es fühlte sich gut an, vertraut und gleichzeitig neu – wie wenn man einen lange vermissten Gegenstand plötzlich und unverhofft wiederfindet. Gefühle haben keine Gesetze, denen sie folgen, sie kennen kein Gewissen und keine Fragen und in diesem Moment gaben sich beide einfach nur der Wärme der aufflackernden Leidenschaft und der innigen Umarmung ihrer Körper hin.

Tag neun

Das erste, was Klara am nächsten Morgen wahrnahm, war ein dumpfes, wattiges Gefühl in ihrem Kopf. Noch war sie in diesem besonderen Zustand zwischen Schlafen und Wachen, in der Phase, wo Träume noch nicht von der Wirklichkeit zu unterscheiden sind, wo die Welt noch unter dem unmittelbaren Einfluss der Nacht steht und der Alltag noch keine Macht hat. Langsam, ganz langsam kam sie zu sich. Die Bilder des Vorabends bahnten sich den Weg in ihr Bewusstsein. Ben und sie in inniger Umarmung auf der Terrasse, sie auf seinem Schoß, seine Lippen auf den ihren. Sie versuchte sich zu konzentrieren, was nicht einfach war, denn ihr Kopf schmerzte. Im ersten Moment war sie nicht ganz sicher, ob sie das nur geträumt hatte, doch nach und nach dämmerte es ihr, dass es tatsächlich passiert war. Ihr Herz begann schneller zu schlagen, in ihrem Kopf pochte es. Was hatte das zu bedeuten? Sie erinnerte sich schwach daran, dass sie anschließend allein in ihr Bett gegangen war. Zuviel Rotwein.

Sie setzte sich auf und rieb sich die Schläfen. Was fühlte sie, wenn sie an Ben und an gestern dachte? So viele Jahre hatte sie sich danach gesehnt, dass Ben eines Tages wieder zurückkommen und sie sich wieder lieben könnten. Als alle geglaubt hatten, er sei tot. Die vielen Wochen in der Klinik. Sie hatte sich eingeredet, alles hinge nur davon ab, dass er wieder zu ihr zurückkommen würde. Bis sie schließlich selbst an seinen Tod glauben musste. Es hatte jahrelang keinen Tag gegeben, an dem sie nicht an ihn gedacht, sich nicht nach seiner Nähe gesehnt hätte.

Und als dann sein Brief aus Italien kam, in dem er ihr schrieb, dass er lebte und sie einfach nur verlassen hatte, einfach so – da hatte sich ihre Sehnsucht in Hass verwandelt. Alles war nochmal hochgekommen, alles. Sie wollte den Brief zerreißen, verbrennen, die Toilette runterspülen, doch sie hatte es nicht fertiggebracht. Tagelang hatte er auf dem Glastisch in ihrem Wohnzimmer gelegen, hatte sie angeschrien wie ein bittersüßer Teufel aus dem Gestern, bis sie ihn auf Anraten ihrer Therapeutin in den Keller verbannt hatte. Nicht ahnend, dass er genau dort Jahre später von Konrad gefunden und eine Lawine auslösen würde. Sie hatte nicht eine Sekunde darüber nachgedacht, Ben zu antworten. Warum auch? Um sein schlechtes Gewissen zu beruhigen? Und was hätte es gebracht? Er hatte ihr ja mitgeteilt, dass er eine neue Liebe und ein neues Leben in Italien gefunden hatte – ganz im Gegensatz zu ihr.

Klaras Herz zog sich zusammen, wenn sie an diese Zeit dachte. Warum kam ihr das alles genau jetzt in den Sinn? Konnte sie Ben nicht mehr vertrauen? Sie hasste ihn schon lange nicht mehr und auch sie hatte sich verändert und zu einer gewissen Zufriedenheit und vielleicht sogar einem kleinen Glück gefunden. Doch Ben war nicht derjenige gewesen, der ihr Herz dazu gebracht hatte, sich wieder zu öffnen.

Nein, das war Konny gewesen, der Obdachlose auf der Bank, der ihre Seele so sehr an Ben erinnert hatte und der doch so anders war als er. Ihre Gedanken wanderten wieder zu Ben, der jetzt wenige Meter entfernt von ihr in seinem eigenen Bett lag und sich womöglich ähnliche Gedanken machte wie sie. Was mochte in ihm vorgehen?

Und was war mit Lucia? Bei dem Gedanken an ihr Gesicht, wenn sie davon erfahren würde, dass Ben und sie sich nähergekommen waren, musste Klara grinsen. Es war gehässig und kindisch, das wusste sie, aber das war ihr gutes Recht. Sie hatte lange genug nur die Nebenrolle in ihrem eigenen Leben gespielt und sie hatte sich vorgenommen, das zu ändern. Sie schwang die Beine aus dem Bett und nahm erstmal eine ausgiebige Dusche.

Das gemeinsame Frühstück, das in der ersten Hälfte ihrer

Ferien ein liebgewonnenes Ritual gewesen war, war mittlerweile zum Stimmungsbarometer in der WG auf Zeit geworden. Man durfte schon froh sein, wenn es überhaupt stattfand. Konrads Stimmung schien ein wenig besänftigt, was sich sowohl in seinem Ton als auch an seiner Körperhaltung zeigte. Ewig konnte das ja nicht so weitergehen. Immerhin reichte er seinem Bruder heute schon mal den Brotkorb, wenngleich ohne Augenkontakt, und als er in die Küche ging, um sich einen *caffè* zu machen, fragte er zum Erstaunen aller in die ganze Runde, ob noch jemand einen wolle.

Lucia und Konrad wirkten durch die Spaltung der Gruppe mittlerweile noch vertrauter miteinander. Klara nahm unmutig zur Kenntnis, dass die Italienerin die einzige war, mit der er unaufgesetzt freundlich und zugewandt sprach. Sie wollte ihn jedoch nicht überfordern und ihm seine Zeit lassen. Sie wagte es nicht, ihn von sich aus anzusprechen aus Angst, ihn damit wieder komplett in sein Schneckenhaus zurückzutreiben. Und da man nicht wusste, wie man sich ihm gegenüber in der derzeitigen Situation richtig verhalten sollte, war Vorsicht sicher die beste Option.

Es war Montag, die Geschäfte hatten wieder geöffnet, und Klara wollte nach ein paar schicken neuen Schuhen Ausschau halten. Nicht nur, weil sie neue brauchte, sondern auch, um irgendetwas zu tun, was sie ein wenig ablenkte.

»Was hältst du von einem kleinen Ausflug zum Shoppen?«, sprach sie Ben nach dem Frühstück an, als sie gemeinsam das Geschirr in die Küche räumten. »Ich würde mir gerne ein paar Schuhläden ansehen.« Und mit einem Seitenblick auf die Terrasse zu Konrad und Lucia: »Ich glaube, es wäre ganz gut, wenn wir Konrad heute noch ein bisschen in Ruhe lassen.«

Sie war erleichtert, als Ben sie überrascht, aber erfreut anstrahlte und mit einem Augenzwinkern erwiderte: »*Certo cara*, ich glaube, wir waren schon früher ein ganz gutes Shopping-Team, nicht wahr?«

Klara lächelte. Für einen Mann war Ben immer erstaunlich modeaffin gewesen. Sie verstand seine kleine Anspielung auf ihre eigene Zurückhaltung diesbezüglich im Wissen, dass sie ihm mit einer Einkaufstour durchaus eine Freude machen konnte.

»Glaubst du, er kriegt sich wieder ein?«, fragte Klara mit einer Kopfbewegung in Richtung Haus, als sie mit Ben ins Auto stieg.

Ben zuckte mit den Achseln. »Ich hoffe es«, war seine Antwort. Er schnallte sich an und zögerte einen Moment, ehe er losfuhr.

»Ich kenne meinen Bruder noch nicht allzu lange und wir hatten bisher keine Konflikte. Aber ich hoffe, er will genauso wenig wie ich, dass es dauerhaft zum Bruch kommt, ehe wir uns richtig kennengelernt haben.«

Klara nickte. »Das kann ich mir auch nicht vorstellen. Vielleicht gibt es heute Abend eine Gelegenheit, nochmal auf ihn zuzugehen.«

Ben drehte den Zündschlüssel im Schloss und startete den Motor. »Lass es uns abwarten.«

Sein Blick kam für einen kurzen Augenblick auf Klara zum Ruhen. Sie trug ein knielanges Kleid in rosé, dazu farblich passende Sandaletten und Schmuck. »Gut schaust du übrigens aus.«

Klara wurde verlegen. Dass ihr das immer noch passierte!

»Danke, ebenso!«, gab sie rasch zurück.

Sie hatte sich gerne ein wenig zurecht gemacht für den Ausflug mit Ben. Die Italienerinnen trugen selbst im Alltag einen lässigen Chic mit einer Selbstverständlichkeit, die Klara schleierhaft war. Zuhause in Heidelberg war frau eher praktisch eingestellt. Ein bisschen hübsch durfte die Garderobe natürlich schon sein, aber wichtiger war, dass sie bequem, zweckmäßig und bloß nicht zu auffällig war. Hier hatte sie ältere Damen jenseits der siebzig mit halterlosen Netzstrümpfen gesehen, deren oberer Rand unterm Mini hervorblitzte, ohne dass sie auch nur im Geringsten vulgär gewirkt hätten. Junge Frauen staksten mit High Heels übers Kopfsteinpflaster, als trügen sie Turnschuhe und selbst Kinderwagen schiebende *mammas* waren angezogen, als gäbe es in ihrem Leben weder Babyspucke noch Schokoladenfinger. Als Klara sich heute nach dem Frühstück in dieses eigens für die Italienreise angeschaffte Kleid gezwängt hatte, war sie sich fast verwegen vorgekommen. Dabei hatte es weder einen großen Ausschnitt noch war es sonderlich kurz. Bei ihrer Arbeit im Rathaus würde sie sich so figurbetont trotzdem niemals blicken lassen.

»Wohin fahren wir?«, riss Ben sie aus ihren Gedanken.

Sie waren am Fuße des Weinbergs an der großen Landstraße angekommen, die sich in zwei unterschiedliche Richtungen gabelte.

»Ich kann dir mehrere Optionen anbieten, denke aber, wir sollten in einen Ort hier ganz in der Nähe fahren, in der es mehrere Ledermanufakturen gibt. Da findest du ganz sicher die passenden Schuhe.«

Mit diesen Worten bog er auch schon rechts ab.

Typisch Ben, dachte Klara. Er hatte ohnehin schon längst entschieden, wohin die Reise ging.

»Okay«, sagte sie ergeben.

Bens Entschlusskraft war eine der Eigenschaften, die sie immer besonders an ihm geschätzt hatte: Er fackelte nicht lange, er schaffte Fakten. Das hatte ihr jederzeit ein Gefühl von Sicherheit gegeben, welches sie sich alleine nur ganz schwer vermitteln konnte. Sie lehnte sich im Sitz zurück und dachte daran, wie angenehm es wäre, wieder einen Mann wie Ben an ihrer Seite zu haben, der einfach machte. Wie erleichternd, nicht jeden Schritt im Leben selbst entscheiden zu müssen. Vielleicht hatte sie sich auch deshalb in den letzten Jahren so sehr in ihre Routine zurückgezogen: Weil sie einfach nicht permanent entscheiden wollte, was sie sonst tun könnte. Das war anstrengend, wenn man allein war, das wusste sie von ihren Kolleginnen, die sich täglich darüber unterhielten. Wenn man etwas unternehmen wollte, musste man sich anstrengen, Kontakte knüpfen, Kontaktbörsen im Internet besuchen, einen Freundeskreis aufbauen und pflegen. Dazu war sie nicht geschaffen. Wenngleich sie zugeben musste, dass auch sie dann und wann große Lust verspürte, gerade am Wochenende mehr zu erleben als nur den Neuenheimer Markt und den wöchentlichen Besuch bei ihrer früheren Nachbarin im Altenheim.

Wie leicht war es gewesen, Ben heute morgen ganz spontan zu fragen, ob er mit ihr zum Bummeln fahren würde. Allein hätte sie schon gar nicht den Mut aufgebracht, in einem fremden Land in eine fremde Stadt zu fahren, einen Parkplatz zu suchen, sich unter die Leute zu mischen, die obendrein eine Sprache sprachen, die ihr nicht vertraut war.

Bald erreichten sie das kleine Städtchen, von dem Ben gesprochen hatte. In dem entzückenden alten Ortskern ging es ziemlich trubelig zu. Dicht an dicht reihten sich dutzende Taschen- und Schuhgeschäfte aneinander, so dass man sich fragte, wie trotzdem jedes einzelne überleben konnte. In den Gässchen herrschte ein buntes Treiben von einkaufswilligen Touristen, man musste sich seinen Weg bahnen zwischen laut schnatternden Familien mit Kinderwagen, jungen Leuten mit Rucksäcken, älteren Damen und Herren, kleinen und größeren Hunden. Alle drückten sich durch die Gassen, blieben hier und da stehen, kamen mit Tüten bepackt aus den Geschäften heraus. Klara fühlte sich im ersten Moment wie erschlagen von den vielen Schaufenstern, die sich vor ihr aufreihten wie ein Empfangskomitee, deren Mitglieder einzeln begrüßt werden wollten. Sie wusste gar nicht, wo sie anfangen sollte.

Ben nahm sie an der Hand. »Soll ich dir erstmal meinen Lieblingsladen zeigen?«, fragte er.

Sie nickte erleichtert. Zum Glück spürte Ben ihre Überforderung und half ihr über den Weg. Wie früher. Er kannte sie einfach in- und auswendig. In einer Seitengasse blieb Ben vor einem mittelgroßen, sehr exklusiven und deutlich weniger überlaufenen Schuhgeschäft stehen.

»Das hier ist mein Favorit. Der Inhaber ist ein ehemaliger Kommilitone von mir«, erklärte er. »Er hat Recht studiert, um anschließend den Familienbetrieb zu übernehmen. Sie haben in der Nähe von Verona eine Manufaktur, die sein Urgroßvater gegründet hat, und Giovanni führt mittlerweile insgesamt sieben Schuhläden. Alles Handarbeit.«

»Und für meinen Geldbeutel vermutlich unbezahlbar«, ergänzte

Klara lachend.

Doch Ben zog sie kommentarlos in den Laden, dessen in dezenten Farben gehaltenes Interieur eine überraschend angenehme Mischung aus Luxus und Behaglichkeit ausstrahlte. Außer ihnen war lediglich ein Paar mittleren Alters anwesend, welches eine der beiden top gestylten Verkäuferinnen voll in Beschlag nahm. Die andere nickte Ben und Klara von der Kasse aus freundlich zu und begrüßte sie mit einem »*Salve*.«

Klara sah sich um. Die Schuhe in den Regalen waren allesamt elegant und sehr besonders. Einen guten Geschmack musste man Ben schon lassen. Unwillkürlich musste sie an ihre Einkaufsszene mit Konrad denken. Ganz zu Beginn ihrer Begegnung in Heidelberg. Als sie aus Konny einen halbwegs ordentlichen Menschen machen wollte und ihm eine Erstausstattung an neuen Klamotten spendiert hatte. Sie hatte sich damals selbst überrascht mit ihrer Zielsicherheit. Leider war ihr viel zu spät aufgefallen, dass sie ohne Nachzudenken drauf und dran gewesen war, einen zweiten Ben aus ihm zu machen. Klara seufzte.

»Und, ist was für dich dabei?«, rief Ben ihr von hinten zu.

Er hatte es sich auf einem opulenten weinroten Ledersessel gemütlich gemacht und beobachtete sie amüsiert. Klara nahm zwei Stiefeletten in die Hand, eine hellbraune und eine schwarze. Beide hatten relativ hohe Absätze und waren vorne spitz zulaufend. Klara hatte bisher noch nie solche Stiefel besessen und sie war sich nicht sicher, ob sie den Mut haben würde, sie in Heidelberg zu tragen. Aber sie waren wunderschön und man fühlte sich ganz bestimmt herrlich weiblich in solchen Schuhen. Warum also nicht mal anprobieren?

»Hervorragende Wahl!«, freute sich Ben und gab der Verkäuferin ein Zeichen, die sofort herbeieilte und fragte, ob sie helfen könne. Ben nannte ihr Klaras Größe, die er überraschenderweise noch immer kannte. Als Klara in den Stiefeletten vor ihm auf und ab stolzierte, war Ben hingerissen.

»Du solltest sowas öfter tragen«, meinte er.

Klara errötete und wandte sich ab.

Nach fünf weiteren Schuhpaaren, einem Espresso und einem Glas Prosecco entschied sich Klara für zwei Paar Stiefeletten. Ihr geplantes Budget war damit zwar um einiges überstiegen, aber sie fühlte sich herrlich. Und sie war auch ein klein wenig stolz auf sich. Dass sie es gewagt hatte, sich solche Schuhe zu kaufen. Dass sie es sich wert gewesen war, soviel Geld dafür auszugeben. Jetzt musste sie nur noch den Mut haben, die Stiefel zuhause auch zu tragen. Hier in Italien war das Leben so einfach, leicht und schön. Wenn man mal von den alten Geschichten und dem Streit mit Konrad absah, könnte dieser Urlaub wirklich eine Wohltat für die Seele sein.

***

Zuhause im Ferienhaus war die Stimmung zur selben Zeit nicht ganz so gelöst. Konrad und Lucia hockten mal wieder zusammen auf der Terrasse und rauchten.

»Warum ich überhaupt noch hier bin, frage ich mich eigentlich jeden Tag«, meckerte Lucia, während sie sich bereits ihre vierte Zigarette anzündete. »Es ändert sich doch nichts.«

»Was sollte sich denn ändern?«, fragte Konrad lauernd.

Lucia machte eine wegwerfende Handbewegung. »Ben geht mit Prinzessin Klara zum Shoppen und ich sitze hier wie bestellt und nicht abgeholt.«

Sie dachte einen Moment nach. »Vermutlich sollte man einmal beendete Geschichten ohnehin dort lassen, wo sie hingehören.«

Jetzt wurde Konrad hellhörig. Er schaute Lucia an. »Soll das heißen, du bist hier, weil du meinen Bruder zurückhaben willst?«

Lucia schnippte Asche in den Aschenbecher und zuckte mit den Achseln. »Ich habe noch Gefühle für ihn, ja. Aber seit ich hier bin, zweifle ich mehr und mehr daran, ob das mit uns noch einen Sinn macht.«

»Wegen Klara?«, wollte Konrad wissen.

Lucia zuckte mit den Achseln.

»Du siehst doch, wie gut sich die beiden verstehen.«

Konrad dachte nach. Lucia hatte recht. Ben und Klara hingen seit zwei Tagen quasi permanent aneinander. Aber es war ja auch kein Wunder. Durch ihr großes Geständnis und seine Reaktion darauf hatten sie letztendlich keine andere Wahl, als ihm aus dem Weg zu gehen.

Er öffnete missmutig eine Flasche Bier. Es war nicht zu fassen. Die beiden amüsierten sich, dabei müssten *sie* sich schlecht fühlen und nicht er. Klara wusste offenbar wirklich nicht, was sie wollte. Erst machte sie ihm deutliche Avancen und dann warf sie sich seinem Bruder an den Hals und drängte sich sogar zwischen ihn und seine Exfrau. Und Lucia saß zuhause, rauchte und gab sich geschlagen. So hätte er sie gar nicht eingeschätzt.

»Es war klar, dass Klara ihre Chance nutzen würde, Ben zurückzugewinnen«, gab er zu bedenken. »Ich war immer nur zweite Wahl für sie. Das muss ich wohl oder übel akzeptieren.«

Lucia fuhr hoch: »Was ist an dieser Frau dran, dass ihr beide um sie buhlt?«

Konrad sah sie überrascht an. Ja, was war dran an Klara? Sie hatte ihn vorgeführt und belogen, sie hing an Ben wie eine Klette. Und wenn er ihr die eine Sache gerade verziehen hatte, enttäuschte sie ihn maßlos mit der nächsten. Und trotzdem bekam er sie einfach nicht aus dem Kopf. Wenn er abends in seinem Bett lag, sah er sie in ihrem zitronengelben Shirt am Pool sitzen, ihre Sommersprossen, ihr feines Lächeln, ihr Beinahe-Kuss. Ben wusste gar nicht, was für ein unverschämtes Glück er hatte, dass zwei so tolle Frauen ihn wollten.

»Ich weiß es nicht«, antwortete er Lucia ehrlich. »Ich weiß nicht, was Klara an sich hat, sie ist ... einfach etwas Besonderes.«

Lucia verzog das Gesicht wie ein kleines Mädchen, das sich eine Puppe wünscht, die es nicht haben kann.

»Besonders langweilig würde ich sagen. Aber vielleicht steht ihr Männer drauf.«

Sie stand auf, holte sich die halbleere Flasche *Rosato*, die noch vom Vorabend in der Küche stand und goss sich ein großes Glas davon ein.

»*Cin cin*!«, prostete sie Konrad zu.

Konrad hob seine mittlerweile fast leere Bierflasche und trank den Rest in einem Zug aus.

»So scheinen wir beide nicht zu bekommen, was wir wollen.«

»Zwischen den beiden ist so eine ... Harmonie, so ein blindes Einverständnis, das hatte ich mit Ben nie«, stellte sie in einer Mischung aus Traurigkeit und Verbitterung fest. »Sie ist so eine Sorte Frau, bei der die Männer Beschützerinstinkte kriegen. Sie macht auf schwaches Weibchen und ihr wird alles verziehen.«

Konrad neigte den Kopf. Er war sich nicht sicher, ob es das traf.

Lucia trank einen großen Schluck und redete sich in Rage: »Ich sehe doch, wie das funktioniert. Sie hat Ängste, sie kann dieses und jenes nicht, sie ist schwach und, schwupps, kriegt sie jeden Wunsch erfüllt. Eine Frau wie ich hingegen, scheinbar stark und selbstständig, die kann man ja gut sich selbst überlassen, die schafft das schon. Dabei habe ich auch Gefühle! Und Schwächen! Und ich wünsche mir manchmal auch nur jemanden an meiner Seite, an den ich mich anlehnen kann.«

»Und was machen wir jetzt daraus?«, fragte Konrad. »Du willst Ben und ich will Klara. Aber Ben und Klara scheinen einander zu wollen. Können wir daran etwas ändern? Und sollten wir das tun? Ich frage mich Nacht für Nacht, was in aller Welt ich eigentlich von einer Frau will, die mich so sehr belogen und enttäuscht hat. Manchmal denke ich, es ist vielleicht besser, wenn die beiden wieder zusammenkommen. Wenn ich so an die Geschichte mit Marlene denke, ist doch bei den beiden sowieso einer wie die andere.«

Er schnappte sich eine weitere Flasche Bier und öffnete sie zischend. Lucia nippte an ihrem Wein.

»Ben und ich hatten keinen leichten Start, weißt du. Meine Eltern waren nicht gerade begeistert, als ich mit dem gestrandeten Deutschen ankam und ihn auch noch heiraten wollte. Was wussten wir schon von ihm? Er hätte ein Verbrecher sein können, ein Mörder, er hätte in Deutschland Frau und Kinder haben können. Ich musste ihm vertrauen, dass seine Geschichte stimmte und ich habe ihm vertraut. Er hat es überraschend schnell geschafft, meine Familie auf seine Seite zu bringen. Er wirkte einfach so ehrlich und seriös. Dass er eine Frau anfahren und liegen lassen könnte, hätte ich nie von ihm gedacht!«

»Warum hast du ihn betrogen?«, fragte Konrad.

Bisher hatte er nur Bens Version von der Geschichte gehört.

Lucia funkelte ihn an und für einen Augenblick fürchtete er, seine Frage könnte sie verärgert haben.

»Es war ein Fehler!«, zischte sie. »Vielleicht der größte Fehler meines Lebens, aber Menschen machen Fehler, verstehst du?«

Konrad hob beschwichtigend die Hände.

»Ich war in einer Ausnahmesituation und ich hatte die Nähe zu Ben verloren. Wir haben uns beide nicht gut getan in dieser Zeit, wir waren nicht fähig, unser Leid miteinander zu teilen.«

Sie dachte einen Moment nach, dann senkte sie den Kopf. »*Ich* war nicht fähig dazu.«

Sie zündete sich eine weitere Zigarette an und nahm einen tiefen Zug. »Ich habe mich wie tot gefühlt innerlich, da war einfach Leere, ich konnte nur noch funktionieren, kaum noch fühlen. Paolo war einfach zur richtigen Zeit da. Wir haben uns bei einem Abendessen kennengelernt im Strandhaus meiner Freundin Allegra, sie ist auch Bildhauerin wie er. Ben hatte sich mal wieder in seine Arbeit vergraben. Paolo hat mit mir geflirtet, wir haben getrunken, getanzt.«

Sie schaute Konrad an.

»Er hat in mir nicht die depressive Frau mit Kinderwunsch gesehen, die, bei der nicht funktioniert, was jeder italienischen Frau gelingt. Er hat in mir einfach nur Lucia gesehen, wie ich sie selbst fast nicht mehr kannte.«

Konrad trank schweigend und ließ sie reden.

»Irgendwann sind wir am Strand gelandet. Und dann kam eins zum anderen. Ich habe mich einfach fallen lassen und weißt du was? Es hat gut getan nach allem, was ich durchgemacht hatte, verdammt gut.«

Sie drückte energisch ihre Zigarette aus. »Und trotzdem bereue ich es. Vielleicht nicht diese eine Nacht. Ich hätte sie im Herzen behalten und es dabei belassen sollen. Aber Paolo hat nicht lockergelassen. Er wollte mich. Er hat mich angerufen, immer wieder. Ich wollte es zuerst nicht, aber dann war da wieder Bens Schweigen und seine Kälte, und irgendwann habe ich nachgegeben und mich auf Paolo eingelassen. Den Rest kennst du ja.«

Konrad nickte. Er konnte Lucia verstehen. Sie war in einer ausweglos erscheinenden Situation mit ihrem Ehemann festgefahren gewesen und Paolo war ihr wie ein Freifahrtschein in die Sorglosigkeit erschienen. Im Grunde so ähnlich wie es Ben auf Teneriffa gegangen sein musste. Wie sich die Dinge doch wiederholten ...

Lucia trank und redete weiter: »Es war wie ein Rausch, aus dem man irgendwann mit einem Kater erwacht. In meinem Fall war es ein ziemlich schmerzhaftes Erwachen. Ben wollte von heute auf morgen nichts mehr mit mir zu tun haben. Die eine Nacht am Strand, die hätte er mir vielleicht noch verziehen, aber eine Affäre? Das konnte er nicht und ich weiß nicht, ob ich es an seiner Stelle gekonnt hätte.«

»Du warst länger mit Paolo zusammen?«, fragte Konrad.

Lucia winkte ab. »Ein paar Wochen. Ich habe mich an ihn geklammert, weil ich es nicht ausgehalten habe, Ben verloren zu haben. Aber das mit Paolo war keine Liebe.« Sie lachte bitter auf.

»Er hat sich schnell mit einer anderen getröstet und ich bin in ein sehr tiefes Loch gefallen.«

»Ben macht sich Vorwürfe, dass er damals nicht genug für dich da war«, gab Konrad zu bedenken. »Er glaubt, er ist schuld daran, dass du dir einen anderen suchen musstest.«

Lucia blickte ihn erstaunt an. »Davon hat er sich allerdings wenig anmerken lassen.«

»Nun, er war verletzt und so gut kenne ich Ben mittlerweile, dass er nicht gerade gut darin ist, über seine Gefühle zu sprechen.«

»Darin sind wir uns wohl ähnlich«, bemerkte Lucia nachdenklich.

Nach der Trennung von Paolo war sie stundenlang an jenem Strand umhergelaufen, an dem sie sich zum ersten Mal geliebt hatten. Die erste Nacht mit Paolo markierte für sie den Wendepunkt in ihrem Leben, den Bruch mit Ben. Sie hatte all die Tränen geweint, die sie jahrelang in ihrem Inneren verborgen hatte. Hier am Strand, manchmal spätabends, manchmal mitten in der Nacht, wenn sie das Meer für sich allein hatte, schrie sie ihm all ihre Wut entgegen, ihre Ohnmacht, ihre Hilflosigkeit, ihre Verzweiflung. Sie stellte ihm all ihre Fragen auf der verzweifelten Suche nach einer Antwort. Lucia war in einer Familie starker Frauen aufgewachsen, die das Leben nach vorne lebten und es zu nehmen wussten. Niemals hatte sie ihre Mutter oder eine ihrer Tanten schwach gesehen. Niemals wurde über Probleme gesprochen, die persönlicher waren als der allgemeine Ärger über *Nonno*, wenn er mal wieder zu unchristlicher Zeit schwankend aus der *Osteria* abgeholt und ins Bett gebracht werden musste. Ihre erste Fehlgeburt hatte ihr den Boden unter den Füßen weggezogen, doch sie hatte sich nichts anmerken lassen.

›Der Herrgott weiß schon, was er tut‹, waren die Worte ihrer Mutter gewesen. ›Du kannst dein Schicksal nicht ändern.‹

Und damit war der Fall für sie erledigt gewesen. Von den unzähligen Befruchtungsversuchen, den endlosen Stunden in der Klinik, dem Bangen und Hoffen Monat für Monat hatte sie nicht mehr gesprochen. Die Gespräche mit ihrer Familie waren an der Oberfläche hängen geblieben wie eine Fettblase in einem Glas Wasser. In einer Zeit, in der sie ihre Mutter am dringendsten gebraucht hätte, war eine unsichtbare Mauer der Bigotterie zwischen ihnen entstanden, die stärker war als die Liebe. Und Lucia hatte ihre Rolle angenommen, geschwiegen, leise gelitten, funktioniert. Es war wie ein inneres Gefängnis gewesen, das ihr verboten hatte, ihre Gefühle über den Willen des Allmächtigen zu stellen.

Mit Paolo war etwas aufgebrochen in ihr. Sie liebte Ben, all die

Jahre, doch wie hätte sie ihm begreiflich machen können, dass ein Teil von ihr mit den Kindern, die sie nie in den Armen halten durfte, vereist war? Er hätte es nicht verstanden. Sie hatte sich als Versagerin gefühlt, schwach und sinnlos. Etwas, das jeder Frau in ihrer Familie mühelos gelang, wollte ihr nicht glücken. Für ihre Tanten und Onkel war sie die *artista pazza*, die verrückte Künstlerin, deren Kinder ihre Bilder waren. Sie sagten das nicht ohne Bewunderung, aber auch mit einer großen Distanz, weil sie nicht verstehen konnten, wie eine Frau ohne Kinder glücklich sein konnte. Und Lucia spielte ihre Rolle der kinderlos glücklichen Künstlerin weiter.

Für Paolo hatte sie keine Rolle spielen müssen. Für ihn war sie weder die unglücklich Kinderlose, noch die verrückte Künstlerin, noch die Gottlose, die ihr Schicksal nicht akzeptieren konnte. Für ihn war sie einfach eine geheimnisvolle, interessante Frau. Und begehrenswert. Er wusste nicht wie sie aussah, wenn sie mit unwürdig gespreizten Beinen auf dem Behandlungsstuhl des Gynäkologen lag. Er kannte nicht ihre tiefe Trauer, wenn wieder ein Versuch misslungen war. Er erlebte nicht ihre Launen, die aus einer Mischung aus den Hormonspritzen und der ungelebten Sehnsucht hervorgingen und ihr Umfeld oft auf eine harte Probe stellten. Er war zehn Jahre jünger als sie und es war, als könne sie ihr eigenes Leben mit ihm ebenfalls zehn Jahre zurückspulen in eine Zeit, in der sie nichts anderes gewesen war als eine Frau ohne Zukunft, eine junge Wilde im Hier und Jetzt, die rauchte und trank und vögelte, als gäbe es kein Morgen mehr. Der Preis, den sie dafür gezahlt hatte, war hoch gewesen.

»*Tempi passati* – vergangene Zeiten!« rief Lucia plötzlich mit einer energischen Geste aus und stellte ihr Weinglas geräuschvoll auf dem Tisch ab. »Ich muss nach vorne schauen.«

Konrad nickte. Ben und sie waren sich ganz offensichtlich in der Tat ähnlich darin, empfindlichen Themen lieber aus dem Weg zu gehen. Aber im Grunde war es ihm ganz recht. Er hatte genug mit sich zu tun, da musste er weiß Gott nicht auch noch den Seelentröster für die Exfrau seines Bruders geben.

***

Auch wenn sich der Tag mit Ben für Klara herrlich entspannt und leicht anfühlte, wanderten ihre Gedanken immer wieder zu Konrad. Es war früher Nachmittag, sie hatten in einer reizenden kleinen Trattoria Minestrone und eine wundervolle Pasta genossen und saßen jetzt satt und zufrieden mit einem *caffè* in der Sonne.

»Alles könnte so schön sein«, meinte Klara gedankenverloren, während sie einen großen Löffel Zucker in das winzige Tässchen rührte. »Wenn Konrad sich nur endlich wieder einkriegen könnte.«

»Er bedeutet dir viel oder?«, fragte Ben und es war eher eine Feststellung als eine Frage.

Klara blickte ihn erstaunt an.

»Ich denke, wir sollten das mal klären«, fuhr Ben fort.

Klara erwiderte nichts. Sie hatten den Vorabend bisher mit keiner Silbe erwähnt und sie hatte keine Lust, sich den schönen Ausflug durch anstrengende Überlegungen trüben zu lassen. Bens Miene verhieß nichts Gutes.

»Was meinst du?«, fragte sie.

»Ich meine dich und mich und Konrad.«

Klara nippte an ihrem *caffè*.

»Klara, ich glaube, du machst dir etwas vor.«

»Jetzt bin ich aber gespannt.« Sie versuchte ihre Verunsicherung zu überspielen und lächelte angestrengt.

»Unser Ausflug nach Pisa, gestern Abend, die Nähe, die wir hatten …«

»Das war wunderschön!«, unterbrach Klara. Sie ergriff Bens Hand. »Es hat sich fast ein bisschen so angefühlt wie früher, als wir noch ein Team waren.« Sie schenkte ihm einen tiefen Blick, doch Ben zog seine Hand zurück.

»Ja genau, *früher*«, wiederholte er. »Und ich gebe zu, dass es die letzten Tage auch für mich ein schönes Gefühl war, mich nochmal in die Zeit zurückzuversetzen, als alles noch so unbelastet war –

zumindest zwischen uns.«

Klaras Herz schlug ein wenig schneller und ein Unbehagen breitete sich in ihr aus. Was wollte Ben ihr gerade erzählen? Sie hatten einen ausgelassenen Vormittag hinter sich, er hatte sie dazu ermutigt, sich schwindelerregend hohe Schuhe zu kaufen, anschließend hatte er sie noch zu einer knallengen Jeans und einem wahnsinnig edlen Kaschmirpullover überredet. Sie hatte sich jung gefühlt. Jung, unbeschwert und sexy. An Konrad dachte sie doch nur, weil sie einfach gerne wieder Harmonie im Haus hätte. Oder? Ihr Urlaub war schließlich in wenigen Tagen zu Ende und so zerstritten wollte sie nicht mit den beiden auseinandergehen.

»Ich glaube, dass man die Vergangenheit nicht zurückholen kann wie eine alte Flasche Wein aus dem Keller«, fuhr Ben fort.

»Schöner Vergleich. Und wird Wein nicht mit jedem Jahr besser?«

Der kokette Augenaufschlag, mit dem Klara diesen Satz begleiten wollte, misslang. Sie wandte den Blick ab und trank ihren *caffè* aus. Irgendwo in ihr meldete sich eine leise Ahnung, dass Ben recht haben könnte.

Ben redete weiter: »Versteh mich bitte nicht falsch, Klara. Das gestern Abend war wunderschön und ich bereue nichts! Aber es fühlt sich nicht richtig an. Du hast es vielleicht nicht bemerkt, aber du erwähnst Konrad heute schon mindestens zum dritten Mal. Ich spüre, dass dein Herz mittlerweile mehr für ihn schlägt als für mich und du solltest nicht denselben Fehler ein zweites Mal machen.«

Klara wollte protestieren, doch Ben hielt ihr den Finger vor den Mund. »Ich kenne dich gut, Klara, möglicherweise besser als du dich selbst. Und ich merke, dass da bei dir mehr ist als nur der Unwille darüber, dass Konrad uns die Sache mit Marlene so übelnimmt. Seit er sich so aufführt, bist du nicht mehr du selbst. Deine Gedanken kreisen permanent um ihn, du leidest regelrecht. Und als du mich vorhin bei dem Herrenausstatter so nach Lucia ausgefragt hast, wurde mir bewusst, dass das kein Interesse an meiner Exfrau war, sondern vielmehr an der Frau, die sich in den letzten Tagen mehr mit meinem Bruder beschäftigt als mit sonst jemandem.«

Er sah ihr jetzt direkt in die Augen. »Wenn du mich fragst: du bist eifersüchtig auf Lucia! Und zwar wegen Konrad.«

Klara erwiderte nichts. Sie dachte an Konrad und Lucia im Ferienhaus. Und auch wenn sie sich heute an Bens Seite unendlich wohl gefühlt hatte, musste sie zugeben, dass sie sich zwischendurch tatsächlich immer wieder gefragt hatte, was Konrad und Lucia wohl gerade machten, worüber sie sich unterhielten, ob sie sich näherkamen.

Gleichzeitig fühlte sie eine Enttäuschung in sich aufsteigen. Sie hatte es gewollt mit Ben. Und seit sie gespürt hatte, dass Lucia noch interessiert war, war er umso attraktiver für sie geworden. Ben war für sie die Verheißung von jugendlichem Leichtmut, von Sicherheit, Geborgenheit, Sich-Fallenlassen. Sie wusste, dass man die Zeit nicht zurückdrehen konnte, aber sie hatte gehofft, dass der Ben von heute und die erwachsen gewordenen Klara noch eine Chance hätten. Nicht so wie damals, als noch alles offen war, als noch eine Familie hätte entstehen können, als die romantische Vorstellung einer Hochzeit in Weiß noch in Aussicht stand. Ben war geschieden und sie mehrfach gebrochen. Woran ausgerechnet er einen großen Anteil trug. Er war ernster geworden, vielleicht tiefgründiger, gleichzeitig auch verschlossener. Die Hoffnung, dass die Zeit in der Toskana die Lücke zwischen Wunsch und Wirklichkeit zu schließen vermochte, verpuffte gerade vor ihrem inneren Auge wie eine Luftblase. Sie kam sich plötzlich sehr dumm vor.

Sie sagte zunächst nichts mehr zu diesem Thema und Ben ließ es erstmal so stehen. Tief in sich kannte Klara die Wahrheit, aber ihr Ich wehrte sich noch dagegen, sie zuzulassen.

***

Konrad und Lucia saßen gemeinsam am großen Küchentisch und aßen Pasta mit einer von Konrad zubereiteten Sauce aus Tomaten,

Zwiebeln, Knoblauch und schwarzen Oliven. Konrad hatte auf Lucias Aufforderung eine Flasche Rotwein aus dem Weinkeller der Familie geholt und geöffnet. Lucia war bereits leicht beschwipst und der schwere Rotwein tat sein übriges dazu. Sie fühlte sich wohl in Konrads Gegenwart und ihre Maske aus Coolness und Selbstbeherrschung schwand mit jedem weiteren Schluck mehr.

»Wenn ich ehrlich bin«, nuschelte sie, während sie noch kauend eine weitere große Gabel Pasta zu ihrem Mund balancierte, »bin ich nicht ganz ohne Hintergedanken hier in eure Idylle eingebrochen.«

Sie grinste. »Übrigens köstlich deine Pasta! Meine *Nonna* hätte sie nicht besser machen können.«

Konrad bedankte sich für das Kompliment. »Was meinst du damit?«, hakte er nach.

Lucia kaute, schluckte und erklärte unumwunden: »Ich wollte Ben zurückerobern.«

»Wollte?«, versetzte Konrad und brach sich ein Stück Ciabatta ab.

Lucia überlegte. Sie nahm eine weitere Gabel Spaghetti und antwortete erst nachdem sie diese mit einem Schluck Wasser heruntergespült hatte.

»Die Tage hier und vor allem diese unsägliche Geschichte mit dem Unfall haben mir einiges gezeigt.«

Konrad hob fragend die Augenbrauen.

»Na Ben und Klara!«, rief Lucia aus, als läge diese Antwort förmlich auf der Hand.

Konrad verstand nichts mehr. »Was hat dieser Unfall mit eurer Beziehung zu tun?«

»Die Geschichte hat mir endlich gezeigt, wer Ben ist und wer ich bin.«

»Aha.« Konrad war gespannt. Lucia hatte mittlerweile ordentlich einen sitzen und es war ganz amüsant, dass sie sich endlich mal ein wenig mehr öffnete.

»Merkst du nicht, was für eine fürchterliche Harmonie zwischen den beiden herrscht?«, fragte Lucia und stach mit ihrer Gabel furios in die Luft, so dass ein ordentlicher Klacks Sauce auf den Tisch spritzte.

Konrad zuckte mit den Achseln. Natürlich war auch ihm aufgefallen, wie gut die beiden sich verstanden und es hatte ihm nicht gefallen. Aber nach den jüngsten Ereignissen wusste er nicht, ob es ihn noch interessieren sollte.

Lucia redete weiter: »Ich habe viel nachgedacht in den letzten Tagen. Über Ben und mich und Klara. Und ich weiß jetzt eines ganz genau: Ben und ich, das war eine Episode, die niemals für die Ewigkeit gedacht war.«

Sie trank geradezu gierig ihr Weinglas aus. »Verstehst du, ich habe mir all die Jahre seit Paolo etwas vorgemacht, mir Schuldgefühle eingeredet, ich dachte, ich hätte meine große Liebe verloren. Und erst durch Klara ist mir klargeworden, dass unsere Ehe lediglich eine Verbindung auf Zeit war. Ich war sein rettender Engel auf Teneriffa und dafür war er mir dankbar.«

Lucia zog eine Schnute. »Aber an Klara kam ich nie heran.«

»Das glaube ich nicht«, widersprach Konrad. »Ich weiß, dass er dich sehr geliebt hat. Man liebt vielleicht nicht immer auf dieselbe Weise, aber durchaus mit derselben Intensität.«

»*Amore*!«, spuckte Lucia aus. »Liebe ist vergänglich. Er war verliebt in mich, verrückt nach mir, wir hatten eine grandiose Zeit, ja. Aber im Grunde wollte er nie wirklich eine Familie mit mir. Ich habe ihm das immer vorgeworfen, dass es ihm egal war, ob wir Kinder haben oder nicht. Und ob er mich auch geheiratet hätte, wenn er nicht untertauchen und eine neue Identität hätte annehmen wollen? Im Grunde konnte er mit mir wunderbar das Angenehme mit dem Nützlichen verbinden.«

Konrad wiegte den Kopf. Er konnte nicht einschätzen, wieviel von dem, was da aus Lucia heraussprudelte, den Tatsachen entsprach. Aber womöglich hatte sie recht. Auch seine Ehe mit Helène war für ihn mehr einer *amour fou* entsprungen als dem Wunsch nach einer dauerhaften Bindung mit familiären Absichten. Auch sie war für ihn die Eintrittskarte in eine bessere Gesellschaft gewesen, nachdem er seinen Eltern den Rücken gekehrt und sich einige

Jahre lang ganz nach unten orientiert hatte.

Ben war sein Zwilling und war es nicht so, dass Zwillinge ganz unabhängig voneinander ähnliche Entscheidungen trafen und ähnliche Partner wählten? Wenn er jetzt so darüber nachdachte, war es gar nicht so abwegig, dass sie beide in einer Frau wie Klara die Frau sahen, bei der sie ankommen wollten. Sollte Lucia recht haben, dann würden Klara und Ben wieder zusammenkommen. Vielleicht war es sogar schon soweit. Konrad unterdrückte das Gefühl, das sich bei dieser Vorstellung in ihm ausbreiten wollte.

»Und jetzt?«, fragte er Lucia, während er den mittlerweile blitzsauberen Teller nochmal mit einem Stück Ciabatta auswischte. Auch bei ihm machte sich allmählich die Schwere des Rotweins bemerkbar und eine angenehme Entspannung breitete sich in ihm aus.

Lucia sah ihn mit einer merkwürdigen Mischung aus Trauer und Entschlossenheit an. »Ben und ich haben keine Zukunft.«

Und mit einem verkrampft wirkenden Lächeln fügte sie hinzu: »Meine Mission hier ist somit beendet.« Ihre Augen wurden glasig. »Ben braucht eine Frau wie Klara. Sie ist alles, was ich einem Mann wie ihm nicht geben kann: solide, verlässlich« – bei diesem Wort zog Konrad kaum merklich die rechte Augenbraue hoch, unterbrach sie jedoch nicht – »und vor allem ist sie eins –« Jetzt machte Lucia eine bedeutsame Pause und schenkte sich Wein nach. »Und das ist für Ben bei seiner Lebensgeschichte, glaube ich, das Allerwichtigste: Sie ist loyal mit einer Ergebenheit, die außer ihr nur ein Hund an sich haben kann.«

Ihre Lippen kräuselten sich zu einer spöttischen Miene. »Oder kennst du irgendjemanden, der ein Geheimnis über zwanzig Jahre lang für sich behalten würde für einen Mann, der totgeglaubt und wiederauferstanden ist und einem das Schlimmste angetan hat, was man einer Frau nur antun kann?« Sie brach sich ebenfalls ein Stück Brot ab und stopfte es sich in den Mund.

»Naja, sie musste das irgendwie vergessen, schließlich hätte sie sich selbst angeklagt«, wandte Konrad ein, doch Lucia wehrte mit einer energischen Handbewegung ab.

»Nein, das würden nicht viele tun, ganz ehrlich. Aber Klara hat es getan. Wie sagt man im Deutschen dazu – Kadavergehorsam?« Abermals verzog sie verächtlich die Mundwinkel.

Konrad gefiel es nicht, wie Lucia über Klara sprach, gleichzeitig fand er sie in ihrer losgelösten Art extrem anziehend.

»Was hättest du denn an ihrer Stelle getan?«

»*Porca miseria*!«, fluchte Lucia. »Ich hätte nicht einen Tag gelogen für diesen *cretino*.«

»Auch nicht aus Liebe?«, fragte Konrad provokativ.

Lucia lehnte sich zu ihm und blickte ihm fest in die Augen. Ihre Nähe war irritierend. Er konnte den Rotwein in ihrem Atem riechen, der zusammen mit der schweren Süße ihres Parfums eine verführerische Mischung bildete, die lockend in sein Stammhirn kroch.

»Nicht einmal aus Liebe«, hauchte sie.

Ihre Blicke lösten sich nicht mehr voneinander, es war längst zu spät dafür. Sie fielen ineinander wie zwei, die sich aneinander festhalten müssen. Wie fremdgesteuert folgte Konrad Lucia, als sie aufstand und mit einem Blick über die Schulter in Richtung Treppe ging.

***

Es war spät geworden, als Ben und Klara in die angenehm frische Abendluft traten und sich auf den Heimweg machten. Da zuhause ohnehin nur schlechte Stimmung auf sie wartete, hatten sie beschlossen, noch in einem netten Lokal zu Abend zu essen, welches sie nach kurzer Suche auf der Heimfahrt in einem kleinen Dorf entdeckt hatten. Sie hatten noch viel geredet über sich, über Konrad und Lucia, über Vergangenheit und Gegenwart, über Gefühle und Vernunft.

Das Essen hatte sich hingezogen und sie hatten das Zusammensein auf eine ganz besondere Weise genossen, jetzt, wo alles zwischen ihnen geklärt war.

Klara konnte sich nicht daran erinnern, abends schon mal so viel gegessen zu haben, ohne sich danach schlecht zu fühlen. Und getrunken hatte sie auch zu viel. Doch der gute Wein und der anschließende Grappa bewirkten eine gewisse Leichtigkeit, die sich sehr gut anfühlte. Man sah die Dinge aus einer anderen Perspektive, wenn all die Ängste im Alkohol versenkt waren. Und man fühlte sich imstande, das zu sagen oder zu tun, wozu einem im nüchternen Zustand der Mut fehlte.

Auf der Rückfahrt schlugen die Gedanken in Klaras Kopf Purzelbäume. Ben hatte ihr klargemacht, wozu sie selbst offenbar nicht in der Lage gewesen war: Sie hatten ihre Zeit gehabt und die war wunderschön gewesen, aber sie lag in der Vergangenheit. Ben hatte zugegeben, dass die Sache mit Lucia für ihn noch nicht ganz am Ende war. Überraschenderweise hatte Klara diese Tatsache nichts mehr ausgemacht. Ben und sie verband eine tiefe, ehrliche Freundschaft und das war gut so. Ihr Herz gehörte Konrad.

Ohne Zweifel hatte es Bens Erkenntnis und seinen Anschub gebraucht, damit sie sich eingestehen konnte, was ihre Seele bereits seit jenem Sonntagvormittag am Neckar, an dem sie Konny begegnet war, wusste. Vielleicht war es genau die Tatsache, dass er Bens Zwilling war, die verhindert hatte, dass sie sich voll und ganz auf Konrad hatte einlassen können. Vielleicht hatte sie sich verboten, den Bruder des Mannes zu lieben, der einmal ihr Leben gewesen war und der ihr Herz so gründlich gebrochen hatte. Doch Ben hatte ihr klargemacht, dass das eine nichts mit dem anderen zu tun hatte und sie nicht mehr ihn, Ben, sondern längst Konrad meinte und wollte. Konrad, der ihr gezeigt hatte, wie schön das Leben sein konnte, auch wenn es aussah, als wäre alles am Ende. Der ihr zwar keine äußere Sicherheit, dafür aber etwas viel Wichtigeres hatte geben können: Vertrauen in sich selbst und in die eigene Fähigkeit zum kleinen Glück. Der ihr das Lachen zurückgebracht hatte nach einer Zeit der ewigen Trauer. Der sie ins Leben zurückgeholt hatte, als ein guter Teil von ihr längst so gut wie tot gewesen war.

Ihr Herz klopfte bei der Vorstellung, wie sie Konrad ihre Liebe gestehen würde. Noch heute. Es war höchste Zeit. Morgen würde ihr vielleicht der Mut dazu fehlen, morgen wäre es vielleicht zu spät. Sie blickte aus dem Autofenster und fühlte einen angenehmen Schwindel. Während sie die dunkle Landschaft an sich vorbeirauschen sah, war sie in Gedanken schon bei Konrad, lag in seinen Armen, spürte seinen Atem, seine Haut an der ihren. Die Probleme der letzten Tage hatte sie schlichtweg ausgeblendet, aus ihrem beschwingten Herzen sprach nur noch die Sehnsucht. Zum ersten Mal in ihrem Leben hatte Klara das Gefühl, genau jetzt genau das Richtige zu tun.

Bei ihrer Ankunft war es im Haus schon dunkel. Auf dem Küchentisch standen zwei benutzte Teller sowie zwei Weingläser. Konrad und Lucia hatten offenbar miteinander zu Abend gegessen und waren schon zu Bett gegangen. Das Küchenlicht brannte noch.

Klara räumte rasch Teller und Gläser in die Spülmaschine und verabschiedete sich von Ben. Das, was sie jetzt vorhatte, musste sie nicht mit ihm teilen. Sie ging ins Bad und nahm eine Dusche, um den so anstrengenden wie erkenntnisreichen Tag von sich abzuwaschen. Und mit ihm alles, was noch unklar in ihr gewesen sein mochte. Nach der Dusche ging sie in ihr Zimmer, wo sie das Negligé, das sie sich heute in einem reizenden kleinen Dessousladen gekauft hatte, aus der Papiertüte zog. Es war mitternachtsblau, aus einem zarten Spitzenstoff und hatte ein kleines Vermögen gekostet. Sie kam sich ziemlich verrucht vor, als sie diesen Hauch von Nichts überstreifte und ihren Morgenmantel darüber zog. Es sollte wie zufällig und ganz spontan aussehen, wenn sie bei Konrad aufkreuzte, so als wäre sie gerade auf dem Weg vom Bad ins Bett gewesen. Er würde vermutlich noch lange nicht schlafen, sondern auf dem Bett liegen und in irgendwelchen Fachzeitschriften schmökern, wie er das gerne bis spät in die Nacht hinein tat. Bei einem Blick in den Spiegel hielt sie einen kurzen Moment lang inne. War das vielleicht doch etwas zu viel? Sollte sie Konrad lieber morgen ansprechen, nüchtern und anständig bekleidet? Sie verwarf den Gedanken. Nein, sie wollte jetzt aufs Ganze gehen und ihm endlich zeigen, dass sie auch eine Frau war, die wusste, was sie wollte. Und sie wollte Konrad. Jetzt.

Durch den Spalt seiner Zimmertür schimmerte Licht. Also war Konrad noch wach. Klara spürte ihren Herzschlag. Sie schielte über den Gang. Die anderen Zimmer waren dunkel. Ben und Lucia schienen schon zu schlafen. Gut so. Es wäre ihr peinlich, wenn ein anderer sie in diesem Aufzug vor Konrads Zimmer entdeckte. Sie hatte sich die Worte, die sie ihm sagen wollte, unter der Dusche zurechtgelegt. Sie wollte ihm erklären, was er ihr bedeutete, wie dankbar sie ihm war, welche Rolle er in ihrem Leben spielte, seit sie ihn auf dieser Parkbank aufgegabelt hatte. Sie wollte von Schicksal sprechen und von Fügung und davon, dass es einfach kein Zufall sein konnte, dass er ausgerechnet ihr begegnet war an seinem ersten Tag in Heidelberg. Er war der erste Mensch seit Ben gewesen, dessen Nähe sie nicht nur ertragen, sondern sogar genossen hatte. Und als er weggefahren war, war da eine Leere gewesen, die nur er hatte wieder füllen können. Nicht Ben. Und auch kein anderer. Es hatte keinen Tag gegeben, an dem sie sich nicht gewünscht hätte, dass er wieder zu ihr zurückkehren würde. Sie wollte ihm auch ganz ehrlich sagen, dass sie zwischendurch gedacht hatte, da wäre noch etwas offen zwischen Ben und ihr, dass das aber geklärt sei. Ein für allemal. Mehr denn je wusste sie, dass Ben ihre Vergangenheit war und Konrad ihre Zukunft sein könnte – wenn er das auch wollte. Und seit ihrem Beinahe-Kuss auf der Terrasse durfte sie sich sicher sein, dass auch Konrad Gefühle für sie hatte. Und die Sache mit Marlene würde sie ihm auch nochmal erklären, nochmal und nochmal, solange bis er ihr verzeihen konnte. Sie würde ihm klarmachen, dass sie in die Zukunft schauen sollten, dass sie frei waren füreinander. Und jetzt, wo Konrad in Italien wieder ein eigenständiger Mensch ohne Sorgen geworden war, wäre auch die gesellschaftliche Kluft kein Hindernis mehr für ihre Liebe. Er könnte als erfahrener Schreiner in Heidelberg Fuß fassen und sie könnten eine Beziehung auf Augenhöhe führen. Sie würden sich eine größere Wohnung nehmen, für die sie beide gleichermaßen

Miete zahlen würden. Und irgendwann vielleicht könnte sich sogar eine Heirat ergeben. Bei diesem Gedanken wurde ihr ganz schwummrig. Ein Schritt nach dem anderen. Ja, Konrad war der Richtige, sie war sich ganz sicher.

Klara hob die rechte Hand und klopfte zaghaft an Konrads Tür. Als er auch auf ein weiteres Klopfen nicht reagierte, drückte sie die Klinke herunter und schob die Tür einen Spaltbreit auf. Im Raum brannte nur das Nachttischlämpchen und sorgte für ein diffuses Licht. Klara trat einen Schritt vor und schob sich ganz in das Zimmer. Auf dem Bett direkt vor ihr raschelte es. Einen zeitlosen Moment später starrte sie in zwei erschrockene Augenpaare. Eines davon war meergrün.

Klara wusste nicht mehr, was sie tat. Sie rannte aus dem Zimmer, als wäre sie darin dem Leibhaftigen persönlich begegnet, rannte die Treppen hinunter, auf die Terrasse, runter zum Pool, in den Weinberg hinein und immer weiter. Weit von ferne hörte sie Konrad rufen, doch sie wollte nichts hören. Sie rannte und rannte, bis sie irgendwann erschöpft innehalten musste und schwer atmend auf einem Stein zum Sitzen kam.

»Kann ich Ihnen irgendwie helfen, junge Frau?«

Klara schrak hoch. Der Mann war aus dem Nichts aufgetaucht und stand neben ihr wie eine Erscheinung. Zögerlich legte er eine Hand auf ihre Schulter.

»Darf ich?«, fragte er.

Als sie immer noch nichts sagte, setzte er sich etwas schwerfällig neben sie auf den Stein. Er war schon relativ alt, sicherlich um die achtzig. Ein großer, hagerer Mann mit gebeugtem Rücken und Gehstock. Sein Gesicht war von zahllosen Falten durchzogen, das Haar komplett weiß, doch seine klaren, hellblauen Augen gaben ihm etwas sehr Waches, fast Jungenhaftes.

Klara wischte sich mit dem Handrücken über das tränennasse Gesicht. Sie wollte aus einem Impuls heraus aufspringen und weglaufen, doch irgendetwas hinderte sie daran. Der Mann wirkte nicht wie einer, der etwas Schlechtes wollte. Sein Blick war gütig und interessiert, seine Kleidung gepflegt. Und, was ihr erst jetzt auffiel, er hatte sie auf Deutsch angesprochen. Woher wusste er, dass sie seine Sprache sprach und was trieb er in seinem Alter spätabends im finsteren Weinberg?

»Darf ich mich vorstellen: Johann Pichler«, sagte der Mann, erhob sich nochmal leicht und streckte ihr in einer angedeuteten Verbeugung seine rechte Hand entgegen.

»Angenehm«, stotterte Klara.

Der Mann setzte sich wieder.

Klara kam nur langsam wieder zu sich und in Ort und Zeit zurück. Die letzten Szenen im Ferienhaus liefen immer wieder wie in Zeitlupe vor ihr ab. Sie im Nachthemd auf dem Flur. Ihr Herzklopfen und ihre Zuversicht, dass sie und Konrad eine Chance hätten. Lucias zerraufter Lockenkopf in Konrads Bett. Sein entsetzter Blick. Sie kam sich so dumm vor, so unendlich gedemütigt. Erneut stiegen Tränen in ihren Augen auf, quollen heiß über ihre Wangen und tropften auf das Nachthemd. Offenbar hatte sie wieder einmal alles falsch gemacht. Sie mit ihrer ewigen Zögerlichkeit und mit ihrer unnötigen Geschwätzigkeit. Es war wie immer: Am Ende ging alles kaputt. Konrad hatte sich für Lucia entschieden, und Ben würde verletzt sein und enttäuscht. Von Lucia *und* von seinem Bruder.

Der Mann neben ihr reichte ihr ein altmodisches Stofftaschentuch. Klara nahm es dankbar an und verbarg ihr Gesicht darin. Es roch nach Lavendel.

»Wollen Sie mir erzählen, was passiert ist?«, fragte der Mann. Seine Stimme war leicht rau, sein Akzent klang, als käme er aus einem Alpenland – Bayern vielleicht, Österreich oder Schweiz.

Klara zögerte. Sie wusste nicht, ob sie sich einem Fremden anvertrauen wollte. Sie schämte sich und fühlte sich einfach nur schlecht. Andererseits – womöglich tat es ganz gut, darüber zu sprechen. Der alte Mann hatte schließlich nichts mit ihr, Ben oder Konrad zu tun und sehr wahrscheinlich würde sie ihn nie wiedersehen.

Johann Pichler saß geduldig neben ihr. Die Luft war mild und roch nach Weintrauben und dem wilden Thymian, der am Wegrand wuchs. Der Mond zeigte sich hell und fast rund am Himmel. In einer anderen Situation und mit einer anderen Begleitung hätte die Szene durchaus etwas Romantisches gehabt.

»Es ist nicht so einfach«, begann sie zögernd.

»Das ist es nie«, stellte der Mann sachlich fest. Er streckte die Beine ein wenig aus und faltete die Hände bedächtig im Schoß. »Beginnen Sie doch einfach am Anfang. Ich habe noch Zeit.«

Klara stutzte kurz über das *noch*, doch dann begann sie zu erzählen. Von diesem Novembersonntag vor fast einem Jahr, als alles auf der Parkbank am Neckarufer begann. So ähnlich wie der Mann neben ihr hatte Konny dagesessen. Sie erzählte, wie sie von seiner Suche nach seinem Bruder erfahren und ihn bei sich aufgenommen hatte. Wie sie, hin- und hergerissen von ihren Gefühlen, ihre eigene Geschichte daraus gemacht hatte. Sie beschönigte nichts. Sie erzählte von Ben und ihrer großen Liebe, von der Zwillingslüge seiner Mutter und wie Ben auf Teneriffa verschwunden war. Wie sie gelitten hatte, und wie sehr sie sich dafür verachtete, Konrad nicht gleich die Wahrheit über seinen Bruder gesagt zu haben. Dass er noch lebte. Es tat so gut, sich alles einmal von der Seele zu reden, von vorne bis hinten. Der Mann hörte ihr aufmerksam zu und unterbrach sie nicht. Nur ab und zu hatte Klara das Gefühl, dass er etwas schwerer schnaufte oder dass seine Hände ein wenig zitterten. In seinem Blick lag eine Mischung aus Überraschung und großer Rührung.

Klara erzählte ihm von Bens Brief und dem Wiedersehen der Brüder in Verona und wie sie schließlich gemeinsam zu ihr nach Heidelberg gekommen waren, um sich mit ihr auszusprechen. Sie war unendlich erleichtert gewesen und ihre Freude auf die bevorstehende Reise ins toskanische Ferienhaus war unbeschreiblich.

Sie bemühte sich, beim Erzählen ihre Gedanken zu ordnen und wenn sie die Geschichte so Revue passieren ließ, konnte sie immer besser verstehen, dass Konrad keine Lust mehr darauf hatte, sich auf sie einzulassen. Dass sie sich fast geküsst hätten, erschien ihr vor dem Hintergrund der Geschehnisse so absurd, dass sie fast glaubte, sich das nur eingebildet zu haben. Sie fragte sich allmählich, was ihn überhaupt dazu veranlasst hatte, sie in Heideberg noch einmal aufzusuchen und dann auch noch in eine gemeinsame Reise einzuwilligen.

An dieser Stelle lächelte der alte Mann leicht melancholisch. »Die Liebe«, beantwortete er diese Frage einfach.

Klara blickte ihn verständnislos an.

»Die Liebe«, wiederholte der Mann, »treibt uns zu mancherlei merkwürdigen Verhaltensweisen. Und sie ist manchmal da, ohne dass wir uns ihrer bewusst sind. Sie wartet und lauert und zeigt sich erst im für sie passenden Moment. Die Frage, wertes Fräulein, warum Ihr Konrad das alles toleriert hat und Sie beide sich trotzdem so nahe kamen, erlaubt nur diese Antwort.«

Nach einer kleinen Pause fügte er hinzu: »Seine große Enttäuschung über Ihre Zuneigung zu seinem Bruder zeigt doch deutlich, wie wichtig Sie ihm sind.«

»Klara starrte den Boden vor sich an, als läge darin die Wahrheit. Sollte Konrad tatsächlich tiefere Gefühle für sie haben? Womöglich schon seit seiner Zeit bei ihr in Heidelberg? Der Mann könnte recht haben. Sie hatte Konrad nicht viel Anlass gegeben, sie zu mögen. Sie hatte versucht, ihn wie Ben zu kleiden, sie hatte ihm den Brief verschwiegen und ihn im Glauben gelassen, sein Bruder sei tot. Und gerade als er ihr all das verziehen hatte und die Dinge zwischen ihnen bereinigt schienen, kam diese unsägliche alte Geschichte mit dem Unfall hoch. Bei der allzu deutlich wurde, wie weit sie für Ben zu gehen bereit war. Womöglich war der Bruderstreit gar nicht nur wegen Konrads hoher moralischer Vorstellungen entstanden, sondern ... Sollte Konrad eifersüchtig auf Ben sein? Ihretwegen?

»Was soll ich jetzt machen?«, fragte sie ratlos. »Konrad hat sich auf Lucia eingelassen, die Sache scheint entschieden. Er würde das nicht einfach so tun. Ich würde am liebsten noch heute Nacht meine

Sachen packen und auf Nimmerwiedersehen verschwinden.«

»Das werden Sie nicht tun!«

Der alte Mann wurde plötzlich energisch. »Sie können nicht denselben Fehler wieder und wieder machen. Bringen Sie diese Sache mit Anstand zu Ende – so oder so. Wenn Sie mit allen Beteiligten geredet haben und Ihnen die Lage dann immer noch aussichtslos erscheint, können Sie immer noch nach Hause fahren.«

Klara nickte. Der Mann hatte natürlich recht. Wenn sie jetzt abhauen würde, würde sie sich das nie verzeihen. Schließlich war sie nicht ganz unschuldig an dem Chaos.

»Glauben Sie mir«, sagte der Mann seufzend. »wir sind alle nicht ohne Fehler. Ich weiß wovon ich spreche. Und manchmal bedarf es großen Mutes, die Dinge wieder geradezurücken. Doch es lohnt sich ganz bestimmt immer! Davon bin ich überzeugt.«

Für einen Moment hatte Klara das Gefühl, dass er ihr irgendetwas Bestimmtes sagen wollte, doch es kam nichts mehr.

»Sie haben Recht«, sagte sie leise. »Ich sollte in Anstand gehen. Wenn Konrad und Lucia jetzt zusammen sind, dann werde ich das akzeptieren müssen.«

»Was ist mit seinem Bruder Ben?«, wollte der Mann wissen.

Klara schüttelte den Kopf.

»Das ist vorbei. Ich habe mir die ganze Zeit etwas vorgemacht. Außerdem will auch er noch was von Lucia. Und er wird an den aktuellen Entwicklungen ebenso schwer zu schlucken haben wie ich.«

»Aber sehen Sie es mal so: Manche Dinge passieren, um uns zu zeigen, was uns wirklich wichtig ist.«

Er versank kurz in seine Gedanken und Klara hatte erneut das Gefühl, dass er hier nicht nur über sie redete. Irgendetwas schien den alten Mann zu beschäftigen. Doch sie musste sich jetzt um sich selbst kümmern.

»Vielleicht mussten Sie den Umweg über Ben gehen, um zu spüren, was sein Bruder Ihnen bedeutet. Und vielleicht hat es auch seinen Sinn, dass der sich jetzt einer anderen zugewandt hat.

Außerdem«, und dabei zwinkerte er Klara vertraulich zu »geht es bei uns Männern nicht immer gleich um Liebe, wenn wir einmal mit einer Dame in den Kissen landen. Gut möglich, dass ihn seine Enttäuschung über Sie und Ben erst dazu getrieben hat.«

»Ich glaube nicht, dass Konrad so ist«, erwiderte Klara.

Der alte Mann lachte leise. »Papperlapapp. Ich kann mir gut vorstellen, was den Jungen dazu getrieben hat. Nach Ihrer Beschreibung ist diese Lucia eine attraktive Frau und Konrad hatte die Gelegenheit, seinen Bruder einmal auszustechen. Hat auch was mit männlichem Ego zu tun.«

»Sie kennen Konrad doch gar nicht«, rief Klara entrüstet aus.

Johann Pichler blickte sie an und schien noch etwas sagen zu wollen, doch er schwieg.

»Es ist kalt geworden.« Klara zog fröstelnd die Schultern zusammen. »Wie spät mag es wohl sein?«

Pichler erhob sich und streckte seine müden Knochen.

»Es ist noch nicht zu spät«, erklärte er mit einem vielsagenden Blick. »Ich wünsche Ihnen eine gute Nacht!« Damit empfahl er sich mit einem Kopfnicken und entfernte sich langsam.

»Danke!«, rief Klara ihm nach. »Es war schön, mit Ihnen zu reden.«

Der Mann drehte sich noch einmal um und antwortete: »Der Dank ist ganz meinerseits!«

Dann verschwand er in der Nacht.

Klara schaute ihm noch eine Weile nachdenklich hinterher, bis er hinter der Wegbiegung verschwunden war. Der Fremde war genau im richtigen Moment aufgetaucht. Ihr fiel auf, dass er gar nichts über sich erzählt hatte. Sie wusste gerade mal seinen Namen. Weder woher er kam, noch was er hier machte und was ihn mitten in der Nacht in einen verlassenen Weinberg trieb.

Nun, vermutlich hatte er Schlafstörungen wie die meisten alten Leute. Allerdings schien er nicht mehr ganz so gut zu Fuß zu sein und völlig gesund hatte er auch nicht gewirkt, da war es nicht ungefährlich, nachts allein spazieren zu gehen. Ob sie ihn hätte begleiten sollen? Klara sah an sich herunter, auf das zerrissene Spitzen-Negligé und den schmutzigen Morgenmantel und musste trotz der Tragodie, die sich in ihrem Herzen abspielte, schmunzeln. Das war vermutlich nicht wirklich der richtige Aufzug, um einen alten Mann nach Hause zu bringen. Sie stand auf und wandte sich hügelaufwärts.

Tag zehn

Im Haus herrschte Totenstille. Keiner sprach ein Wort. Die Geschehnisse der Nacht hatten sich über das Feriendomizil und seine Bewohner gelegt wie ein Leichentuch.

Ben war laufen, Lucia hielt sich lange im Bad auf und Konrad und Klara schlichen in der Küche umeinander wie zwei scheue Wildkatzen. Als Lucia die Treppe herunterkam, schauten sich drei Augenpaare schweigend an und wandten sich anschließend jeder wieder seinem Tun zu. Lucia machte sich Kaffee. Sie fragte nicht wie sonst, ob noch jemand einen wolle. Konrad hatte bereits den zweiten vor sich stehen und studierte seine Zeitung. Klara saß am anderen Ende des Raums in einem Sessel und beobachtete die Kopfschmerztablette, die sich mit einem leisen Zischen in ihrem Wasserglas auflöste. Außer dem Rascheln von Konrads Zeitung und dem Klappern der *caffetièra* war kein Geräusch zu hören. Die Luft fühlte sich an wie kurz vor einem Gewitter: schwer und drückend und unheimlich. Es war förmlich spürbar, dass jedem das Herz schwer war, aber keiner einen Auftakt finden konnte.

Klara linste vorsichtig zu Konrad hinüber. Sie wollte mit ihm sprechen, aber nicht, solange Lucia im Raum war. Konrad las scheinbar hochkonzentriert einen Artikel in der Zeitung. Ab und zu nippte er an seinem Kaffee, der mittlerweile schon kalt sein musste. Als Lucia fertig war mit ihrem Kaffee, nahm sie wortlos ihre Tasse und verzog sich auf die Terrasse. Jetzt wäre die Gelegenheit.

Doch wo sollte Klara anfangen? Ihr Kopf schmerzte. Außerdem – wäre es nicht eher an Konrad, ein Wort über die Szene in seinem Zimmer zu verlieren? Sie wollte Klarheit. War er mit Lucia zusammen? So hatten die beiden eben eigentlich nicht gewirkt. Aber wollte sie selbst überhaupt noch etwas von einem Mann, der bei der erstbesten Gelegenheit mit der Ex seines Bruders ins Bett sprang? Und sich anschließend in Schweigen hüllte? Sie hatte für sich nicht alle Fragen klären können gestern Abend im Weinberg, doch eines hatte ihr nächtlicher Seelentröster bei ihr bewirkt: Sie würde sich der ganzen Sache stellen und für Klarheit sorgen. So oder so.

Während Klara noch darüber nachdachte, ob und wie sie einen Anfang machen sollte, kam Ben von seiner Laufrunde zurück. Mit einem betont freundlichen »Guten Morgen!«, durchquerte er die Küche und nahm sich eine Flasche Wasser aus dem Kühlschrank. Er setzte sich an den Tisch, Konrad gegenüber.

»Findet ihr nicht, dass wir endlich miteinander reden sollten?«, fragte er und blickte erst Konrad, dann Klara an.

Erst jetzt nahm er Klaras verstörten Blick wahr. Sie kauerte in ihrem Sessel wie ein Häufchen Elend und wirkte völlig desolat. »Was ist los?«, fragte er. Allmählich dämmerte ihm, dass hier mehr in der Luft lag als er wusste. »Könnt ihr mich mal bitte aufklären? Geht es hier noch um die Sache mit Marlene oder ...?«

Konrad faltete seine Zeitung zusammen und blickte Ben an.

»Lass uns ein paar Schritte gehen«, sagte er und stand auf. Ben sah zu Klara, zuckte mit den Schultern und folgte seinem Bruder nach draußen.

***

Konrad und Ben schritten nebeneinander den schmalen Weg den Weinberg hinunter. Die Luft war angenehm frisch so früh am Morgen, ein Blick nach oben zeigte noch keine eindeutige Tendenz, ob die Sonne es heute schaffen würde, sich gegen den wolkenverhangenen Himmel durchzusetzen. Die ersten Meter verliefen schweigend. Konrad drehte die Worte in seinem Kopf hin und her, er fand Ben gegenüber ebensowenig den richtigen Ansatz wie zuvor bei

Klara. Aber es war klar, dass er seinem Bruder etwas zu beichten hatte. Noch vor Klara. Ben schwieg und wartete ab.

Als sie auf den Wanderweg eingebogen waren, der den Weinberg ganz umrundete, begann Konrad zu sprechen: »Zunächst«, sagte er »muss ich dir sagen, dass es mir leidtut, wie die Dinge sich in den letzten Tagen zwischen uns entwickelt haben.«

Ben drehte überrascht den Kopf.

Konrad hob beschwichtigend die Hände. »Ich weiß, dass du kein schlechter Mensch bist und du hattest vermutlich deine Gründe, warum du dich damals so verhalten hast.« Er machte eine kleine Pause. »Aber ich musste mit einigen Dingen erstmal klarkommen. Es war einfach zu viel, verstehst du? Dich habe ich als den integersten Menschen kennengelernt, den ich mir vorstellen kann und bei Klara dachte ich, die Zeit der Leichen in ihrem Keller sei endgültig vorbei. Und dann dieses Gespräch auf der Terrasse. Klara und du und diese ewigen alten Geschichten. Ich hatte plötzlich das Gefühl, dass alles, worauf ich in letzter Zeit vertraut habe, unter mir zusammenbricht.«

»Du hast Klara vertraut?«, wunderte sich Ben. Konrad hatte ihm gegenüber bisher standhaft behauptet, dass er Klara nie wieder an sich heranlassen würde.

Konrad zögerte einen Moment. »Mittlerweile ja«, gab er schließlich zu. »Ich hatte mich gerade ernsthaft dafür entschieden, die Vergangenheit hinter mir zu lassen und ihr eine zweite Chance zu geben.«

Er fuhr sich mit beiden Händen durchs Haar. »Und dann kommt schon wieder so eine Scheiße raus!« Er schaute seinen Bruder an. »Und von dir hätte ich sowas schon gar nicht gedacht!«

»Ich weiß. Und ich bin auch nicht stolz darauf ...«

Konrad hielt seinen Zeigefinger vor den Mund und gebot Ben damit zu schweigen. »Jetzt lass mich mal reden bitte.« Er atmete tief durch. »Ich war durcheinander und enttäuscht. Du und Klara, ihr schient euch immer besser zu verstehen – ich hatte das Gefühl, zwischen euch entwickelt sich wieder was.«

Dabei schielte er seinen Bruder lauernd an, der sagte jedoch nichts.

»Lucia war in den letzten Tagen die einzige, der ich mich anvertrauen konnte. Und als ihr gestern den ganzen Tag zusammen unterwegs wart, haben wir ziemlich viel miteinander geredet. Und getrunken. Deine Rolle in der Unfallgeschichte hat auch Lucia ganz schön beschäftigt.« Er stockte, überlegte, wie er es sagen sollte. »Abends haben wir zusammen Pasta gegessen. Wir haben noch eine Flaschen Wein dazu aufgemacht. Von dem schweren roten.«

Er raufte sich abermals die Haare. Der Alkohol sollte keine Entschuldigung sein, aber er war überzeugt davon, dass Lucia und er in nüchternem Zustand niemals so weit gegangen wären.

Ben ging weiterhin schweigend und abwartend neben ihm her.

»Jedenfalls habe ich mich zu etwas hinreißen lassen, was dir nicht gefallen wird.« Den letzten Satz spuckte Konrad aus wie einen Löffel zu heißer Suppe. Er wusste, dass er mit dem, was er letzte Nacht getan hatte, einen sehr großen Vertrauensbruch begangen hatte. Und er konnte überhaupt nicht einschätzen, wie Ben darauf reagieren würde.

Ben wurde hellhörig. Eine Ahnung stieg in ihm auf. Sein Mund wurde trocken. Er blickte Konrad gespannt an. Er würde doch nicht etwa ...?

»Ich habe mit Lucia geschlafen.«

Jetzt war es raus. Der Satz waberte durch die Luft und erreichte Bens Bewusstsein leicht zeitverzögert, so als müsse sein Gehirn sich erst vergewissern, dass es das Gehörte richtig verstanden hatte. Ben wusste es den Bruchteil einer Sekunde, bevor Konrad es ausgesprochen hatte und doch wehrte sich eine Instanz in ihm ganz entschieden dagegen, es zu glauben. Für einige Augenblicke war er nicht zu einer Antwort fähig. Er hatte Mühe zu atmen, ihm war, als hätte ihm einer mit dem Presslufthammer auf den Brustkorb gedonnert. Er starrte seinen Bruder ungläubig an.

Konrad ergriff wieder das Wort: »Ben, du musst jetzt nichts

sagen. Aber wenn du mir eine reinhauen willst, bitte.« Er stellte sich breitbeinig vor ihm hin. »Ich habe nichts anderes verdient.«

Ben machte ein paar Schritte in die entgegengesetzte Richtung, hob die Hände über den Kopf, atmete ein paarmal tief durch, dann fasste er sich ein wenig und wandte sich wieder seinem Bruder zu. »Lucia und du also«, stellte er tonlos fest.

Konrad senkte betreten den Kopf. »Es ist einfach passiert. Wir hatten, wie gesagt, beide ziemlich viel getrunken und ...«

Ben hob abwehrend die Hände. »Keine Details bitte. Es reicht mir, wenn du mir sagst, ob ihr euch ineinander verliebt habt.« Er sah Konrad forschend in die Augen. »Also?«

Konrad schüttelte den Kopf. »Nein«, antwortete er. »Zwischen Lucia und mir ist nichts. Ich meine, sie ist eine äußerst anziehende Frau, aber sie ist nicht *meine* Frau.«

Ben schwieg einen langen, einen sehr langen Moment, während dem auch Konrad nichts sagte.

Irgendwann erklärte Ben: »Gut. Meine ist sie ja nun leider auch nicht mehr, aber sie war es mal. Ich weiß, wie gut sie einen Mann um den Finger wickeln kann, aber du wirst verstehen, dass ich von meinem Bruder nicht unbedingt erwartet hätte, dass er meine Exfrau ... du weißt schon.«

»Ich weiß, dass die Exfrau eines Bruders tabu ist«, bestätigte Konrad mit einem heftigen Kopfnicken. »Und genau deshalb tut mir das auch so unendlich leid.« Er legte Ben zaghaft die Hand auf die Schulter. »Aber du hast doch kein Interesse mehr an ihr oder?«

Ben erwiderte nichts, sondern ging schnellen Schrittes weiter. Konrad eilte ihm nach kurzem Zögern nach.

Als sie wieder auf gleicher Höhe waren, sagte Ben nach einer Weile in gewohnter Nüchternheit: »Die Sache mit Lucia muss ich erstmal verdauen. Und ich hoffe, du siehst jetzt, dass auch ein Moralapostel wie du zu Fehlern imstande ist. Aber ich habe kein Recht auf sie. Sie ist ein freier Mensch und wenn sie sich auf dich einlassen will, muss ich das akzeptieren.«

Konrad atmete auf. Es war klar, dass Ben und er nicht einfach so zur Tagesordnung übergehen konnten nach allem, was in den letzten Tagen vorgefallen war. Aber Ben war ein rationaler Mensch und seine Reaktion auf Konrads Geständnis hätte schlimmer ausfallen können. »Ben, pass auf«, sagte er, ohne auf die letzten Sätze einzugehen. »Ich will dir noch etwas sagen.«

»Noch mehr Geständnisse?«

»Im Gegenteil. Mir ist gestern Nacht etwas klargeworden.«

»Hört, hört.« Bens Tonfall klang zynisch.

»Ich habe spätestens angesichts meiner eigenen Entgleisung eingesehen, dass es nicht fair von mir ist, euch eure alten Geschichten vorzuwerfen.« Konrad wirkte zerknirscht. Er gab ungern zu, dass die prekäre aktuelle Situation ihm jedes Recht auf weitere Vorhaltungen genommen hatte. Und hatte er gestern Abend, als Lucia in seinen Armen lag, noch einen minimalen Triumph gegenüber seinem Bruder empfunden, kam ihm das alles heute absurd armselig vor.

»Du meinst, wir sind mit der letzten Nacht quitt mit den Vorwürfen?«, schnappte Ben. »War das also deine Retourkutsche für etwas, was gar nichts mit dir zu tun hat?«

»Nein, so meine ich das natürlich nicht.«

»Wie meinst du es dann?«

»Ich finde es nach wie vor nicht in Ordnung, wie ihr euch damals verhalten habt, aber es ist lange her, ihr hattet eure Gründe und die sollte ich respektieren.« Und etwas trotzig fügte er hinzu: »Und wenn Klara meint, dass sie einen lebenslangen Meineid für dich schwören muss, dann ist das eben so.«

»Jetzt übertreib mal nicht, Konrad«, versetzte Ben. »Von einem Meineid war nie die Rede.« Er dachte einen Moment lang nach. »Aber worüber reden wir jetzt eigentlich? Von mir und Lucia, von dir und Lucia oder sind wir jetzt bei dir und Klara?«

»Was meinst du?«

»Könnte es sein, dass du mehr für Klara empfindest als du zugibst?«

Konrad brummte etwas Unverständliches.

Ben kam plötzlich ein Gedanke und er schaute seinen Bruder entsetzt an. »Und deine Motivation mit Lucia ins Bett zu gehen kam, weil du uns beiden eins auswischen wolltest?«

Konrad blieb abrupt stehen. »Das ist jetzt eine Unterstellung. Lucia und ich waren betrunken, wir waren beide frustriert und Klara und du, ihr habt euch ja offenbar auch sehr gut miteinander amüsiert!«

»Also war es genauso wie ich es sage!«, rief Ben aus. »Es hat dich gestört, dass Klara und ich Zeit miteinander verbracht haben. Und worüber war Lucia denn bitte frustriert?«

»Sie hat erkannt, dass du nicht der Held in der goldenen Rüstung bist, für den sie dich offenbar immer gehalten hat!« entgegnete Konrad aufgebracht. »Und stell dir vor, es gibt auch Frauen, die sich für *mich* interessieren!«

»Jawohl, die gibt es, aber du ziehst es ja vor, die Richtige mit deinem dämlichen Verhalten von dir wegzutreiben!« Ben ereiferte sich. »Und wenn du jetzt nicht die Reißleine ziehst, ist sie weg und deine Chance für alle Zeiten vertan!«

Konrad sah ihn verständnislos an. »Du meinst ...«

»Klara meine ich, jawoll!«

Ben kam Klaras Zustand vorhin in der Küche in den Sinn. »Sag mal, hat sie etwa mitbekommen, dass du und Lucia ...?«

Konrad nickte bekümmert. »Sie stand plötzlich in meinem Zimmer«, sagte er leise. »In einem ziemlich ... aufregenden Nachthemd.«

Ben schlug die Hände über dem Kopf zusammen. »Scheiße!«, entfuhr es ihm.

»Große Scheiße«, bestätigte Konrad. »Sie ist abgehauen, ich bin ihr noch nachgerannt, aber sie war schon im Weinberg verschwunden. Ich konnte sie nicht mehr finden. Ich habe sie erst heute Morgen wieder gesehen. Mensch, ich dachte die ganze Zeit, sie spielt irgendein Spielchen und dass ihr beide euch wieder näherkommt!«

»Du bist so ein Idiot«, meinte Ben. »Du musst das geradebiegen, hörst du? Eine Frau wie Klara bekommst du nie wieder.«

Eine Weile marschierten sie schweigend nebeneinander her. Die Sonne schien mittlerweile angenehm warm, die Wolken hatten sich wider Erwarten verzogen. Die Luft war erfüllt vom leicht säuerlichen Geruch der auf dem Boden gärenden Weintrauben und vom Lavendel, der ausladend am Wegesrand wucherte. Außer dem gelegentlichen Summen der spätsommerlichen Insekten war kaum ein Geräusch zu hören.

Konrad musste das Gesagte erstmal für sich einsortieren. Er wusste selbst nicht, warum er Lucias Verlockung letzte Nacht erlegen war, warum er seinem Bruder gegenüber so feindselig reagiert und warum er Klaras Signale so sehr missinterpretiert hatte. Womöglich hatte Lucia ihn nur benutzt, um endgültig einen Schlussstrich zwischen seinem Bruder und ihr zu ziehen. Er verzog das Gesicht. Wenn dem so war, dann war sie wahrlich eine Hexe.

»Ben«, sagte er nach einer Weile in die Stille. »Ich denke, es ist an der Zeit für eine Entschuldigung.«

Ben lächelte fein.

»Ich war tatsächlich ein Idiot die letzten Tage. Ich habe dir Dinge vorgeworfen anstatt dich anzuhören. Ich habe Klara verurteilt für eine Liebe und Loyalität, die selten zu finden ist und zu guter Letzt habe ich mich dazu hinreißen lassen, auf Lucias Avancen einzugehen. Die womöglich nur dazu dienten, ihre Befindlichkeiten dir gegenüber zu befriedigen.«

Er kickte einen Stein zur Seite. »Ich denke, ich war tatsächlich eifersüchtig. Auf das, was Klara und dich verbindet. Was ihr wiederhaben könntet. Jedenfalls waren es vermutlich extrem niedere Beweggründe, die mich gestern Abend dazu getrieben haben, das zu tun, was nun mal passiert ist.« Er blieb stehen und sah seinen Bruder an. »Ich schäme mich zutiefst.«

Ben legte ihm die Hand auf die Schulter und zog ihn weiter mit sich. »Es tut gut, das zu hören. Und ich weiß es zu schätzen. Aber ich habe dir deine Haltung nie vorgeworfen. Ich weiß, dass das damals alles andere als korrekt von mir war und es tut mir leid, wie ich reagiert habe, als Klara dir davon erzählt hat. Ich hatte kein

Recht dazu, das war nicht mehr als eine Schutzreaktion von mir, das habe ich eingesehen. Aber ich konnte damals nun mal nicht anders und musste lernen, irgendwie mit meinen Verfehlungen zu leben. So wie wir alle das müssen.«

Konrad lächelte und nickte. Mit Bens Entschuldigung war die Sache für ihn vom Tisch. »Das mit den Verfehlungen scheint in der Familie zu liegen«, bemerkte er süffisant.

Ben rümpfte die Nase. »Du meinst unsere Mutter?«

Konrad nickte.

»Ja«, sagte Ben nachdenklich. »Dass wir uns wohl unser Leben lang fragen müssen, wer unser Vater war, ist ein ziemlich heftiges Erbe, das sie uns da hinterlassen hat.«

Konrad machte eine wegwerfende Handbewegung. »Wir sollten das nicht mehr thematisieren. Die Vergangenheit ist nicht mehr zu ändern, lass uns in die Zukunft schauen.«

Sie hatten das Ferienhaus fast wieder erreicht.

»Und was passiert jetzt?«, fragte Konrad mit einer Kopfbewegung in Richtung Haus.

Ben zuckte mit den Schultern. »Wir müssen reden«, stellte er sachlich fest. »Und zwar alle.«

***

Sie saßen alle vier am Tisch, jeder einen von Konrad frisch gebrühten Kaffee vor sich. Ben führte das Wort. »Es ist ziemlich viel schief gelaufen in den letzten Tagen hier«, begann er. »Aus dem geplanten netten Urlaub zu dritt ist ein ziemliches Chaos zu viert geworden.«

Er blickte Lucia mit einer Mischung aus Wehmut und Ärger an. »Es ist sicher nicht deine Schuld, Lucia, dass alles so gekommen ist, aber dein Erscheinen hat die Dinge auch nicht gerade vereinfacht.«

Lucia funkelte ihn an, erwiderte aber nichts.

»Klara und ich haben Fehler gemacht und mittlerweile denke ich, es musste einmal so kommen, dass auch diese Geschichte mit

Marlene auf dem Tisch landet.«

Und zu Konrad gewandt: »Ich bin sogar froh darüber, dass es jetzt keine Geheimnisse mehr gibt.«

»Die Vergangenheit reist eben immer mit«, bemerkte Klara nachdenklich.

Ben nickte. »Ja und weil das so ist, sollten wir auch immer sehr behutsam mit ihr umgehen. Ich denke, wir alle haben viel gelernt in der letzten Woche. Über Liebe, Familie und Freundschaft, über Fehler und Verzeihen, über uns selbst.«

Er machte eine Pause.

Lucia ergriff das Wort. »Es tut mir leid«, sagte sie überraschend leise, und es lag nur ein wenig Trotz in ihrer Stimme. »Es tut mir leid, wenn ich euer Wiedersehen gestört habe.«

Sie schaute zu Ben. »Ich wollte eigentlich nur deinen Bruder kennenlernen und ... bei der Gelegenheit sehen, was zwischen uns noch ist.«

Ben hob die Augenbrauen. »Indem du mit Konrad ins Bett steigst?«

Lucia senkte den Kopf. »Ich weiß, dass das falsch war, vor allem, dass ich Konrad da mit hineingezogen habe. Aber vielleicht war das meine Art, die Sache endgültig zu beenden. Du und Klara, ihr seid füreinander geschaffen, das sieht doch jeder.«

Klara verzog überrascht das Gesicht. »Wie kommst du darauf? Du bist doch diejenige, mit der er damals nach Italien abgehauen ist!«

Lucia blieb ruhig. »Ja, aber wir haben nie zueinander gepasst, das ist mir hier klar geworden. Ben braucht eine Frau wie dich: loyal, organisiert, familienorientiert ...«

»Mit anderen Worten: eine Spießerin und ein Heimchen am Herd, das sich unterordnet und für ihren Mann lebt. Wolltest du das damit sagen?«, fuhr Klara jetzt hoch. »Und weil Konrads Vergangenheit so schön unkonventionell ist, dachtest du, so einer wäre für deine illustre Sammlung doch viel spannender als die alte Geschichte mit Ben wieder aufzuwärmen?«

Ben machte eine beschwichtigende Handbewegung in Klaras Richtung. »Klara, bitte. Das bringt uns jetzt nicht weiter. Wir sollten versuchen, die Dinge konstruktiv zu besprechen.«

Klara sprang auf. »Ich glaube, konstruktiv ist hier schon lange nichts mehr! Worüber sollten wir noch sprechen? Konrad und Lucia haben Fakten geschaffen und ich wünsche ihnen viel Glück für die Zukunft. Und jetzt würde ich mich gerne zurückziehen.« Mit diesen Worten drehte sie sich um und wandte sich Richtung Treppe.

»Klara!« Konrad, der die ganze Zeit als einziger noch nichts gesagt hatte, stand auf und machte Anstalten, ihr nachzulaufen. Er hatte noch immer keine Gelegenheit gefunden, ihr zu sagen, was er für sie empfand.

Im selben Moment klopfte es an der Tür. Alle sahen sich fragend an, für einen Moment abgelenkt von ihrem Thema. Klara, die am nächsten zur Tür stand, ging zögerlich auf sie zu und öffnete. Vor ihr stand Johann Pichler. Er trug einen cremefarbenen Sommeranzug, ein weißes Leinenhemd und einen farblich zum Anzug passenden Hut auf dem Kopf, den er zur Begrüßung mit einer routinierten Geste hob. Die andere Hand stützte sich auf seinen hölzernen Gehstock, er atmete schwer. In seinem Blick lag Verunsicherung, der Hut in seiner Hand zitterte leicht. Klara war überrascht, ihn hier zu sehen und sie fragte sich, was es mit seinem Besuch wohl auf sich hatte. Sie hatten ein sehr nettes Gespräch geführt letzte Nacht und dafür war sie ihm auch dankbar, aber dass er sie jetzt ungefragt hier im Haus aufsuchte, noch dazu im unpassendsten Moment, empfand sie gewissermaßen als eine Grenzüberschreitung.

»Grüß Sie, Klara«, sagte er und seine Stimme klang etwas rau.

»Ich war spazieren und wollte mal nach Ihnen schauen. Ich hoffe, ich komme nicht ungelegen.«

Klara war für den Moment sprachlos. Er kam in der Tat völlig ungelegen und sie hatte gerade überhaupt kein Bedürfnis auf eine weitere Unterhaltung mit ihm. Doch Pichler war nicht mehr der Jüngste und der Aufstieg auf den Hügel hatte ihn sichtlich Anstrengung gekostet. Es wäre grob unhöflich, ihm nicht wenigstens ein Glas Wasser anzubieten. Also bat sie ihn herein und führte ihn an den Tisch.

»Das ist Herr Pichler«, erklärte sie den anderen. »Ich habe ihn letzte Nacht kennengelernt.«

Ben schaute völlig entgeistert und Konrad hob fragend die Augenbrauen.

Klara wand sich. Sie hatte keine Lust vor Lucia zuzugeben, was letzte Nacht im Weinberg mit ihr losgewesen war und hoffte inständig, der alte Mann möge das hier nicht weiter ausführen.

»Möchten Sie etwas trinken?«, fragte sie ihn deshalb statt einer weiteren Erklärung und beeilte sich, ihm ein Glas Wasser aus der Küche zu bringen.

Bemüht um einen unaufgeregten Plauderton stellte sie ihrem Gast die anderen Hausbewohner vor. Bei jedem einzelnen erhob sich der Mann leicht von seinem Stuhl, wobei er sich auf seinen Stock stützte. Es war merklich, dass ihm das nicht mehr allzu leichtfiel.

»Herr Pichler und ich sind uns gestern Abend beim Spazierengehen begegnet«, behauptete Klara. »Wir haben ein wenig miteinander geplaudert. Er macht auch hier Urlaub.«

Während sich zwischen Klara und Pichler ein unverbindlicher Smalltalk über die Gegend und den Tourismus in der Toskana entspann, in den sich bald auch Lucia einbrachte, und Konrad in der Küche herumwerkelte, beobachtete Ben den Fremden. Was wollte er hier und was hatte Klara mit ihm zu schaffen?

Wenn Pichler sich unbeobachtet fühlte, sah er sich verstohlen um und immer wieder streifte sein Blick Konrad und ihn selbst mit verhohlenem Interesse. Seine Sprachmelodie verriet, dass der Mann Österreicher zu sein schien, genau wie Konrad und er. Ein Zufall?

Konrad brachte fünf Tassen *caffè* und ein paar abgepackte Brioches, die sie für den Notfall im Haus hatten. Heute hatte es noch keiner geschafft, frische zu holen. Der Mann nahm den Kaffee dankbar an, die Brioches lehnte er höflich ab mit der Begründung, bereits gefrühstückt zu haben.

Er hatte ein Anliegen, das war förmlich spürbar. Seine Haltung war verkrampft, sein Blick flackerte unruhig hin und her und als er seine Tasse an den Mund setzte, verschüttete er ihren Inhalt beinahe.

Johann Pichler bemerkte irgendwann Bens Blick und wandte den seinen wie ertappt zu Boden. Kurz darauf straffte er seine Schultern und richtete sich auf.

»Ich denke«, erklärte er, nachdem Konrad sich wieder an den Tisch gesetzt hatte und gerade eine Redepause entstanden war, »ich bin Ihnen eine Erklärung für mein unangemeldetes Auftauchen schuldig.«

Vier Augenpaare richteten sich – teils überrascht, teils erwartungsvoll – auf ihn.

»Mein Erscheinen hier hat einen Grund und der liegt nicht nur in meiner reizenden Bekanntschaft mit der jungen Dame zu meiner Linken«, fuhr er fort.

Er lächelte Klara väterlich an. »Auch wenn ich diesen Zufall überaus genossen habe.«

Klara schaute ihn erstaunt an. Was sollte das jetzt? Würde er den anderen etwa davon berichten, wie sie im zerrissenen Negligé im Weinberg gehockt und in sein Taschentuch geheult hatte?

Der Mann wurde wieder ernst. »Ich wohne schon seit ein paar Tagen in einer kleinen Pension hier in der Nähe und bin bereits des Öfteren durch den Weinberg gewandert«, fuhr er fort. »Und ich stand auch schon mehr als einmal vor eurer Tür in der Absicht, euch einen Besuch abzustatten. Aber es ist nicht so einfach ...«

Er zog ein frisches Stofftaschentuch aus der Hosentasche und tupfte sich die Stirn ab.

»Sie haben uns beobachtet?«, fragte Ben lauernd.

Hatte Klara nicht neulich eine Gestalt im Weinberg wahrgenommen? Sollte *er* das gewesen sein?

Der Mann trank einen Schluck Wasser und räusperte sich.

»Wir haben uns schon einmal gesehen, vor nicht allzu langer Zeit.«

Er schaute erst Ben, dann Konrad an.

»Auf dem Friedhof in Mariabrunn. Am Grab eurer Mutter.«

Ben und Konrad schauten sich an. Natürlich, da war ein Mann gewesen, als sie vor ein paar Monaten gemeinsam den Friedhof in Bens Heimatort besucht hatten. Im Vorübergehen hatten sich ihre Blicke getroffen und Ben erinnerte sich an seine hellen, wachen Augen und daran, dass er das Gefühl gehabt hatte, ihn irgendwoher zu kennen. Was in einem kleinen Ort wie Mariabrunn nichts Außergewöhnliches wäre, er war schließlich dort aufgewachsen.

»Sie waren das also«, bemerkte er verständnislos. »Demnach kannten Sie also unsere Mutter. Warum haben sie uns nicht angesprochen? Und wieso tun sie das jetzt? Machen Sie ganz zufällig auch Urlaub hier in der Toskana und haben uns wiedererkannt?«

»Nun, so ähnlich«, antwortete der Mann ausweichend.

Und an Klara gewandt: »Könnte ich wohl bitte noch ein Glas Wasser bekommen?«

Klara brachte ihm das Gewünschte und stellte gleich eine volle Karaffe dazu. Der alte Mann trank einen großen Schluck und atmete tief durch.

»Ich kannte die Annerl aus ihrer Wiener Zeit«, begann er. »Ich hab' sie eine Zeitlang regelmäßig in einem Tanzlokal in der Nachbarschaft getroffen. Sie war ein formidables Weibsbild.«

Seine Gesichtszüge verklärten sich zu einem Lächeln. »Schön war sie, und tanzen konnte sie wie eine junge Göttin.«

Ben und Konrad wechselten irritierte Blicke miteinander. Sie waren leicht überfordert von dem unerwarteten Themenwechsel am Tisch. Doch von dem Besucher ging irgendetwas Faszinierendes aus, was sie daran hinderte ihn zu unterbrechen. Er strahlte eine Art von natürlicher Autorität aus. Sie schwiegen und hörten weiter zu.

Pichler goutierte ihre Bereitschaft mit einem dankbaren

Nicken. »Die Anni war für die damalige Zeit für eine Frau erstaunlich frei im Denken. Wir haben manchmal bis in die Nacht hinein philosophiert.«

Er machte eine kurze Pause und schien ganz in der Erinnerung an diese Zeit versunken zu sein. »Wir waren uns sehr nah, auf einer ganz besonderen Ebene. Ich hatte die Anni sehr, sehr gern und sie mich auch. Und wäre ich nicht verheiratet gewesen ...«

Plötzlich schlug sich Konrad mit der Hand an die Stirn. »Pichler!«, rief er aus. »Natürlich! Jetzt weiß ich, woher wir uns kennen! Als ich damals auf der Suche nach meiner Mutter diese Suchanzeige im Internet aufgegeben hatte – das waren Sie, der sich bei mir gemeldet hat? Der Nachbar aus Wien?«

Pichler nickte ergeben. »Ja, das war ich. Und unser Telefonat hat mich ziemlich aufgewühlt. Aber lassen Sie mich bitte von vorne erzählen.«

Er nahm einen weiteren Schluck Wasser und fuhr fort: »Eines Tages ist die Anni einfach nicht mehr in das Tanzlokal gekommen, eine ganze Weile. Und auch auf der Straße hab' ich sie nicht mehr gesehen. Ich hab' mich schon gefragt, ob ihr was passiert ist. Aber ich war verheiratet, hatte eine Familie und vielleicht hab' ich mir auch eingeredet, es wäre besser so. Nach ein paar Monaten hab' ich sie dann ganz unverhofft beim Sonntagsspaziergang im Prater getroffen.«

Die Erinnerung trübte seine Augen. »Sie war in Begleitung und ihr Leib zeigte eindeutig, dass sie guter Hoffnung war. Sie hat mir den Burschen an ihrer Seite als ihren Verlobten vorgestellt.«

»Haben Sie sie denn nicht gefragt, warum sie den Kontakt zu Ihnen einfach abgebrochen hat?«, fragte Klara, ganz in der Geschichte des Alten gefangen.

Er schüttelte nachsichtig den Kopf. »Das waren andere Zeiten, Klara. Sie war verlobt, ich war verheiratet. Da hat man nicht mehr nachgefragt. Außerdem«, sagte er etwas verlegen, »war ich in Begleitung meiner Frau und meiner Kinder. Also haben wir es dabei belassen.«

Er schwieg einen Moment und sein Ausdruck wurde jetzt bedeutsam. »Aber ich hab' sie nie vergessen, immer in meinem Herzen behalten, auch, als sie längst einem anderen gehörte.«

Ben hob fragend die Augenbrauen.

»Sie ist kurz darauf weggezogen mit ihrem Mann und ich habe mein Leben in Wien weitergelebt«, fuhr Pichler fort. »Ich dachte, wir würden uns nie wiedersehen.«

Er zog sein Taschentuch hervor und tupfte sich abermals die Stirn ab.

»Aber im Jahr drauf hab sie dann ganz unerwartet doch noch einmal getroffen. Sie war mit ihrer Familie auf Besuch in Wien. Du«, er blickte Ben fast liebevoll an »warst gerade ein Jahr alt, ein herziger Bub.« Er lachte kurz auf.

»Sie hat dich auf dem Arm gehalten und mir gesagt wie du heißt. Ben. Ein ganz ausgefallener Name war das damals. Das war so typisch für die Anni. Sie war eben nicht für das Gewöhnliche.«

Sein Gesichtsausdruck wurde wieder ernst. »Sie hat nicht viel gesagt. Aber wie sie da stand mit dir und ihrem Ehemann und als ich in deine Augerln g'schaut hab, da wusste ich, dass etwas nicht stimmt.«

Ben spürte ohne es zu wollen, wie sich ihm die Nackenhaare aufstellten.

In Pichlers Augen stiegen Tränen auf. »Du hattest Augen wie Gletschereis. Und deine Gesichtszüge waren so anders als die von der Anni oder ihrem Ehemann ...«

Er atmete schwer.

»›Bitte frag nicht weiter nach.‹, hat sie nur gesagt, als wir kurz allein miteinander waren. Ihren letzten Blick werd' ich nie vergessen. Da war so viel Traurigkeit darin.« Er wischte sich mit dem Taschentuch energisch über die Augen.

Konrad verzog das Gesicht, Klara hielt sich betroffen die Hand vor den Mund und Lucia murmelte »*Porca miseria*«.

»Wie kamen Sie überhaupt dazu, nach so vielen Jahren das Grab unserer Mutter in Mariabrunn zu besuchen, und wieso sind Sie jetzt hier, um uns das alles zu erzählen?«, fragte Ben abrupt. Er wollte die Ahnung, die in ihm waberte wie eine glibberige Qualle, nicht zulassen, wollte der Reihe nach erfahren, was hier vor sich ging und die Oberhand über das Gespräch behalten. Der Mann kam hier an und drohte alles durcheinanderzubringen. Als hätten sie nicht schon genug Probleme ...

»Die Anni und ich hatten eine ganz besondere Verbindung zueinander«, stellte der Alte statt einer Antwort fest. »Aber ihre Entscheidung, ihr Kind in ehelichen Verhältnissen großzuziehen, war richtig.«

»Wollen Sie damit sagen, mein Vater war nur Mittel zum Zweck und nicht mein richtiger Vater?«, schlussfolgerte Ben fassungslos.

Pichler zuckte mit den Schultern. »Sie wollte sicher nur das Beste für dich.« Er nahm sein Glas und trank es in einem Zug leer.

»Ich hab' oft darüber nachgedacht, die Anni mal zu besuchen in ihrer neuen Heimat. Aber ich hab' mich nie gewagt, sie zu kontaktieren.«

Er holte tief Luft. »Ja und dann lese ich eines Tages diese Suchanzeige im Netz. Mein Ältester hatte mir meinen PC neu eingerichtet und ich hab' zum Zeitvertreib in diesen Foren gelesen. Vielleicht sucht ja mal jemand nach mir, hab' ich gedacht. Jedenfalls wusste ich sofort, um wen es geht. Und dass ich dir«, er blickte Konrad an, »unbedingt helfen musste.«

»Bei unserem Telefonat wirkten Sie aber nicht sonderlich emotional involviert«, bemerkte Konrad.

Pichler zuckte mit den Schultern. »Du hast nach deiner Mutter gesucht und ich wusste, wo sie zuletzt gelebt hat. Aber die Information, dass sie damals nicht nur einen, sondern zwei Buben geboren haben soll, war auch für mich neu. Das hat mich ziemlich umgehauen, das dürft ihr mir glauben.«

»Und da haben Sie Konrad einfach nach Mariabrunn fahren lassen und ihm nicht erzählt, was sie über unsere Mutter wussten?«

Ben stand auf und ging aufgewühlt im Raum auf und ab.

Pichler senkte abermals betreten den Kopf. »Ich weiß«, sagte er.

»Aber was hätte ich ihm sagen sollen? Dass ihr Ehemann nicht euer Vater war? Dafür hatte ich keine Beweise. Und ich wollte Konrad nicht überfordern. Außerdem«, er griff sich mit der rechten Hand an die Brust »ich muss ein bisserl aufpassen. Die Pumpe will nicht mehr so. Ich musste das selbst erstmal verdauen, was sie der Anni da im Spital angetan haben.«

Konrad stutzte. »Dann kennen Sie die wahre Geschichte noch gar nicht? Also, wie es tatsächlich zur Trennung von uns beiden kam?«

Pichler schüttelte verständnislos den Kopf.

Konrad fuhr fort: »Nun, zur Zeit unseres Telefonats ging ich ja noch davon aus, dass ich im Rahmen eines illegalen Kinderhandels ohne Wissen unserer Mutter an meine Zieheltern verkauft wurde.«

»Ja, ja, der Babyskandal vom Marienspital, der ja auch in der Zeitung stand. Und so war es nicht?«, fragte Pichler und seine Stimme klang rau.

Ben setzte sich wieder und faltete die Hände auf dem Tisch. »Nein«, nahm er den Faden bedächtig auf, »so war es leider nicht.«

»Leider?«

Pichler geriet zusehends aus der Fassung, er schien zu spüren, dass das, was er jetzt hören sollte, ihm nicht gefallen würde. Seine Hände zitterten. Klara legte ihre Hand beruhigend auf seinen Arm.

»Ja, wie war es denn?«

Ben atmete tief durch und blickte Konrad fragend an. Der nickte ihm aufmunternd zu. Sollte Ben dem herzkranken Mann die Geschichte erzählen, er würde das in seiner sachlichen Art womöglich schonender rüberbringen.

»Also«, begann Ben. »Von vorne: Konrad und ich, wir haben uns erst vor ein paar Monaten kennengelernt. Wir wussten zwar seit einiger Zeit, dass es den anderen gibt, haben es aber leider nicht früher geschafft, einander ausfindig zu machen. Konrad und Klara kennen sich seit einem knappen Jahr. Sie sind sich durch einen unglaublichen Zufall in Heidelberg über den Weg gelaufen. Klara war quasi die Brücke, die uns beide zueinander geführt hat, denn

Klara und ich waren vor vielen Jahren einmal ein Paar, als Mutter noch gelebt hat. Ich war zum Studium nach Heidelberg gegangen.«

Er sprach langsam und sah Pichler forschend ins Gesicht, ob er ihm folgen konnte. Dessen wache blaue Augen sahen ihn aufmerksam an.

Ben sprach weiter: »Konrad und ich, wir haben auf völlig unterschiedlichen Wegen und zu ganz unterschiedlichen Zeiten davon erfahren, dass wir als Zwillinge geboren wurden. Konrads Geschichte kennen Sie ja.«

Pichler nickte. Im Wiener Marienspital, in dem Konrad und Ben geboren wurden, hatten ein paar Ärzte einen illegalen Kinderhandel betrieben, indem sie ahnungslosen jungen Müttern den Tod ihrer Neugeborenen vorgetäuscht und die Kinder verkauft hatten.

»Was ich mit Anfang zwanzig herausgefunden habe und wovon Konrad lange keine Ahnung hatte, war leider menschlich noch erschütternder.«

Ben machte eine Pause. Keiner sagte ein Wort, das einzige Geräusch im Raum war der schwere Atem des alten Mannes.

»Ich mach es kurz: Unsere Mutter war kein Opfer übler Machenschaften. Sie wusste, dass sie Zwillinge zur Welt gebracht hatte und sie hat Konrad ganz freiwillig weggegeben.«

Ben sah, wie Pichlers Augen sich vor Entsetzen weiteten, sein Gesicht wurde kalkweiß. Er sah aus als stünde er kurz vor einem Zusammenbruch. Nicht auszudenken, wenn er hier an ihrem Küchentisch am Ende noch eine Herzattacke bekäme. Pichler fasste sich fahrig an seinen Hemdkragen und lockerte ihn ein wenig. Klara schenkte ihm Wasser nach. Er trank gierig.

»Sie hat das Kind ... ihren eigenen Sohn ... einfach zu fremden Leuten gegeben?«, stammelte er.

Klara stand wortlos auf, holte eine Flasche Grappa, füllte ein Glas und stellte es vor Pichler auf den Tisch.

»Nun, Ihr Annerl war ganz offensichtlich kein Kind von Traurigkeit«, warf Konrad unsensibel ein, wofür er direkt einen tadelnden Blick seines Bruders erntete.

»Was willst du damit sagen?«, fragte Pichler. »Und bitte, hört's auf mit dem ewigen Sie. Ich bin der Johann!«

Damit griff er nach seinem Grappaglas und prostete freudlos in die Runde.

»Was mein Bruder da angedeutet hat, Johann«, ergriff Ben wieder das Wort »soll heißen, dass es unserer Mutter offenbar wichtiger war, ein sorgloses Leben zu führen, als uns beiden eine Mutter zu sein.«

Pichler starrte ihn verständnislos an, offenbar im hilflosen Versuch, das Gehörte einzuordnen.

»Und«, führte Konrad aus, »da mein Ziehvater zwar bereits verheiratet, aber ebenso kinderlos wie finanzkräftig war, war der Deal zu aller Zufriedenheit schnell besiegelt. Es gibt Briefe, die deutlich machen, dass unsere Mutter ohnehin nicht sicher sein konnte, wer der Vater ihrer Kinder war ...«

Pichler wirkte immer verwirrter.

Ben verdeutlichte Konrads Worte noch einmal: »Unsere Mutter hat monatliche Zuwendungen von Konrads Ziehvater erhalten. Und aus einem Briefwechsel zwischen den beiden geht hervor, dass sie nicht ausschließen konnte, dass er unser Vater war.«

Pichler sah ratlos vom einen zum anderen. Er wirkte plötzlich wie ein verletztes Kind. Die Sache, obschon sie so lange zurücklag, schien ihm nahe zu gehen. Sehr nahe. Konrad und Ben schwiegen taktvoll.

»Wo und bei wem bist du aufgewachsen, Konrad?«, fragte Pichler irgendwann in die Stille hinein.

Konrad sah Ben an, der zuckte mit den Achseln.

»Ich weiß nicht, ob das ...«, begann Konrad.

Ben machte ihm ein Zeichen, die ganze Wahrheit zu sagen.

»Es war der Chefarzt vom Marienspital«, spuckte Konrad aus. »Und von dem ganzen dreckigen Geld, das er für die verkauften Kinder gekriegt hat, hat er mich bezahlt. So sieht's mal aus!«

Pichler zuckte zusammen. »Der Alois?«, flüsterte er heiser.

Ben und Konrad wechselten irritierte Blicke. Pichler hatte

Konrads Ziehvater gekannt? Das wurde ja immer schöner. Lucia holte drei weitere Grappagläser. Der Alte holte tief Luft und bekam einen Hustenanfall. Klara tätschelte ihm den Rücken, bis er wieder zu sich kam.

»Der Alois und seine Frau sind jeden Dienstagabend zum Tanzen in unser Lokal gekommen«, erklärte Pichler, als sich sein Atem wieder beruhigt hatte. »Wir waren eine Zeitlang ganz gut miteinander befreundet. Ich hab' schon gemerkt, dass er der Anni schöne Augen gemacht hat, aber dass die beiden tatsächlich …«

Er sank noch etwas mehr in sich zusammen. Plötzlich straffte er sich, als wäre ihm sein Zustand auf einmal unangenehm.

Er räusperte sich und fuhr mit klarer Stimme fort: »Der Alois und die Maria hatten lange keine Kinder. Die Leute haben schon geredet. Ich konnte förmlich zuschauen, wie vor allem die Maria mehr und mehr unter diesem Schicksal in sich zusammengefallen ist. Damals war eine Frau ja einfach keine Frau, wenn sie keine Kinder gebären konnte.«

Er dachte einen Moment nach. »Der Alois war, wie er war. Er hatte seinen Stolz und nach außen konnte er wenig Gefühle zeigen. Aber innerlich hat es ihn fast umgebracht, dass er seiner Frau kein Kind machen konnte.«

Er sah bedeutungsvoll in die Runde.

»Er hat mir einmal bei ein paar Glaserl Wein anvertraut, dass er nicht sicher ausschließen konnte, dass die Ursache bei ihm lag.«

Klara blieb der Mund offenstehen. »Und plötzlich, da haben sie einen kleinen Buben gehabt. Ich hab' nicht weiter nachgefragt. Der Alois ist dann noch ein paarmal allein ins Lokal gekommen und irgendwann gar nicht mehr. Aber dass er und die Anni …«

Er schüttelte den Kopf und sprach nicht weiter.

»Als Primarius eines namhaften Spitals war ihm sicherlich daran gelegen, dass seine Affäre mit unserer Mutter nicht an die Öffentlichkeit kommt«, mutmaßte Konrad. »Da kam ihm diese Lösung wohl sehr gelegen.«

»In doppelter Hinsicht«, ergänzte Ben. »Ein Stammhalter war

geboren und unsere Mutter mit Ben und ihrem Ehemann weit fort.«

Pichler stützte die Stirn in die Hände. »Er hat seiner Frau ein Kind gebracht. Und die Anni konnte auf diese Art sicherstellen, dass es euch beiden gut geht.«

»Was auch immer man darunter versteht«, bemerkte Konrad bitter.

Pichler seufzte und stützte seinen Kopf in die Hände. Nach einer Weile sagte er leise: »Ich könnte mir schon vorstellen, warum die Anni so gehandelt hat.«

Ben und Konrad blickten ihn fragend an. Was kam jetzt noch?

»Nun, zum einen weiß ich, dass sie aus einer extrem bigotten Familie stammte. Das war auch der Grund, warum sie so um ihre Freiheit gekämpft hat. Sie hat ja mit Anfang zwanzig den Kontakt zu ihren Eltern total abgebrochen, hatte immer wieder Phasen von Schwermut. Heute würde man das wohl Depressionen nennen. Ihr ganzes Wesen war sozusagen ein Gegenentwurf zu allem Religiösen.«

Er lachte kurz auf. Ben bemerkte, dass Johann Pichler offenbar mehr über seine Großeltern wusste als er selbst. Seine Mutter hatte sie ihm gegenüber nie erwähnt.

»Deshalb hat sie auch von der Seite nicht auf Hilfe hoffen dürfen, als sie selbst Mutter wurde«, sinnierte Johann weiter. »Und das hätte sie wohl auch gar nicht gewollt. Aber allein mit zwei Kindern? Nicht denkbar zur damaligen Zeit. Und in ihrem seelisch unsoliden Zustand. Vor allem wird sie gewusst haben, dass diejenigen, die am meisten darunter zu leiden hätten«, er deutete erst auf Ben und dann auf Konrad, »die Kinder waren.«

Er schluckte.

»Zum anderen könnte ich mir vorstellen, dass der Alois eure Mutter ziemlich unter Druck gesetzt hat. Die Anni wird schwach gewesen sein in dieser Situation. Und ihm kam ja das Kind ganz recht.«

Konrad schnaubte. »Womöglich hätte er sich sonst eins bei einer anderen Mutter gestohlen.«

Pichler ging nicht darauf ein. »Letztendlich erschien es vermutlich allen Beteiligten als das Beste«, mutmaßte er weiter. »Die Anni war jung, ledig und durch eine Dummheit schwanger mit Zwillingen.« Er lächelte. »Aber sie war kein schlechter Mensch.«

»Und warum hat sie Ben dann behalten?«, fragte Konrad. »Sie hätte uns ja auch beide weggeben können. Wenn sie so *freiheitsliebend* war.«

Das Wort ›freiheitsliebend‹ begleitete er mit in die Luft gehakten Anführungszeichen. Pichler zuckte die Achseln.

»Sie war zwar sehr speziell, aber sie hat sicher auch Muttergefühle entwickelt. Der Alois wird ihr zu ihrem eigenen Besten den Vorschlag gemacht haben, einen Buben anzunehmen. Er wusste, wie man Menschen manipuliert. Wahrscheinlich hat er sie davon überzeugt, dass sie mit zwei Kindern überfordert wäre und dass sie ihrem Kind damit einen Gefallen täte. Und damit auch Ben in geordneten Verhältnissen aufwächst, hat sie noch vor der Geburt geheiratet. Die Tante aus Mariabrunn«, schloss er, »hätte sie unverheiratet mit Kind vermutlich erst gar nicht bei sich aufgenommen. Wo hätte sie dann hinsollen? Wovon leben? Also machte das ja alles einen Sinn.«

In Bens und Konrads Köpfen flackerten die Informationen der letzten halben Stunde hin und her wie Kerzen im Windzug. Nach den Ereignissen der letzten Woche hier im Ferienhaus wirkten Pichlers Neuigkeiten leicht überfordernd auf sie. Gerade noch hatten sie sich Gedanken über ihre Zukunft gemacht, waren drauf und dran Klarheit und wieder geordnete Bahnen zu schaffen, und plötzlich war die Tür aufgegangen und hereinspaziert war ihre älteste Vergangenheit. Der Alte schien mehr über ihre Mutter zu wissen als irgendjemand sonst und es schien so, als schließe sich gerade ein Kreis, von dem sie beide gedacht hatten, dass er unvollendet mit ihrer Mutter ins Grab gegangen wäre.

Pichler erhob sich schwerfällig. Er schien zu spüren, dass es für den Augenblick genug war. Auch für ihn musste das alles recht aufwühlend sein. Schließlich hatte er gerade ein paar ziemlich verwirrende und offensichtlich schmerzhafte Details über seine geliebte Anni und seinen alten Freund Alois erfahren.

»Das sind auch für mich unerwartete Neuigkeiten«, erklärte er. »Ich muss das alles erstmal sacken lassen. Ich will euch jetzt nicht weiter zur Last fallen. Aber ich würde gerne nochmal mit euch reden. Darf ich euch alle heute zum Abendessen einladen?«

Er blickte erwartungsvoll in die Runde.

»Ganz lieben Dank für die Einladung«, meldete sich Lucia als erste zu Wort. »Aber ich denke, das ist eine Familienangelegenheit, bei der ich nichts verloren habe. Ich werde mich heute wieder auf den Weg nach Hause machen. Mein Atelier ruft schon viel zu lange nach mir.«

Sie zwinkerte Johann wohlwollend zu. Der nickte verständnisvoll.

»Ich weiß auch nicht, ob ich ...«, äußerte Klara.

»Du gehörst doch quasi zur Familie«, nahm Johann ihr das Wort aus dem Mund. »Und du kanntest die Anni doch auch, oder? Also, sehen wir uns später?«

***

Als Pichler weg war, saßen die vier noch für einen Moment einigermaßen aufgewühlt am Tisch.

»Unglaublich«, murmelte Konrad. »Ich hätte ja vieles für möglich gehalten, aber dass nun fast am Ende dieser – sagen wir mal, außergewöhnlichen – Ferien auch noch dieser Geist aus einer ganz anderen Ecke unseres Lebens auftaucht, das ist jetzt doch etwas viel.«

»Und wenn er sich die Geschichte nur ausgedacht hat?«, gab Ben zu bedenken.

Irgendetwas in ihm war nach wie vor skeptisch. Er hatte sich sehr gut arrangiert mit seinem Leben und es passte ihm ganz und gar nicht ins Konzept, dass da jetzt erneut etwas hervorgeholt worden war, was er gut verpackt und abgelegt hatte.

»Was sollte er denn davon haben?«, versetzte Klara und schüttelte verständnislos den Kopf. Sie kannte Johann immerhin schon eine halbe Nacht länger als die anderen und hegte ein so unerklärliches wie tiefes Gefühl des Zutrauens zu ihm.

»Wenn es stimmt, was er sagt«, wandte sich Ben nachdenklich an Konrad, »und unsere Mutter wusste, dass mein Vater, also ihr Ehemann, nicht unser Erzeuger war, war es dann automatisch Alois? Obwohl seine Frau nie von ihm schwanger geworden ist?«

Konrad stützte den Kopf in die Hände. »Es könnte natürlich auch noch einen anderen gegeben haben«, murmelte er.

Seine Augen weiteten sich. »Daran haben wir nie gedacht, aber so wie Johann sie beschreibt, könnte unsere Mutter durchaus auch mehr als eine Affäre gehabt haben!«

»Und gleich zwei Vätern Kuckuckseier untergeschoben haben? Ob Pichler noch mehr weiß als er uns gesagt hat?« Ben stützte die Ellbogen auf den Tisch und lehnte sein Kinn auf die Fingerspitzen.

»Vielleicht«, gab Klara zu bedenken »klärt sich ja heute Abend noch etwas mehr. Johann Pichler war vorhin ziemlich erschöpft, aber er könnte euch noch hilfreich sein. Ich habe das Gefühl, eure Mutter hat ihm etwas bedeutet.«

Lucia stand auf und schob ihren Stuhl zurecht. »Ihr Lieben, ich denke, ihr habt einiges zu klären und zu besprechen. Es ist für mich an der Zeit, meine Sachen zu packen.«

Und an Klara gewandt sagte sie: »Um das hier mal abzuschließen: Die gestrige Nacht war für uns beide«, damit deutete sie mit dem Kinn auf Konrad, »bedeutungslos. Was das für dich oder euch beide heißt, klärt ihr besser ohne mich. Die Zeit mit euch war aufschlussreich für mich und auch ich muss mir jetzt über einige Dinge klarwerden.«

Sie schenkte Ben einen tiefen Blick. »Es wäre schön, wenn wir noch ein paar Worte unter vier Augen wechseln könnten bevor ich fahre. Falls das unter den gegebenen Umständen möglich ist.«

Ben nickte abwesend und folgte ihr nach oben.

Konrad und Klara blieben allein zurück. Konrad blickte Klara an. Er stellte verwundert fest, dass Johann Pichlers Erscheinen seinen Groll auf sie komplett weggeblasen hatte. Er nahm ihre Hand, sie zog sie zurück. In ihrem Blick lag eine unendliche Enttäuschung und Verletzung.

»Weißt du«, begann sie, »ich habe kein Recht dir vorzuschreiben, mit wem du ... dich amüsierst. Meine Reaktion gestern Abend ... Ich war mit Ben unterwegs, du warst zu Recht sauer auf mich. Ich habe dich so oft enttäuscht. Ben hat mir erzählt, dass er noch Gefühle für Lucia hat, und als ich euch da miteinander im Bett gesehen habe ... Also, ich hatte das Gefühl, du könntest das getan haben, weil ich nicht aufrichtig genug war, dir nicht gezeigt habe, was du mir ... Vielleicht wusste ich das auch selber nicht.«

Sie starrte auf die Tischkante. »Jedenfalls hatte ich das Gefühl, mal wieder alles kaputt gemacht und dich sozusagen in Lucias Arme getrieben zu haben.«

Sie hob ihren Blick und schaute Konrad in die Augen. »Ich denke das, weil ich weiß, dass du nicht leichtfertig mit der Exfrau deines Bruders schlafen würdest. Ich wollte einmal etwas richtig machen, zu meinen Gefühlen stehen, Ben wollte nochmal auf Lucia zugehen und dann ...«

»Pass auf, Klara«, unterbrach Konrad mit abwehrend erhobenen Händen ihren Redeschwall. »Eins nach dem anderen. Das ist mir gerade alles entschieden zu chaotisch. Johann Pichler hat gerade einiges hier hereingeblasen, was Ben und ich eigentlich als abgehakt betrachtet hatten. Ich weiß im Augenblick überhaupt nicht, was ich denken soll und ich brauche erstmal eine Kippe und ein wenig Luft. Sei mir nicht böse, lass uns später reden, okay?«

Er stand auf, griff nach seinem Tabakpäckchen und zog sich auf die Terrasse zurück.

Klara blickte ihm nachdenklich hinterher. Vermutlich war es nicht der richtige Zeitpunkt gewesen, jetzt auch noch von ihren Gefühlen anzufangen. Konrad war gerade aus dem Nichts wieder mit dem Vaterthema konfrontiert worden, er war durcheinander.

Sie kam sich töricht vor. Sollte sie ihm nachgehen? Sie sah an sich herunter und stellte fest, dass sie noch immer im Jogginganzug dasaß, den sie sich heute morgen auf die Schnelle und nur für einen Kaffee und eine Kopfschmerztablette übergezogen hatte. Sie sollte sich erstmal duschen und etwas Ordentliches anziehen und dann sehen, was der Tag bringen würde.

***

Konrad stand auf der Terrasse, rauchte und versuchte sich zu sortieren. In seinem Hirn schwirrten tausend Gedanken. Lucia, Klara, Johann, sein Ziehvater, die Mutter, die er nie gekannt hatte. Wo sollte er anfangen? Dass er Klara gerade so rüde abgewimmelt hatte, tat ihm zwar leid, aber es war einfach nicht der Moment für dieses Thema. Er war ihr ganz dankbar dafür, dass sie ihn kommentarlos in Ruhe ließ und hoffte, sie würde ihn verstehen. Es hatte schließlich keiner ahnen können, wie sich der junge Tag mit dem Erscheinen dieses Herrn Pichler wenden würde. Er nahm einen tiefen Zug und blies den Rauch langsam aus. Vor nicht allzu langer Zeit hatte er mit Ben zusammen die Gräber der infrage kommenden Väter besucht und eigentlich geglaubt, dass einer davon ihr leiblicher gewesen sein würde. Und sie hatten ihren Frieden damit gemacht. Er ging ein paar Schritte hin und zurück. Es war viele Jahre lang extrem kompliziert gewesen und anstrengend, sich mit den verschiedenen Informationen über seine und Bens Abstammung auseinanderzusetzen. Und eigentlich hatte er gedacht, er wäre endgültig durch damit. Er war fast fünfzig, er brauchte jetzt keinen Vater mehr, und doch spürte er, wie sich tief in ihm drin etwas regte, das man am ehesten mit Sehnsucht bezeichnen könnte. Wusste Pichler etwas, hatte er andere infrage kommende Kandidaten gekannt? Er würde jetzt gerne mit Ben reden, doch der war mit seiner Ex beschäftigt. Konrad nahm noch einen letzten Zug und drückte die Zigarette aus. Es war vermutlich ganz gut, dass diese *femme fatale* sie heute verlassen würde.

***

Vor dem Abendessen ergab sich keine Gelegenheit mehr, irgendetwas miteinander zu besprechen. Ben brachte Lucia mit seinem Wagen nach Hause, was allein den halben Tag beanspruchte. Klara hatte sich entschieden, Konrad seine Zeit zu lassen und war zu einem ausgedehnten Spaziergang aufgebrochen, von dem sie erst am Nachmittag wieder zurückkam. Und Konrad war allein im Ferienhaus geblieben. Seine Gesellschaft waren seine Gedanken und die waren zahlreich vertreten.

Die drei Verbliebenen trafen erst am frühen Abend wieder aufeinander, um sich für das Dinner mit Johann Pichler fertig zu machen. Die Neugier hatte sie zur Zusage getrieben, obschon sowohl Ben als auch Konrad mit einer gehörigen Portion Skepsis bei der Sache waren.

Für seine Einladung hatte sich Pichler ein reizendes kleines *ristorante* ausgesucht, das selbst Ben bisher unbekannt gewesen war. Sie mussten etwa zwanzig Minuten mit dem Auto durch die Hügellandschaft fahren, bis der Weg in eine lange Zypressenallee überging, an deren Ende ihr Ziel lag: Ein wunderschönes altes toskanisches Bauernhaus, das liebevoll zum Gasthaus restauriert worden war. Die Außenmauer war unverputzt und naturbelassen, ihr sandfarbener Stein wurde geschmackvoll durch moderne Glaselemente unterbrochen. Vor dem Haus lag ein kleiner Parkplatz, der mit riesigen Terrakottakübeln mit Oliven- und Zitronenbäumchen und zahlreichen Steinskulpturen dekoriert war. Vor der Eingangstür wiesen zwei flackernde Windlichter den Besuchern den Weg. Das wie in die Landschaft hineingemalte Anwesen war in seiner Schlichtheit so geschmackvoll wie einladend.

Pichler erwartete die drei schon an einem runden Tisch in der Ecke des etwas überladenen Gastraums. Für italienische Verhältnisse war es noch früh am Abend, sie waren die ersten Gäste. Sichtlich nervös stand Pichler auf, deutete vor Ben und Konrad eine kleine Verbeugung und bei Klara einen Handkuss an und rückte ihr anschließend ein wenig umständlich den Stuhl zurecht. Auch er hatte sich umgezogen und trug jetzt einen Anzug aus dunkelblauer Schurwolle, einen Seidenschal im Hemdkragen und ein dazu passendes Einstecktuch.

Klara war entzückt. Sowohl von Johann Pichler, der sich sichtlich Mühe gegeben hatte, als auch von dem Ambiente, das sich ihr hinter diesen alten Mauern bot. Ganz im Gegensatz zu der dezenten Geradlinigkeit des Äußeren war hier im Innern jeder Winkel großzügig mit Blumen, modernen Kunstobjekten und opulenten Kerzenständern geschmückt. Die Tische waren mit gestärkten Leinentischdecken eingedeckt, darauf warteten alle Arten von Weingläsern, mehrere Bestecke und zum Schwan geformte Stoffservietten auf ihre Benutzung. In der Mitte jedes Tisches thronte eine zylindrische Glasvase mit einem wunderschön arrangierten Gesteck aus weißen Callas und roten Rosen.

Auf einen Wink Pichlers eilte ein Kellner herbei und brachte eine Flasche Schaumwein sowie vier Champagnergläser auf einem Silbertablett. Er schenkte die vier Gläser jeweils halbvoll und reichte sie den Gästen. Die Flasche stellte er anschließend in einen auf einem Seitentischchen dafür bereitstehenden Eiskübel. Pichler, der darauf bestand, Johann genannt zu werden, hob sein Glas und sah bedeutungsvoll in die Runde.

»Ben, Konrad, Klara«, begann er, jedem einzelnen zunickend. »Nach meinem unangekündigten und womöglich etwas unhöflichen Besuch heute morgen freue ich mich besonders, dass ihr meiner Einladung gefolgt seid und wir uns heute Abend ein bisserl kennenlernen können.«

Er blickte Ben und Konrad an: »Ich hoffe, ihr seht das ebenso.«

Ben und Konrad lächelten verbindlich und bedankten sich etwas steif für die freundliche Einladung.

Johann hielt sein Glas in die Mitte, seine Hand zitterte leicht. »Jetzt lasst uns erstmal anstoßen auf einen schönen Abend!«

Klara fragte sich für einen Moment, ob sie nicht doch hätte

zuhause bleiben sollen. Sie war schon lange nicht mehr Bens Verlobte und wo ihre Beziehung zu Konrad hinführen würde, wusste sie derzeit nicht. Möglicherweise würde sie ganz bald mit beiden nichts mehr zu tun haben und doch nahm sie an dieser ungewöhnlichen Zusammenkunft teil, bei dem die intimste Vergangenheit der Brüder berührt wurde.

Als sie mit Johann Pichler anstieß, zwinkerte er ihr vertraulich und leicht verunsichert zu. Womöglich war es ihm ganz recht, in dieser durchaus eigenwilligen Situation eine weibliche Außenstehende und – wenn auch erst seit Kurzem – Vertraute an seiner Seite zu haben. Notfalls wäre es vermutlich die ihr zugedachte Rolle, die Stimmung etwas aufzulockern, falls sie zu kippen drohte.

Ben und Konrad verhielten sich zurückhaltend und abwartend und noch war nicht klar, wie groß ihr Interesse an unverhofften neuen Wahrheiten war.

Der Kellner brachte Brot, gesalzene Butter und Olivenöl vom hauseigenen Hain und fragte, ob er nach dem Aperitif schon etwas anderes zu trinken bringen dürfe. Johann bestellte zwei Flaschen Wasser und die Weinkarte. Ein anderer Kellner schob geflissentlich die Speisekarte herbei, die aus einer großen, mit Kreide beschrifteten und auf einem Rollgestell befindlichen Schiefertafel bestand.

»Dann wollen wir uns mal was Schönes aussuchen«, ergriff Johann wieder das Wort, nachdem sich alle an dem Brot bedient und damit begonnen hatten, die Tafel zu studieren. Er hatte als einziger noch nichts gegessen und vom Schaumwein hatte er nur genippt. »Die Küche hier ist ganz exzellent.«

Ben und Konrad beschäftigten sich angelegentlich mit der Auswahl ihrer Vor- und Hauptspeisen, während Klara Johann überschwänglich für die wunderbare Wahl des Speiselokals lobte.

Der Kellner brachte vier kleine Teller, die er als *piccolo stuzzichino* – kleinen Appetitanreger – vorstellte: Darauf lag jeweils eine winzige Raute aus Polenta, die gekrönt war von einem noch winzigeren Stück marinierter und gegrillter Paprika, umgeben von einem undefinierbaren Schaum. Die vier gaben ihre Bestellungen auf und Johann orderte unter Zustimmung aller einen 2013er *Amarone*.

Ben war der erste der Brüder, der zur Sache kam und das Wort ergriff. Er schluckte den überaus köstlichen Appetithappen herunter, spülte mit einem Schluck Wasser nach und tupfte sich mit der Serviette den Mund ab.

»Dein Erscheinen heute im Haus war in der Tat – überraschend«, wandte er sich an Johann. »Ich hatte auf der Rückfahrt von Lucias Wohnung etwas Zeit, mir ein paar Gedanken darüber zu machen und muss gestehen, ich bin ziemlich durcheinander.«

Johann nickte. »Verständlich. Und darf ich dir was sagen? Ich auch.«

Er zwinkerte ihm zu, doch Ben blieb ernst. »Was ich mich die ganze Zeit frage: Es kann doch nicht wirklich ein Zufall sein, dass wir uns hier begegnen. Das Weingut meiner ehemaligen Schwiegereltern ist doch ziemlich abgelegen und meines Wissens ist die nächste Herberge ein paar Kilometer weit entfernt. Du bist nicht mehr allzu gut zu Fuß, wenn ich mir die Bemerkung erlauben darf, und da solltest du ausgerechnet in unserem Weinberg umherspazieren und uns zufällig als die beiden erkennen, die du vor ein paar Monaten auf dem Mariabrunner Friedhof für zwei Sekunden wahrgenommen hast?«

Er legte ungläubig den Kopf schief.

Klara konnte kleine Schweißperlen auf Johanns Stirn erkennen.

Der faltete bedächtig seine Serviette und legte sie neben seinen Teller. Er wollte gerade den Mund aufmachen, als sie abermals von Kellner Nummer eins, offenbar dem Sommelier des Hauses, unterbrochen wurden. Er brachte die gewünschte Weinflasche an den Tisch. Nachdem er ihnen ausgiebig über den Wein, den Jahrgang und das Anbaugebiet erzählt hatte, öffnete er die Flasche routiniert, roch kurz am Korken und ließ mit einer geübten Handbewegung eine kleine Menge davon in Johanns Glas rinnen. Der gab das Glas an Ben weiter und bat ihn, an seiner statt die Kostprobe zu machen. Ben nahm das Glas, schwenkte den Wein ein paarmal darin hin- und her, atmete seinen Duft ein und nahm anschließend einen Schluck davon in den Mund, wo er ihn für einige Sekunden auf seine Geschmacksknospen wirken ließ. Mit einem erfreuten Nicken gab er dem Kellner zu verstehen, dass der Wein mundete und er allen einschenken dürfe. Johann bedeutete mit einer Handbewegung, dass er nur eine kleine Menge davon wünsche.

Als der Sommelier sich entfernt hatte, erschien unmittelbar Kellner Nummer zwei, fragte nach, ob man das Essen gewählt habe und nahm die Bestellung auf. Die leeren Vorspeisenteller nahm er mit.

Als sie endlich allein am Tisch saßen, hob Johann sein Glas und prostete in die Runde, wobei er wieder nur an dem Getränk nippte. Nachdem er sich den Mund abgetupft hatte, blickte er Ben und Konrad an.

»Jetzt ist wohl die Stunde der Wahrheit gekommen«, verkündete er und seine Stimme klang etwas unsicher. Seine Hände umfassten die Serviette, im vergeblichen Versuch, ihr Zittern zu verbergen. »Ich werde euch erzählen, wie es sich zuträgt, dass ich in diesem wunderschönen Winkel der Toskana aufgeschlagen bin und warum wir heute hier beisammensitzen.«

Ben biss in ein Stück Brot. Der Abend versprach allmählich interessant zu werden.

»Zunächst möchte ich vorausschicken«, fuhr Johann fort, »wie wunderbar es für mich ist, dass ich euch heute endlich kennenlernen durfte.«

Bens und Konrads Blicke trafen sich für einen kurzen Moment. Was meinte er damit?

»Als ich euch beide auf dem Friedhof gesehen habe, da hab' ich mir sofort gedacht, dass ihr der Anni ihre Zwillinge sein müsst. Ihr habt es nicht bemerkt, aber ich hab' mich nochmal umgedreht und gesehen, wie ihr an ihr Grab gegangen seid und da war ich mir dann ganz sicher.«

»Und warum hast du uns da nicht einfach angesprochen?«, wollte Konrad wissen.

Johann hob die Hand. »Lasst mich bitte von vorne erzählen, sonst verlier' ich den Faden.«

Konrad nickte ergeben und griff sich ebenfalls noch ein Stück Brot.

»Ihr habt es vielleicht schon gemerkt, dass mir die Anni nicht ganz gleichgültig war.«

Klara lächelte wissend.

»Um ehrlich zu sein hätt' ich sie am liebsten vom Fleck weg geheiratet und wär mit ihr auf und davon. Aber erstens hatte ich zu der Zeit schon meine Frau und zwei Söhne und damit Verantwortung. Und zweitens ... wie soll ich sagen ... ich war mir auch nie ganz sicher, ob die Anni mich genauso gern hatte wie ich sie.«

Er nippte an seinem Wasser.

»Jedenfalls hat es mich ziemlich überrascht, als sie so plötzlich verlobt war. Sie war eigentlich nicht der Typ fürs Heiraten. Aber in ihrem Zustand war das wohl vernünftig.« Er deutete mit der Hand einen runden Bauch an.

»Ich hab' euch ja schon erzählt, dass wir uns aus den Augen verloren haben, jeder hatte sein eigenes Leben. Wir sind uns dann noch dieses eine Mal begegnet, bei ihrer Kurzvisite in Wien. Und, wie soll ich sagen ...«, er zögerte einen Moment, es fiel ihm sichtlich schwer, die richtigen Worte zu finden.

Die beiden Kellner unterbrachen ihn, indem sie die Vorspeisen auftischten. Ben und Konrad hatten sich für kaltwarme Antipasti nach Art des Hauses entschieden, Klara für einen Salat mit Entenleber. Johann Pichler hatte auf die Vorspeise verzichtet mit der Erklärung, er könne nicht mehr so viel essen, aber seine Gäste dazu gedrängt, sich auf keinen Fall zurückzuhalten.

Nachdem er ihnen einen guten Appetit gewünscht hatte, und die anderen bedächtig zu essen begannen, sprach er weiter: »Dieses letzte Treffen mit der Anni in Wien, ihr Blick, das hat mich nicht mehr losgelassen.«

Den muss es ja damals ganz schön erwischt haben, dachte Klara, während sie sich eine Gabel Salat in den Mund schob.

»Einmal, das war etwa drei Jahre später, da musste ich beruflich für eine Woche nach Salzburg. Da bin ich ihr nochmal begegnet.«

Den letzten Satz sprach er leise aus, fast ehrfürchtig.

Ben blickte von seinem Teller auf und schaute ihn fragend an. Mariabrunn war nicht weit von Salzburg entfernt und seine Mutter hatte des Öfteren Ausflüge in die Stadt unternommen. »War das geplant?«, wollte er wissen.

»Nein, nein«, beeilte sich Pichler zu sagen. »Ich hätte ihr Leben – euer Leben – niemals gestört. Es war vermutlich Schicksal.«

Er wirkte für einen Moment abgelenkt, in sich versunken, ganz in der Welt seiner Erinnerungen. Fast tat er Klara ein bisschen leid. Bens und Konrads Mutter schien eine große Liebe von ihm gewesen zu sein. Aber als verheirateter Mann und Familienvater musste er sie eben ziehen lassen. Sie seufzte leise. Die Geschichte klang romantisch. Aber Johann Pichler wirkte bodenständig, ehrlich und aufrichtig. Er wäre an Anni vermutlich ebenso gescheitert wie jeder, der ihr zu nahekam.

Sie schielte zu Konrad, der sich ungerührt den Rest seiner Vorspeise schmecken ließ.

»Habt ihr bei eurer Begegnung in Salzburg miteinander gesprochen?«, wollte Klara wissen. Sie war gespannt auf den Fortgang der Geschichte. Johanns Finger krampften sich wieder um die Serviette.

»Das mussten wir nicht«, sagte er.

Kellner Nummer zwei trat an den Tisch und räumte mit der Frage, ob alles gemundet habe, die leeren Teller weg. Unmittelbar darauf kam Kellner Nummer eins und nahm auch den Brotkorb, Butter und Öl sowie die kleinen Brottellerchen mit. Kaum war er auf dem Weg, stand Kellner Nummer zwei wieder da und machte sich mit einem gebogenen Metallstab und geübten Handbewegungen daran, die Tischdecke von den Brotkrümeln zu befreien. Klara staunte im Stillen.

»Wie ging es euch eigentlich in Mariabrunn?«, wandte sich Johann an Ben. »Ich meine, wie ging es dir bei deiner Tante?«

Ben schaute ihn etwas überrascht an. Er hatte den Eindruck gehabt, dass Johann ihnen noch etwas über ihre Mutter zu erzählen hatte. Was interessierte ihn jetzt Tante Maridl?

»Nun«, begann er, »da gibt es nicht allzu viel zu erzählen. Meine Tante ist leider verstorben, als ich knapp vier war und dann war ich mit meinen Eltern allein. Meine Mutter«, dabei zog er die Augenbrauen hoch »war ziemlich häufig in Salzburg, ich habe keine Ahnung, was sie dort getrieben hat. Papa hat sich viel um mich gekümmert.«

»Als ich sie gesehen hab', warst du dabei«, warf Johann ein.

»Das dürfte eine der rühmlichen Ausnahmen gewesen sein.« Bens Stimme klang bitter. »Aber – *tempi passati*, vergangene Zeiten. Im Großen und Ganzen war es schön für mich, auf dem Land aufzuwachsen. Nur dass Papa so früh starb, das war weniger schön. Danach hat mich nichts mehr dort gehalten.«

»Das klingt nicht so, als hättest du viel von deiner Mutter gehabt«, bemerkte Johann traurig. »Woran ist dein Vater gestorben?«

»Herzinfarkt«, antwortete Ben knapp. Er hatte keine Lust, mit Johann über seinen Vater zu sprechen. »Aber Mutter«, fügte er hinzu »war nicht lang allein. Sie ist dann mit ihrem letzten Lebensgefährten auf die Kanaren ausgewandert. Vielleicht konnte sie dort endlich das Leben führen, das zu ihr gepasst hat.«

»Woher wusstest du eigentlich, dass sie in Mariabrunn begraben ist?«, fragte Konrad Johann unvermittelt.

»Unser Telefonat«, begann Johann und nippte wieder an seinem Wasser, »hat einiges in mir aufgewühlt. Ich habe recherchiert. Und es gab noch ein paar Leute in Wien, die Kontakt zu ihr gehalten hatten.«

»Männer?«, fragte Konrad und sein Tonfall klang abfällig.

Johann antwortete nicht.

Wieder erschienen die Kellner auf dem Plan, diesmal beide gleichzeitig. Sie trugen jeder zwei große, von silbernen Speiseglocken gekrönte Teller herbei, welche sie elegant servierten und nach einem kurzen Blickkontakt miteinander gleichzeitig von den Glocken befreiten. Nachdem sie den kurzen Moment des Entzückens über die kunstvoll arrangierten Speisen abgewartet und einen guten Appetit gewünscht hatten, zogen sie sich dezent wieder zurück. Ben, Konrad, Klara und Johann begannen zu essen.

Es war das erste, was Johann an diesem Abend zu sich nahm. Klara fiel auf, dass er sich mit dem Wein, von welchem Kellner Nummer eins mittlerweile die zweite Flasche geöffnet hatte, lediglich die Lippen benetzt hatte. Seine Gesichtshaut war fahl, fast gräulich, seine Hände zitterten immer wieder.

Johann legte, nachdem er etwa die Hälfte seiner Portion verspeist hatte, die Serviette neben seinen Teller und legte bedächtig die Hände ineinander. ›Genau wie Konrad damals auf der Bank am Neckar‹, fuhr es Klara durch den Kopf.

»Jetzt mal Butter bei die Fische«, tönte Ben plötzlich.

Johann blickte etwas erschreckt auf.

»Wie hast du uns hier gefunden in der toskanischen Walachei?«

Pichlers Hände krampften sich ineinander.

»Darf ich euch erst einmal erzählen, *warum* ich euch hier finden wollte?«

Ben nickte gnädig.

»Also, die kurze Begegnung in Salzburg war wirklich das letzte Mal, wo ich die Anni gesehen hab.« Ein Schleier zog sich über seine Augen. »Ich hatte eine Familie, Anni hatte die ihre, es war gut so, wie es war. Als wir«, er blickte Konrad an »dann Jahre später telefoniert haben, war ich gerade in einer ziemlich angeschlagenen Verfassung. Meine Frau war kurz zuvor verstorben, ich war noch nicht lange Witwer. Ich hatte sie jahrelang gepflegt und die Kinder hatten sehr unter der ganzen Situation gelitten.«

»Schon gut«, meinte Konrad. »Du hast mir ja weitergeholfen und ich habe die Spur meiner Eltern gefunden.«

Johanns Hände krampften sich noch immer in die Serviette, als könne er in ihr einen Halt finden. »Du hast die Spur deiner *Mutter* gefunden«, berichtigte er mit einer merkwürdigen Betonung auf dem Wort *Mutter.* »Aber ihr wisst nach wie vor nicht, wer euer leiblicher Vater war, richtig?«

Ben und Konrad nickten und wechselten kurz die Blicke. Jetzt wurde es spannend. Konnte Johann ihnen am Ende einen Hinweis auf ihren Vater geben? Hatte ihre Mutter doch gewusst, welcher der Kandidaten der leibliche war? Klara fühlte einen leichten Schauer über ihren Rücken rieseln.

»Die Anni und ich«, begann Johann mit heiserer Stimme, »wir sind uns ein einziges Mal nähergekommen.« Er senkte unruhig den Blick und schwenkte den Kopf hin und her, als suche er irgendwo in den Tiefen der Tischwäsche einen Anker. »Als ich ihr in Salzburg begegnet bin mit Ben an der Hand, da musste sie nichts mehr sagen.«

Und ganz leise fügte er hinzu: »Die Augen – ich hab' es bei unserer vorletzten Begegnung in Wien schon geahnt, aber jetzt war ich mir vollkommen sicher. Ich hab' die Anni nur angeschaut, und sie konnte es nicht mehr leugnen.«

Er blickte auf mit seinen hellen, klaren Augen, die in solch bemerkenswertem Kontrast standen zu der aschfahlen, faltigen Haut und sprach aus, was allen am Tisch in diesem Moment klar wurde: »Ich bin euer Vater.«

Die Kellner traten auf und entführten ihnen die leergegessenen Teller. Sie fragten, ob das Essen den Ansprüchen gerecht worden sei und ob *caffè*, Grappa oder ein *dolce* gewünscht sei und zogen sich ohne eine Antwort erhalten zu haben zurück.

Klara blickte Johann von der Seite an. Wenn sie ihn so betrachtete, die große, hagere Statur, die Haltung seiner Hände und diese stechenden hellblauen Augen – es gab gar keinen Zweifel: Neben ihr saß der leibliche Vater von Konrad und Ben. Es fühlte sich an wie ein Déjà-vu. Vor nicht ganz einem Jahr hatte Bens Bruder genauso neben ihr gesessen, und sie hatte nur gespürt, aber erst viel später realisiert, wer er war. Hätte sie es gestern Nacht im Weinberg nicht schon sehen müssen? Sie verwarf diesen Gedanken. Sie war in einem Ausnahmezustand gewesen. Und wie um alles in der Welt hätte sie von einem alten Mann, der sich mitten in Italien zu ihr auf diesen Stein setze, denken sollen, dass er der Vater der Brüder war. Sie schüttelte den Kopf. Es war absurd. Mehr als zwanzig Jahre lang hatte sie sich gut eingerichtet in ihrer Einsamkeit, und sie hatte Ben und damit jede Idee von Liebe oder Beziehung weitestgehend aus ihren Gedanken verdrängt. Und dann saßen innerhalb eines Jahres erst sein Bruder, dann er selbst und schließlich auch noch sein leiblicher Vater neben ihr.

Sie schaute über den Tisch. Wie mochte es Ben und Konrad mit dieser Nachricht gehen? Auch für sie hatte sich die Welt im letzten Jahr um hundertachtzig Grad gedreht. Die Frage nach ihren Wurzeln hatte sie jahrelang immer wieder zu neuen Antworten geführt und zuletzt hatten sie sich damit zufriedengegeben, dass einer der Männer, bei denen sie aufgewachsen waren, ihr biologischer Vater gewesen sein würde. Und nun das. Also hatte Anni am Ende tatsächlich beiden Vätern Kuckuckskinder untergeschoben.

Ben winkte einen der Kellner herbei und bestellte Grappa für alle. Johann lehnte mit einer Handbewegung ab.

»Du bist unser leiblicher Vater?«, wiederholt er Johanns letzten Satz, als müsse er die Neuigkeit erstmal in sein Bewusstsein vorlassen. Er hätte mit allem gerechnet, aber nicht damit. Dass Johann etwas wusste, dass er ihnen einen Hinweis geben oder mehr über die Hintergründe ihrer Entstehung sagen konnte, das hatte sich in den letzten Stunden abgezeichnet. Aber dass mit ihm ihr leiblicher Vater hier am Tisch saß, höchstlebendig und völlig unverhofft nach beinahe fünfzig Jahren, das musste erst einmal sacken. Konrad und er hatten an den Gräbern ihrer Eltern gestanden diesen Sommer, sie hatten sich mit der Unklarheit abgefunden und sich auf ihr großes Glück berufen, immerhin einander gefunden zu haben. Sie wussten, dass nur eine Exhumierung Aufschluss gegeben hätte und hatten sich dagegen entschieden, weil sie es vielleicht auch gar nicht mehr so genau wissen wollten. War ein Vater nicht derjenige, der ein Kind aufzog und es ins Leben begleitete, ganz unabhängig vom Erzeuger?

Er selbst hatte dabei mehr Glück gehabt als Konrad, aber was hätte es geändert, wenn sie die Wahrheit gewusst hätten? Es war die Entscheidung ihrer Mutter gewesen und die Zeit ließ sich ohnehin nicht zurückdrehen.

Konrad betrachtete Johann. Er sah dieselbe Figur, dieselben Hände und dieselbe Augenfarbe wie bei sich selbst und seinem Bruder. Die Nase war etwas größer und auch die Form der Augen war anders. Aber Johann war ja auch wesentlich älter und im Gesicht bereits etwas eingefallen. Er stellte sich seinen Vater vor und auch Bens Vater, den er ihm auf Fotos gezeigt hatte. Sein eigener Vater war kleiner gewesen als er und kompakter gebaut, keiner in seiner Familie hatte blaue Augen gehabt. Als er ein Kind war, hatte man ihm die mangelnde Ähnlichkeit immer ausweichend mit irgendwelchen Großeltern erklärt, deren Gene wohl durchgeschlagen seien. Er hatte immer das Gefühl gehabt, dass etwas nicht stimmte. Und Bens Vater hatte dunkelblondes Haar gehabt und eher rundliche Gesichtszüge. Wenn man sich Johann hingegen ansah, musste man sich eigentlich fragen, warum sie es nicht gleich bemerkt hatten. Vermutlich weil man nicht merkte, was außerhalb des Vorstellbaren lag.

Ben fand als erster seine Sprache wieder: »Wie hast du uns hier gefunden und warum … genau jetzt?«

Johann nahm sein Wasserglas, sah, dass es leer war und stellte es wieder ab. Klara gab dem Kellner ein Zeichen, kurz darauf stand eine neue Flasche Wasser auf dem Tisch.

»Als ich euch auf dem Friedhof gesehen habe, wusste ich, dass ich nicht länger schweigen wollte. Ihr seid erwachsen, meine anderen Kinder sind es auch und ich muss auf niemanden mehr Rücksicht nehmen. Ich hatte allerdings nicht den Mut, euch direkt an Ort und Stelle anzusprechen. Mein Besuch auf dem Friedhof …«, er machte eine kleine Pause »war ein Abschiedsbesuch. Ich wollte der Anni noch einmal die Ehre erweisen, denn ein weiteres Mal werde ich es wohl nicht nach Mariabrunn schaffen.«

Klara blickte ihn erschrocken an.

Johann bemerkte ihren Blick. »Vielleicht ist es euch schon aufgefallen, dass es mit meiner Gesundheit nicht zum Besten steht«, fuhr er fort. »Ich weiß nicht, wie lange ich überhaupt noch imstande sein werde, so weite Reisen zu machen. Und deshalb wollte ich es einfach nicht länger aufschieben. Ich habe euch beobachtet und mir deine«, er wandte sich an Ben, »Autonummer notiert. So war es nicht allzu schwer, deine Adresse in Verona ausfindig zu machen.«

Er grinste verschmitzt. Er hatte den beiden aufgeregt wie ein Schulbub hinter der Friedhofsmauer aufgelauert und war ihnen auf dem Weg zu ihrem Auto mit klopfendem Herzen nachgeschlichen, um sich die Autonummer zu notieren. Zurück in Wien hatte er einen alten Freund um Hilfe gebeten, der lange bei der Bundespolizei gewesen war, und der hatte ihm unter dem Versprechen der Diskretion den Gefallen getan, die Adresse des Halters zu ermitteln.

»Ich musste zuhause noch ein paar Dinge regeln, deshalb bin ich nicht sofort losgefahren«, fuhr Johann fort. »Ein vorheriger Anruf oder ein Brief erschien mir aber unpassend.«

Konrad nickte. Er konnte Johann in diesem Punkt sehr gut verstehen. Auch er war seinerzeit einfach von Heidelberg nach Verona gefahren ohne zu wissen, ob er Ben dort auch wirklich antreffen würde. Es wäre für ihn schlichtweg nicht möglich gewesen, diesen Moment durch ein Telefonat oder sonst etwas anzukündigen.

»Als ich dann vor deiner Tür stand, das war schon ein ganz besonderer Moment.«

Auch dieses Gefühl konnte Konrad voll und ganz nachempfinden.

»Als die Tür geöffnet wurde, stand eine resolute Italienerin vor mir und sah mich mit einer merkwürdigen Mischung aus Misstrauen und Interesse an.«

»Concetta«, murmelte Ben. Seine Haushälterin sah auch in seiner Abwesenheit nach Haus und Garten und er war überzeugt davon, dass sie sich öfter als nötig dort aufhielt.

»Ich bin mir nicht sicher, ob es mein vertrauenswürdiges Äußeres war oder die Tatsache, dass wir uns ähneln. Jedenfalls habe ich sie dazu gebracht, mir eure Adresse hier zu nennen.« Er lächelte. »Selbstverständlich habe ich ihr meinen Personalausweis vorgelegt und noch etwas, was sie schließlich überzeugt hat.«

Ben, Konrad und Klara blickten ihn fragend an.

»Ich hatte die Hoffnung, dass sie unter Bens Fotos schon irgendwann einmal eines seiner Mutter gesehen hat.«

Er zog ein altes, vergilbtes Foto aus seiner Jackentasche und legte es auf den Tisch. Es zeigte Anni und ihn an einem Tisch in einem Lokal. Vor ihnen standen Weingläser, im Hintergrund war ein Geiger zu sehen. Anni war blutjung, gerade mal Anfang zwanzig, er sicher zehn Jahre älter als sie. Er hatte den Arm um sie gelegt und sie lächelte selbstbewusst in die Kamera.

»Das Foto wurde in unserem Tanzlokal aufgenommen. Meine einzige Erinnerung an die Annerl. Ich hab' es immer aufbewahrt.«

»Und dann hast du dir hier in der Nähe ein Zimmer genommen und uns erstmal tagelang aus der Ferne beobachtet?«, fragte Klara nach einer Weile.

»Nicht tagelang«, versetzte Johann. »Aber ich musste mich erstmal akklimatisieren.«

Als Ben fragend die Augenbrauen hochzog, erklärte er: »Meine Gesundheit wie gesagt, die lange Reise hat mir etwas zugesetzt.«

»Und als du dann bei uns im Haus warst, hattest du nicht den Mut uns gleich zu sagen, was Sache ist?«, wollte Konrad wissen.

»So schaut's aus.« Johann blickte betreten nach unten. »Ich wusste nicht, wie ihr es aufnehmen würdet, dass ich mich erst jetzt melde. Um ehrlich zu sein: Ich hatte die Hosen gestrichen voll.«

»Nicht ganz zu unrecht«, bemerkte Ben trocken.

Johann sah ihn verunsichert an.

»Immerhin weißt du es schon seit über vierzig Jahren, da hätte es vielleicht mal die eine oder andere Gelegenheit gegeben?«

»Das muss ich gegen mich gelten lassen«, antwortete Johann. »Aber wie gesagt, ich dachte, es sei für alle besser so. Auch für dich!

Dass es zwei von euch gibt, wusste ich damals ja selbst noch nicht …«

»Lass mich bitte eins wissen.« Ben legte bedächtig die Hände ineinander. »Warum bist du jetzt hier, warum hast du die Sache nicht weiterhin auf sich beruhen lassen, warum jetzt diese Aktion, eigens nach Italien zu fahren, um uns aufzusuchen?«

Konrad schaute nach dem Kellner und gab ihm zu verstehen, dass sie noch eine Runde Grappa bräuchten. Kellner Nummer eins trat lautlos an den Tisch, nahm die leeren Gläser mit und brachte einen Augenblick später mit einem betont distinguierten »*Salute*!« drei neue Gläser. Johann trank Wasser.

»*Die Sache*, wie du es nennst, hat nie aufgehört mich zu beschäftigen. Seit ich die Anni damals in Salzburg getroffen habe, hab' ich mich gefragt, was gewesen wäre, wenn sie mir früher erzählt hätte, dass ich möglicherweise Vater geworden bin. Vielleicht wollte sie mich und meine Familie schützen, meine Frau hätt' mich wahrscheinlich hochkant aus dem Haus geworfen.«

Er lachte kurz auf und wurde gleich wieder ernst. »Wahrscheinlich dachte sie aber auch, ich käme gar nicht als Vater infrage. Wir hatten nur diese eine Nacht zusammen … Und ich glaube ihr, dass sie es erst wusste, als du herangewachsen bist und sie die Ähnlichkeit bemerkt hat.«

»Und Konrad?«, warf Ben ein. »Ihn hat sie einfach bei jemandem gelassen, von dem sie irgendwann wusste, dass er nicht sein Vater war?«

»Das waren andere Zeiten, Ben«, antwortete Johann geduldig. »Man hat sich damals noch nicht so viele Gedanken gemacht. Konrad war versorgt, es ging ihm gut, somit hat sie das Beste für ihn getan aus ihrer Sicht. Und der Alois konnte offenbar ja nicht ausschließen, dass er sein Vater war, wenn ich euch richtig verstanden habe. Hätte sie ihn aufklären und Konrad aus seiner Familie reißen sollen und wofür?«

Er winkte ab. »Abgesehen davon scheint es ja, dass der Alois die Geburtsurkunde auf seine Frau und sich ausgestellt hat. Die Anni hätte keine Handhabe gehabt. Und ich«, seine Stimme wurde leise, »hatte eine Frau und mittlerweile drei Kinder. Meine Hilde hätt' niemals zugestimmt, noch ein fremdes Kind großzuziehen.«

»Andere Zeiten«, wiederholte Konrad. »In denen man ein Kind einfach weggegeben und vergessen hat.«

Johann schaute ihn an. »Ich glaub nicht, dass sie dich jemals vergessen hat, Konrad. Aber sie dachte ganz bestimmt, es wäre das Beste so.«

»Und das Geld, das sie von meinem Vater genommen hat? Sogar als sie sich sicher war, dass er nicht mein Vater war?«

»Hätte sie es urplötzlich ablehnen sollen? Womöglich hatte der Alois sowieso einen Verdacht, schließlich kannten wir uns und auch er hatte Augen im Kopf. Aber ihn mit der Nase drauf stoßen, was hätte das gebracht? Er hätte dich vielleicht weniger annehmen können und das wollte die Anni ganz sicher nicht.«

Am Tisch entstand ein nachdenkliches Schweigen. Ben und Konrad mussten das Gesagte erstmal in ihren Köpfen sortieren. Sollte ihre Mutter doch nicht die herzlose Egoistin gewesen sein, für die sie sie hielten, seit beide von der Zwillingslüge wussten? Vor allem Ben fiel die Vorstellung schwer, seine Mutter als ein Opfer widriger Umstände zu sehen. Und Konrad wollte sich nach wie vor nicht vorstellen, wie sie wohl entschieden hatte, welcher der Jungen bei ihr bleiben sollte und welcher nicht. Er musste aber akzeptieren, dass sie gegebenenfalls wirklich gedacht hatte, er würde es besser haben bei seinen Zieheltern als bei ihr. Fakt war offensichtlich, dass sie in Johann ihren Erzeuger vor sich sitzen hatten und damit mussten sie erstmal klarkommen. Was das bedeutete und ob es überhaupt etwas bedeutete, würde die Zeit zeigen.

Johann starrte trübsinnig in sein Glas, sichtlich verunsichert, was die Reaktion seiner Söhne auf sein Geständnis anging. Er hatte nichts erwartet und wusste, dass es noch ein paar Treffen benötigen würde, um zu irgendeiner Art Verhältnis zu finden. Den Vater konnte er ihnen nicht mehr geben, das hatten andere getan. Aber möglicherweise durfte er ihnen ein väterlicher Freund sein, solange er noch konnte. Seine erwachsenen Söhne ein wenig kennenlernen und ein bisschen Anteil an ihrem Leben haben, das wäre sein größter Wunsch.

»Ich denke«, meldete sich Klara nach einer Weile zu Wort, »wir sollten jetzt mal alle miteinander anstoßen nach diesen Neuigkeiten.«

Sie erhob ihr Glas und schaute Konrad mitfühlend an.

»Die Vergangenheit lässt sich nicht mehr zurückdrehen, wir können nur versuchen, das Beste aus ihr zu machen. Und Familienzuwachs sollte doch erstmal ein Grund zur Freude sein.«

Johann nickte ihr dankbar zu. Mit einem leisen Klirren trafen sich vier Gläser in der Tischmitte.

***

Nach dem ereignisreichen Abend fuhren Ben, Konrad und Klara recht aufgewühlt zurück ins Ferienhaus.

Es war spürbar gewesen, dass es auch für den alten Mann an die Grenzen ging, nach mehreren Jahrzehnten seinen leiblichen Söhnen gegenüber zu sitzen und ihnen die Wahrheit zu sagen. Johann hatte ihnen in aller Offenheit erzählt, wie schwer es ihm gefallen war, zu seinem Betrug an seiner verstorbenen Frau zu stehen und dazu, eine junge, ledige Frau in eine solche Situation gebracht zu haben. Er schämte sich noch immer dafür. Er hatte nur einmal in seinem sonst eher gewöhnlichen und soliden Leben einen großen und folgenschweren Fehler gemacht, ein einziges Mal. Doch er wollte auf keinen Fall, dass Ben und Konrad sich wie das Ergebnis einer Verfehlung fühlten. Er hatte Anni geliebt. Von ganzem Herzen. Die Zwillinge waren seine Kinder und letztendlich fühlte er sich in der Verantwortung für alles, was ihnen in ihrem Leben widerfahren war.

Johann Pichler erwartete nichts von Ben und Konrad, er hatte nur die eine Hoffnung: Seine Söhne mochten ihm am Ende seiner Lebensreise verzeihen und ihm einen winzig kleinen Platz in ihrem Leben einräumen.

Tag elf

Am letzten Morgen ihres gemeinsamen Urlaubs saßen Konrad und Klara auf der Terrasse beisammen, Ben war laufen. Ein frischer Wind rauschte sanft durch die Rhododendren. In der Nacht hatte es ein wenig geregnet, die Luft roch würzig nach feuchter Erde. Zu hören waren nur ein paar Vögel und die Zikaden, die ihre letzten Gesänge zum Besten gaben, bevor die stetig fallenden Temperaturen sie bald für einige Monate zum Schweigen bringen würden. Klara hatte Decken aus dem Haus geholt, in die sie sich beide einkuschelten. Morgen würden sich ihre Wege wieder trennen. Ein Hauch von Wehmut mischte sich in die Aufregungen der letzten Tage.

»Wie fühlst du dich?«, fragte Klara und zupfte sich ihre Decke zurecht.

»Du meinst wegen Johann?«

Klara nickte. »Auch.«

Konrad drehte seine Kaffeetasse in den Händen hin und her.

»Ich denke, es ist gut, dass er hier ist. Dass er *jetzt* hier ist.« Er betonte das *jetzt*.

Klara zog die Augenbrauen hoch. Konrad blickte sie an. »Viel früher wäre ich nicht bereit dazu gewesen, ihn als den anzunehmen, der er ist. Verstehst du das?«

Klara schaute ihn erwartungsvoll an.

»Ich war für lange Zeit ziemlich mit mir selbst beschäftigt. Mit meinem Leben in der Abwärtsspirale, mit der Suche nach meinem Bruder, der für mich der einzige war, der genauso unschuldig in dem ganzen Spiel war wie ich. Wäre der Johann vor einem Jahr oder früher aufgetaucht – ich hätte ihn für alles verantwortlich gemacht, für alles.«

Klara begann zu begreifen.

»Ich hätte meinen ganzen Aggress, den ich damals noch in mir hatte, auf ihn projiziert und ihm vermutlich gar keine Chance gegeben. Ich war nicht frei für die Wahrheit.«

Nicht frei für die Wahrheit, wiederholte Klara in Gedanken. Eine schöne Metapher. War man jemals frei für die Wahrheit? Was war überhaupt die Wahrheit? Gab es eine objektive Wahrheit? Oder war sie nicht vielmehr das, was jeder einzelne ganz für sich dafür hielt?

»Was meinst du damit?«, hakte sie nach und nippte an ihrer Teetasse. Der Tee war noch heiß und wärmte angenehm von innen.

Konrad überlegte eine Weile.

»Ich meine damit«, erwiderte er, »dass ich erst jetzt das Gefühl habe, angekommen zu sein, erwachsen zu sein. Johanns Auftauchen hat mir gezeigt, dass ich meine Wut, meine Ohnmacht, mein Angeschlagensein über mein Schicksal überwunden habe.«

Er blickte sie mit einer merkwürdigen Mischung aus Verwunderung und Erkenntnis an: »Ich bin frei, Klara.«

Er nahm einen Schluck Kaffee, stellte fest, dass er kalt geworden war und stellte die Tasse wieder auf den Tisch.

»Als ich Johann gestern so dasitzen sah, ein eingefallenes altes Männlein, zitternd vor Altersschwäche und Angst vor der Macht dieser, seiner Wahrheit, da wusste ich es: Egal was er mir sagen würde über meine Mutter, ihre Affären, meinen leiblichen Vater – es würde mich nicht mehr verändern. Das Leben hat mir diesen Weg vorgegeben, ich bin ihn gegangen. So einfach. Es macht keinen Sinn, sich über das *Hätte* oder *Wäre* aufzureiben. Ich möchte nicht in dreißig oder vierzig Jahren so dasitzen wie er und mich schämen dafür, dass ich in meinem Leben nicht das getan habe, was meiner Meinung nach richtig gewesen wäre. Was bringt ihm das rückblickend für sein Leben? Was bringt es ihm, dass seine Söhne jetzt, kurz bevor er in die Kiste geht, wissen, dass sie seine Söhne gewesen wären?«

»Inneren Frieden?«, schlug Klara vor.

Konrad machte eine wegwerfende Handbewegung.

»Kurz vor dem Abgang?«

Er schüttelte den Kopf.

»Nein, Klara. Das Leben findet jetzt statt, verstehst du? Jetzt und hier. Nicht in zehn, zwanzig oder fünfzig Jahren. Ich will jetzt meine Wahrheit leben.«

Den letzten Satz sprach er jedes Wort betonend aus.

Klara zog ihre Decke noch ein bisschen enger um sich. Sie fröstelte. Würde sie ein Teil von Konrads Leben sein? Würden sie gemeinsam ihre Wirklichkeit schreiben? Im Hier und Jetzt und in der Zukunft? Sie mochte ihn nicht danach fragen, zu groß war ihre Angst. Aber auch sie wusste, dass sie nicht abhängig war. Nicht mehr. Sie könnte zurückkehren in ein Leben, das voller und voller zu werden versprach – mit oder ohne Konrad.

»Was hat Johann dir gestern eigentlich zum Abschied ins Ohr geflüstert?«, wollte Konrad unvermittelt wissen.

Johann hatte Klara nach dem Abendessen noch einmal zur Seite genommen, kurz bevor er ins Taxi gestiegen war.

Klara grinste.

Sie zögerte einen Moment, bevor sie Konrad anblickte und antwortete: »Er hat gesagt, er wäre sehr glücklich darüber, neben seinen beiden Söhnen auch noch eine neue Schwiegertochter gewonnen zu haben.«

Ein Jahr später

Konrad und Klara saßen mit einer Flasche *Rosato* auf der Terrasse des Ferienhauses und blickten in die weite, sanfthügelige Landschaft. Die Sonne gab nochmal ihr Bestes, um dem bevorstehenden Winter zu trotzen. Alles war wie vor einem Jahr: Die Gerüche nach Wildkräutern und Wein, die Geräusche der Vögel und Zikaden, die letzten Hummeln, die um die noch üppigen Blüten der Herbstrosen summten.

»Was würdest du sagen«, fragte Klara und blickte Konrad von der Seite an »war die beste Zeit in deinem Leben?«

Konrad dachte einen Moment scheinbar angestrengt nach. »Naja, damals in Berlin, das war schon ...«

Klara knuffte ihn liebevoll in die Seite. »Im Ernst«, hakte sie nach.

Sie seufzte. »Also ich könnte mir gerade keinen schöneren Moment als diesen hier vorstellen. Und die letzten beiden Jahre, die haben mir sozusagen das Leben gerettet.«

»Dank meiner Idee, von Berlin nach Heidelberg zu fahren«, versetzte Konrad selbstbewusst.

Heute vor exakt einem Jahr war der letzte Tag ihrer ersten gemeinsamen Ferien in der Toskana gewesen. Nach fast zwei Wochen voller unvorhergesehener Ereignisse, Missverständnisse und Enthüllungen hatten Klara, Konrad und Ben noch einmal einen ganzen Tag miteinander im Haus verbracht. Viel geredet, geklärt, in Ordnung gebracht.

Konrad und Ben mussten sich erstmal damit auseinandersetzen, dass ihr Erzeuger plötzlich weder unbekannt noch unter der Erde war, sondern höchstlebendig – wenn auch alt und geschwächt

– unter ihnen. Es war endlich möglich, die noch fehlenden Puzzleteile zum Handeln ihrer Mutter zusammenzufügen, sie besser zu verstehen, die Situation, in der sie zwei Vätern Kuckuckskinder untergeschoben hatte, nachzuvollziehen.

Irgendwann hatten beide eingeräumt, dass Anni Konrad nicht aus Berechnung oder Herzlosigkeit weggegeben haben mochte. Sie hatte ihn wohl auch nicht wegen der monatlichen Zuwendungen von Konrads Ziehvater verkauft, sondern aus Hilflosigkeit und im guten Glauben, das Richtige zu tun. Alois würde ihr das Geld wohl freiwillig gegeben haben, da er nicht wissen konnte, ob die Kinder von ihm waren. Bei all seinen schlechten Eigenschaften ehrte ihn zumindest die Sorge um die finanzielle Absicherung beider Buben. Ob Bens Ziehvater davon gewusst hatte, dass er nicht der Vater war, blieb offen. In jedem Fall hatte er ganz sicher aus Liebe gehandelt. Aus Liebe zu einer Frau. Und zu Ben.

Am Nachmittag hatten sich Konrad und Klara dann für mehrere Stunden zu einem langen Spaziergang zurückgezogen und das längst fällige Gespräch über ihre Gefühle und eine mögliche gemeinsame Zukunft geführt. Klara stand ganz offen dazu, dass sie die Zeit mit Ben gebraucht hatte, um sich ganz sicher zu sein, dass da nichts mehr war zwischen ihr und ihrer ehemaligen großen Liebe. Konrad war der Mann, der sie aus ihrer Einsamkeit gerissen, ihr den Glauben an die Menschen und die Liebe wiedergegeben hatte. Durch ihn war sie wieder zu sich selbst gekommen, zu einem Leben, das mehr war als ein Rückzug. Im Grunde hatte sie es gespürt, seit sie ihn auf der Bank am Neckar hatte sitzen sehen: Er war ihr Anker in der Flut, ihre wiedergewonnene Freiheit, ihr ganz persönliches Stück Himmel. Sie liebte seine Offenheit für Neues, seinen Freiheitsdrang, seine unkonventionellen Ideen. Ben wäre eine Flucht in die Vergangenheit gewesen, in eine Zeit, in der scheinbar alles noch gut war. Doch Konrad war ein Aufbruch in die Zukunft, in eine sehr schöne Zukunft. Mit Marlene war auch die letzte Leiche aus ihrem Keller geräumt worden und es gab nichts mehr, was zwischen ihr und Konrad stehen konnte.

Konrad hatte Klara lange zugehört und gespürt, dass er ihr vertrauen wollte, vertrauen konnte. Sie hatten beide Fehler gemacht in ihrem Leben und er wusste nur zu gut, was es hieß, wenn einem die zweite Chance verweigert wurde. Auch er hatte eine Weile gebraucht, um sich über seine Gefühle zu Klara klar zu werden. Er musste einräumen, dass er gewisse Dinge gesagt oder getan haben mochte, weil er einfach nicht zulassen wollte, dass er sich längst in Klara verliebt hatte. Auch er war viel allein und damit sehr frei gewesen in den letzten Jahren in Berlin und musste sich einen gewissen Respekt davor eingestehen, sich wieder fest zu binden. Doch seine Zeit in Heidelberg und schließlich die in Verona hatten ihn verändert. Er hatte eingesehen, dass ein nach gesellschaftlichen Normen stattfindendes Leben und eine Beziehung zu einer Frau nicht automatisch ins Verderben führten. Und dass es dazu gehörte, Fehler zu verzeihen und zu akzeptieren.

Am Ende ihres Spaziergangs hatten sie sich lange und leidenschaftlich geküsst. Die Sonne war am Horizont schon beinahe untergegangen, die Vögel sangen verhalten ihre letzten abendlichen Lieder, die Luft roch nach dem frisch gemähten Heu einer benachbarten Wiese. Sie hatten beide gespürt, dass sie diesen Moment für immer in ihren Herzen tragen würden. Sie waren alt genug, um zu wissen, was es bedeutete, sich auf jemanden einzulassen. Und sie hatten sich lange genug kennengelernt, um einander so nehmen zu können, wie sie voreinander standen.

An diesem letzten Tag in der Toskana war alles klar gewesen. Und auch wenn Klara und Konrad am Tag der Abreise in unterschiedliche Richtungen auseinandergehen mussten, so gab es eine fraglose Sicherheit zwischen ihnen, dass ihre Wege nie mehr ganz getrennt voneinander verlaufen würden. Kurz bevor Klara ihr Flugzeug nach Frankfurt bestieg, hatten sie sich versprochen, den Jahrestag ihres ersten Kusses wieder genau an derselben Stelle zu verbringen.

In der Zwischenzeit war einiges passiert. Klara hatte ihren leidigen und eingefahrenen Job im Rathaus gekündigt und eine wesentlich interessantere Stelle in einem Architekturbüro gefunden. Hier hatte sie flexible Arbeitszeiten und die Möglichkeit von zuhause aus zu arbeiten, so dass sie regelmäßig lange Wochenenden in Italien verbringen konnte. Sie war in diesem Jahr mehrfach alleine mit dem Zug nach Verona gefahren und hatte Ben und Konrad besucht. Eine Leistung, die sie nach wie vor sehr stolz auf sich selbst machte.

Auch Konrad hatte sich selbstständiger gemacht und war gegen Bens Willen in eine eigene kleine Wohnung in der Nähe seiner Arbeitsstelle gezogen. So dankbar er seinem Bruder auch war, es fühlte sich für ihn doch verdammt gut an, endlich wieder eigene vier Wände sein Eigen nennen zu können, für die er selbst aufkam.

Wenn Klara ihn besuchte, konnten sie den ganzen Tag lang tun und lassen, was sie wollten, ungestört von Ben oder seiner Haushälterin. So sehr er die fürsorgliche Frau ins Herz geschlossen hatte – Konrad fand es auf Dauer lästig, permanent von Personal umgeben zu sein. Er hatte sich in der Schreinerei zum Abteilungsleiter emporgearbeitet und war endlich da, wo er vor einiger Zeit beschlossen hatte, wieder hinzukommen: In Lohn und Brot, mit eigener Wohnung und – was das wichtigste war – einer Frau, die ihn liebte und bedingungslos zu ihm stand. Klara hatte ihn in einer Phase seines Lebens kennengelernt, als er ganz unten war, und er durfte sich sicher sein, dass sie weder an Status noch an übermäßigem Wohlstand interessiert war. Zwei fragwürdige Werte, die ihm seit seiner Kindheit in seinem elitären und oberflächlichen Wiener Elternhaus zuwider waren und die seiner Ehe mit Helène das Genick gebrochen hatten.

Über einen gemeinsamen Wohnsitz hatten Klara und Konrad schon des Öfteren gesprochen und es war abzusehen, dass Klara früher oder später zu ihm nach Verona kommen würde. Doch bis es soweit war, wollten sie noch ihre neu gewonnene Eigenständigkeit genießen – und das Prickeln der Sehnsucht.

Johann war nach und nach ein fester Bestandteil im Leben der Brüder geworden. Hatten sie zunächst noch geglaubt, es spiele keine Rolle, wer ihr leiblicher Vater war, so hatte er sie mit seiner Hartnäckigkeit doch überzeugt, ihm eine Chance zu geben. Daraus waren im Laufe der Zeit noch ein paar sehr intensive Gespräche und bereichernde Begegnungen entstanden. Im Sommer nach der Toskana hatte es anlässlich von Johanns achtzigstem Geburtstag ein Familientreffen in Wien gegeben, bei dem Ben und Konrad ihre Halbgeschwister kennengelernt hatten. Und mit ihnen insgesamt fünf Nichten und Neffen. Sie hatten sich gefühlt wie kurz vor der Einschulung, als sie in Anzug und Krawatte vor ihrem Vater standen und ihren Brüdern und ihrer Schwester die Hand schüttelten. Johann hatte ihnen gebeichtet, dass seine Kinder nicht gerade begeistert gewesen waren, als sie die Geschichte mit Anni erfuhren. Vor allem, weil er ihnen so lange vorenthalten hatte, dass es da noch zwei weitere Söhne gab.

»Wenn's ums Erbe geht, werden sie alle ganz moralisch«, hatte er mit einem Augenzwinkern gemeint, in das sich ein Hauch Melancholie gemischt hatte. Tatsächlich gab es bei Johann nicht allzu viel zu erben. Dennoch hatten Ben und Konrad vor allem Johanns Söhne als sehr reserviert erlebt und ob es eine Wiederholung dieser Begegnung geben würde blieb fraglich. Zu groß war die Lücke zwischen Johanns ehelichen und den aus dem Fehltritt mit seiner heimlichen Liebe entstandenen Kindern.

Ben und Konrad waren jedenfalls dankbar dafür, dass es noch die Möglichkeit einer Aussprache mit ihrem Vater gegeben hatte. Keiner konnte wissen, wie viele Treffen ihm sein Gesundheitszustand noch erlauben würde.

Klara griff nach Konrads Hand.

»Weißt du noch, was Johann mir letztes Jahr nach unserem gemeinsamen Abendessen in den Hügeln zugeflüstert hat?«

Konrad schaute sie gespielt ahnungslos an. »Keine Ahnung«, log er.

Klaras Blick wanderte zu dem kleinen Dörfchen am Fuße des Weinbergs, aus dessen Mitte ein nostalgischer alter Kirchturm herausragte. »Also falls ich in meinem Leben jemals heiraten sollte«, sagte sie unschuldig, »dann genau hier in diesem Kirchlein.«

Sie deutete in die Ferne.

Konrad folgte ihrem Blick.

»Und falls *ich* in meinem Leben noch einmal Hochzeit feiern sollte«, antwortete er und zog Klara liebevoll an sich, »dann nur genau hier auf diesem Hügel.«

Ariana Nero

Ariana Nero ist Germanistin, Kunsthistorikerin und Psychotherapeutin HP. Sie war viele Jahre lang in den Bereichen Journalismus, Public Relations und Marketing tätig, nach einer beruflichen Umorientierung arbeitete sie als Psycho- und Hypnotherapeutin mit Schwerpunkt Burnout in eigener Praxis.

Von klein auf faszinierte sie die Kraft des geschriebenen Wortes – Bücher waren für sie immer wie gute Freunde, die sie in eine andere, geheimnisvolle Welt entführten. Schon als junges Mädchen schrieb sie Kurzgeschichten und Gedichte, mit über vierzig folgte dann ihr erster Roman »Kuckucksbrüder«.

In ihren Büchern verbindet Ariana Nero eine bildreiche, detaillierte und dabei sehr klare Sprache mit tiefen Einblicken in die menschliche Seele.

www.ariananero.de